D1144789

Jantien Belt

Ik word een ster!

Naar de top!

moon

Lees ook van Jantien Belt:
In de spotlights!

Ik word een ster!
Vijfde druk, mei 2010

© 2006, 2010 Jantien Belt en Moon, Amsterdam
Omslag- en binnenwerkillustraties ©2006, 2010 Samantha Loman

Naar de top!
Tweede druk, mei 2010

© 2008, 2010 Jantien Belt en Moon, Amsterdam
Omslag- en binnenwerkillustraties ©2008, 2010 Samantha Loman
Zetwerk ZetSpiegel, Best

www.moonuitgevers.nl
www.jantienbelt.nl

ISBN 978 90 488 0574 7
NUR 283

Moon is een imprint van Dutch Media Uitgevers bv.

moon
Dit boek is ook leverbaar als e-book:
ISBN 978 90 488 0608 9

Ik word een ster!

1

'Nummer acht, *Crazy In Love*!' riep Laura enthousiast toen Doris de nieuwste cd van Beyoncé opzette. Snel schopten ze hun schoenen uit. Net op tijd stonden ze klaar voor het dansje dat ze erbij hadden bedacht. Laura kon het hele liedje al meezingen, het klonk erg goed. Doris deed haar best om het net zo goed als haar vriendin te doen. Maar omdat het in het Engels was, vond ze dat best nog wel moeilijk. Ze stopte er maar even mee en ging op haar bed zitten. Vanaf een grote poster op de kamerdeur keek Beyoncé haar lachend aan. Ze zag er prachtig uit in haar topje van diamanten, met haar grote bruine ogen en lange, golvende haar. En dan kon ze ook nog eens hartstikke goed zingen! Geen wonder dat ze zo'n grote ster was.

Was ik maar net zo knap en beroemd als Beyoncé, dacht

Doris. Dan wilden alle meisjes uit de klas vriendin met me zijn. En dan was de hele familie apetrots.

'Doris, schei toch eens uit met die herrie! Ik heb al een paar keer geroepen dat het eten op tafel staat.' Doris' moeder stond ineens in de deuropening, zonder dat ze er iets van hadden gemerkt.

Snel zette Doris de muziek uit. 'Mag Laura blijven eten?' vroeg ze. 'Dan kunnen we daarna nog even doorgaan met ons dansje. Vrijdagmiddag is er een playbackshow op school.'

'Nee Doris, vanavond niet, we hebben het druk. Papa moet over een half uur pianoles geven en ik ga meteen na het eten met Koen naar de ijsbaan.'

Nee, hè! Daar had je het schaatsen van Koen weer! Drie keer per week moest iedereen zich 's avonds haasten, omdat hij zo nodig moest trainen. Alsof hij nog niet genoeg prijzen had gewonnen. Er stonden al zeker vijftien bekers op zijn kamer. Doris was best jaloers op haar broer. De hele familie vond hem geweldig.

'Waarom gaat Koen niet gewoon zelf, met de bus?' vroeg Doris. 'Dan hoef jij niet weg en kan Laura toch blijven eten.'

'Je weet best waarom dat niet gaat, Doris,' antwoordde haar moeder. 'De bus doet er wel een uur over. Dat duurt allemaal veel te lang.'

'En morgen dan?' vroeg Doris. 'Mag Laura morgen blijven eten?'

'Nee, morgen komt ook niet goed uit. Dan hebben we hier 's avonds een vergadering van het bestuur van de schaatsclub.'

Doris werd boos en verdrietig tegelijk. 'Ik mag ook nooit eens wat!' riep ze. 'Koen is altijd de belangrijkste. Het is gewoon niet eerlijk, ik haat hem!' De tranen sprongen in haar ogen.

Laura stond stilletjes naast haar. Ze had medelijden met haar vriendin, maar ze durfde haar niet te troosten. Doris' moeder begon boos te worden.

'Doris, stop daarmee,' zei ze. 'Jullie kunnen best 's middags uit school oefenen voor die playbackshow. Er is nog alle tijd, het is pas dinsdag!' Meteen daarna draaide ze zich om en liep de trap af naar beneden.

'Pfff!' zei Doris. 'Die is geloof ik een beetje aangebrand.'

'Ja,' giechelde Laura. 'Pas maar op, straks kookt ze nog over.'

Zachtjes slopen ze naar de gang, waar Laura snel haar jas en schoenen aantrok. Doris liep nog even met haar mee naar buiten.

'Zullen we morgen uit school bij jou thuis weer verdergaan met onze act?' vroeg ze. 'En vraag je dan ook aan je moeder of ik mag blijven eten?'

'Is goed,' zei Laura. 'Neem jij de cd van Beyoncé dan mee? Wij hebben hem niet.'

'Doe ik,' zei Doris. 'Bye bye.'

Tijdens het eten zeiden Doris en haar moeder helemaal niets tegen elkaar.

'Hebben jullie soms ruzie gehad?' vroeg haar vader.

'Ja!' zei Doris. 'Ik was hartstikke boos. Nog steeds trouwens. Laura mocht niet blijven eten, omdat Koen weer eens naar die stomme ijsbaan moet!'

Doris' moeder legde haar bestek neer. 'Sorry Doris,' zei ze met een zucht, 'maar het is nu gewoon even niet anders. Binnenkort is het vakantie en dan is het hier allemaal weer wat rustiger. Dan mag je Laura te logeren vragen, afgesproken?'

'Afgesproken,' zei Doris. 'Maar dan mag er niet iemand bij Koen komen logeren. Anders is het niet eerlijk.'

'Dat zien we nog wel,' zei haar vader. 'Eet nu eerst je bord maar eens leeg.'

Na het eten bleef Doris alleen achter in de keuken. Ze staarde naar de vuile borden op tafel en droomde dat ze op de rand van een groot podium stond. Met gebogen hoofd hijgde ze nog even na van alle liedjes die ze zojuist had gezongen. Achter haar stonden de dansers en achtergrondzangeressen in een brede rij opgesteld. Ze wachtten op het applaus dat zo meteen zou losbarsten. Doris zag hoe de goudkleurige stof van haar jurk glinsterde in het felle licht van de spot, die alleen op haar gericht stond. Toen hief ze haar hoofd weer en keek voor zich, de zaal in. Het publiek sprong op en begon te klappen en te juichen. Bloemen van bewonderaars dwarrelden voor haar voeten neer.

Toen het applaus na enkele minuten langzaam wegstierf, tilden een paar dansers Doris op en droegen haar hoog boven hun hoofd het podium af. Voor de deur van haar kleedkamer stonden tientallen fans te wachten...

Doris zuchtte. Stel je toch eens voor dat het later allemaal zo zou gaan. Ze stapelde de borden op elkaar en zette ze in de vaatwasser. Op dit moment leek ze meer op Assepoester!

2

Toen Doris zich de volgende ochtend stond aan te kleden, herinnerde ze zich ineens dat ze 's middags uit school naar de beugeltandarts moest. En van vier tot half zes had ze hockeytraining. Dat betekende dat ze niet de hele middag met Laura voor de playbackshow kon oefenen. Ze pakte haar mobieltje.

'Met Laura.'

'Ja, met Doris. Ik kan vanmiddag alleen maar tussen twee en half vier oefenen. Ik moet naar de tandarts en naar hockey.'

'Shit! Dan kunnen we helemaal niet afspreken. Ik ben van twee tot half vier naar ballet.'

'En 's avonds? Ik denk dat ik nog wel tot acht uur mag.'

'Hmm. Morgen hebben we een toets voor geschiedenis

en mijn moeder wil me denk ik na het eten overhoren. Dat doet ze anders ook altijd.'

'O ja, geschiedenis. Belachelijk dat we morgen een toets hebben, vrijdag is de playbackshow! Zo houden we helemaal niet genoeg tijd over om te oefenen.'

'Nee, heel stom, vind ik ook. Maar anders gaan we vandaag gewoon zelf heel goed oefenen. We hebben het dansje toch al bedacht. En dan doen we het morgenmiddag weer samen.'

'Oké. We moeten trouwens ook nog bedenken wat we aan gaan trekken. Dat moet wel hetzelfde zijn.'

'Ja. O, mijn moeder roept, we moeten ontbijten. Doei!'

Tijdens de rekenles maakte Doris een lijstje met allemaal verschillende outfits voor de playbackshow. Toen het af was, schoof ze het snel onder het etui van Laura, die aan het tafeltje naast haar zat. Meester Ronald had gelukkig niets in de gaten. Laura pakte het lijstje en begon meteen te lezen.

LEUKE KLEREN VOOR DE PLAYBACKSHOW

Kras door wat je NIET leuk vindt en stuur meteen terug!
1. Witte broek, zwart hemdje, All Stars
2. Spijkerrokje, glitter-T-shirt, slippers
3. Spijkerrokje, wit T-shirt met lange mouwen, roze netpanty (of zwarte??), cowboylaarzen

13

4. Bikini met omslagdoek en slippers (durf jij dat??!)
5. Spijkerbroek, roze T-shirt met korte mouwen, cowboylaarzen (broekspijpen erin!), Von Dutch-pet

Groetjes Doris

P.S. Ik vind de kleren van nummer 5 het leukst

Even later was Laura druk in de weer met het lijstje. Alle kleren die ze niet leuk vond, kraste ze door en hier en daar schreef ze er iets bij. Ze had helemaal niet door dat meester Ronald achter haar kwam staan en over haar schouder meekeek met wat ze deed. Doris schopte tegen haar been om haar te waarschuwen. Geen reactie. 'Lau!' fluisterde ze. 'Achter je!'

Laura keek om. Ze schrok zich wild toen ze meester Ronald opeens achter zich zag staan en probeerde het lijstje gauw onder haar schrift te schuiven. Te laat! Met een grote zwaai trok meester Ronald het onder haar handen vandaan. Hij liep ermee naar zijn bureau en stopte het in een laatje. Hij keek Laura en Doris om de beurt streng aan. 'Straks nablijven,' zei hij toen. 'Allebei!'

Om half een ging de bel. Alle kinderen renden naar buiten, behalve Doris en Laura. Meester Ronald ging op de gang met een paar moeders staan praten.

'Als we maar niet heel erg lang hoeven nablijven,' fluisterde Doris, 'want dan kom ik te laat voor de beugeltandarts en krijg ik thuis ook nog eens op mijn kop.'

Meester Ronald kwam de klas weer in. Doris en Laura stonden tegelijk op en liepen naar hem toe.

'Het spijt ons van dat lijstje, meester Ronald,' zei Laura een beetje verlegen.

'We zullen het echt nooit meer doen,' zei Doris er zachtjes achteraan.

'Nou, ik ben blij om dat te horen,' antwoordde meester Ronald. 'Jullie moeten altijd goed opletten als ik iets uitleg en niet stiekem iets anders doen. Vooral niet bij rekenen, want dan kun je de sommen niet zelf maken.'

Hij wachtte even en keek toen naar Doris. 'Dat geldt zeker voor jou,' zei hij tegen haar. 'Jij hebt er af en toe best moeite mee.'

Wat flauw van hem om dat te zeggen waar Laura bij is, dacht Doris. Dat vind ik helemaal niet leuk, ze kan toch alles altijd al beter dan ik.

'En nu maar gauw naar huis,' zei meester Ronald. 'Dan kunnen jullie de geschiedenistoets gaan leren en blijft er ook nog wat tijd over om voor de playbackshow te oefenen.'

'Krijgen we dan geen strafwerk?' vroeg Laura.

'Nee, deze keer niet. Maar als het nog eens gebeurt, dan wel!'

'Joepie!' zei Laura. 'Bedankt, meester Ronald!' Ze keek naar Doris en wachtte tot zij ook iets zou zeggen.

Maar Doris zei niets. Ze had er gewoon niet zo'n zin in. Ze was boos en teleurgesteld tegelijk door die vervelende opmerking van meester Ronald.

Als ik later beroemd ben, is Laura lekker stikjaloers op mij, dacht ze. En Koen ook. Iedereen trouwens. Nét goed.

Het teleurgestelde gevoel van Doris ging de volgende dag pas weer weg, toen Laura tegen haar zei dat ze hartstikke leuke kleren had bedacht voor de playbackshow. Gelukkig maar! Anders hadden ze 's middags uit school vast niet zoveel lol gehad bij het oefenen.

3

De vrijdagochtend van de playbackshow zat Doris samen met Koen aan het ontbijt. Ze had haar kleren voor het optreden al aan. Het waren die van nummer vijf van het lijstje geworden. In een klein spiegeltje keek ze naar haar lippen. Ze had oranje lipgloss opgedaan. Misschien moest dat toch roze worden, dat stond beter bij haar kleren.

'Ga je zó naar school?' vroeg Koen. 'Je ziet er echt niet uit met die pet!'

'Bemoei je er niet mee! Zo gaan Laura en ik vanmiddag aan de playbackshow meedoen, dat hebben we afgesproken,' zei Doris.

'Als je volgend jaar ook zo naar de middelbare school gaat, dan lacht iedereen je uit, zeker weten!'

'Pfff, kijk jij eerst maar eens naar jezelf, je ziet eruit als een nerd.'

Doris' vader kwam de keuken binnen. 'Jongens, het is pas kwart voor acht! Jullie zijn nog niet eens een half uur wakker en nu zitten jullie alweer ruzie te maken.'

'Koen vindt mijn kleren voor de playbackshow stom,' zei Doris.

'En zij zegt dat ik op een nerd lijk,' zei Koen.

'Je lijkt er niet alleen op, je bent er ook een!' kaatste Doris terug.

'En nu ophouden! Spreekverbod!' zei hun vader. 'Pas als je een boterham op hebt, mag je weer iets zeggen.'

Een half uurtje later liep Doris samen met Laura naar school.

'Koen deed weer eens heel stom bij het ontbijt,' zei ze tegen Laura. 'Hij vindt dat we er belachelijk uitzien in deze kleren.'

'Hij ziet er zelf niet uit met die nerdkleren van hem!'

'Dat zei ik ook, maar toen werd mijn vader boos. Had ik maar net zo'n leuk klein zusje als jij, in plaats van die vervelende oudere broer.'

'Kleine zusjes kunnen anders ook heel lastig zijn, hoor,' zei Laura. 'Die van mij pikt mijn make-updingetjes, mijn tijdschriften, mijn snoep, en zo kan ik nog wel een tijdje doorgaan.'

'Hmm, misschien heb je wel gelijk,' zei Doris. 'Gelukkig bestaan er ook nog vriendinnen, die zijn gelukkig nooit vervelend.' Nou ja, bijna nooit dan, dacht ze erachteraan. Maar dat zei ze niet hardop.

In de hal van de school bleven ze even staan lezen bij een groot aanplakbiljet voor de playbackshow. Daar stonden de namen op van de kinderen die er 's middags aan mee gingen doen.

'Kijk,' zei Laura. 'Sander en Hugo gaan cabaret doen, dat wordt lachen!'

'Ja, leuk,' zei Doris. 'En Melissa en Kelly doen Jennifer Lopez, dat wordt huilen.'

Doris had een hekel aan ze, vooral aan Melissa. Ze bemoeide zich met alles en iedereen en gaf overal haar mening over, of het nou aardig was of niet. Ze kreeg er best vaak straf voor van meester Ronald. Maar vreemd genoeg leek hij haar daardoor niet minder aardig te vinden. Doris zag geregeld dat hij een praatje met haar stond te maken. En Kelly was een echte meeloper, ze praatte alles na wat Melissa zei en had nooit een eigen mening.

'Hé Laura, wat zie je er leuk uit,' zei Myrthe toen ze de klas in liepen.

'Dank je,' zei Laura terug.

Waarom zegt ze dat alleen tegen Laura en niet tegen mij? dacht Doris. Ik heb toch precies dezelfde kleren aan? En ik heb ze ook nog eens bedacht!

Net toen ze er iets van wilde zeggen, kwamen Melissa en

Kelly op Myrthe aflopen. Doris zei maar niets meer. Ze was bang dat Melissa anders overal zou rondvertellen dat ze jaloers was op Laura.

4

In de middagpauze mochten alle kinderen die aan de play-backshow meededen alvast naar de grote zaal om zich te verkleden en op te tutten. Doris en Laura hoefden alleen hun haar en hun make-up maar bij te werken.

'Zie ik er zo goed uit?' vroeg Doris aan Laura toen ze klaar was.

Laura bestudeerde haar van top tot teen. 'Ja,' zei ze. 'Helemaal goed. En ik?'

'Jij ook,' zei Doris. Laura zag er prachtig uit, ze leek wel een plaatje uit een tijdschrift. Doris zuchtte. Af en toe was het best moeilijk als je beste vriendin altijd net iets mooier en slimmer was dan jijzelf. Soms werd Doris daarom weleens boos op Laura. Maar meestal kreeg ze dan meteen weer spijt, omdat Laura er zelf nooit iets gemeens over zei.

'Hé Doris, wakker worden!' Doris kreeg een duw, ze schrok. Toen ze omkeek, zag ze Sander achter haar staan. Ze vond hem de leukste jongen van de klas, en ze was niet de enige! Hij keek haar plagerig aan. 'Je moet niet in slaap vallen, hoor! De playbackshow begint zo.'

Doris werd er helemaal verlegen van, ze wist zo snel niet wat ze terug moest zeggen. Ze lachte even schaapachtig naar hem en zei toen maar gauw dat ze nog even iets aan meester Ronald moest vragen.

Toen alle groepen in de grote zaal zaten, liep meester Ronald het podium op. Doris en Laura bleven samen met de andere deelnemers staan toekijken vanachter de metershoge gordijnen.

'Er zijn vandaag twee soorten prijzen,' zei meester Ronald. 'Prijzen voor de onderbouw en prijzen voor de bovenbouw. Anders is het niet eerlijk.'

'Goed zo,' zei Laura. 'Dan maken wij meer kans op de eerste prijs.'

'De jury bestaat uit juf Sandra, juf Marjolein en mezelf,' ging meester Ronald verder.

De kinderen in de zaal begonnen de namen van de juryleden te joelen.

'Jammer van juf Marjolein,' fluisterde Doris tegen Laura, 'die heeft altijd lievelingetjes.'

'En dan gaan we nu beginnen met Rosalie, Sterre en Julia uit groep drie,' vervolgde meester Ronald. 'Zij gaan K3 nadoen. Applaus voor K3!'

Verlegen kwamen de meisjes het podium oplopen. Toen de muziek inzette, begonnen ze alle drie op een andere manier te dansen.

'Nee, hè!' zei Doris. 'Moet je kijken, ze kunnen er helemaal niets van.'

Maar Laura zei niets terug. Hikkend van de slappe lach rolde ze bijna achter de gordijnen vandaan het podium op. Doris kon haar nog net tegenhouden.

Na K3 kwamen Ali B., Britney Spears, nog een keer K3 en een liedje van Kinderen voor Kinderen. Daarna was het pauze.

'Gaap,' zei Doris. 'Wat was dit allemaal ontzettend slecht.'

'Zeg dat wel,' zei Laura. 'Dit gaan we makkelijk winnen.'

'Of Sander en Hugo, daar moet iedereen altijd heel erg om lachen.'

'Dat is waar. En Melissa doet natuurlijk ook nog mee, die kan heel goed dansen.'

'Hmm,' zei Doris. Ze had geen zin om te antwoorden dat Laura gelijk had over Melissa. 'Zullen we ons dansje nog even oefenen?' vroeg ze toen maar snel. 'De pauze is nog maar net begonnen.'

Na de pauze waren Melissa en Kelly aan de beurt. Toen meester Ronald hen had aangekondigd, liep Melissa helemaal naar de rand van het podium. 'Yeahh!' riep ze als een echte popster naar het publiek. 'Allemaal heel erg bedankt voor jullie komst! Ik hou van jullie!'

De zaal begon te klappen en te juichen. Doris zag hoe meester Ronald glimlachend stond toe te kijken vanaf de zijkant. Kelly bleef verlegen achter Melissa staan, wiebelend op haar hoge hakken. Ze had moeite om rechtop te blijven staan.

Meester Ronald startte de muziek en Melissa en Kelly begonnen te swingen.

'Wauw!' hoorde Doris iemand naast zich zeggen. Ze keek opzij, het was Sander. 'Melissa doet het echt megagoed, vind je ook niet?' zei hij tegen haar.

'Mwah... ja, best wel,' antwoordde Doris.

Ineens stopte de muziek. Kelly was gevallen! Huilend bleef ze op haar zij liggen.

Meester Ronald schoot onmiddellijk te hulp. 'Gaat het?' vroeg hij. 'Jullie mogen het overdoen, hoor!'

'Dat kan niet,' snikte Kelly. 'Mijn enkel doet heel erg pijn. Misschien is hij wel gebroken.'

Met hulp van meester Ronald probeerde ze op te staan, maar dat lukte niet.

'Kom, ik ga een dokter voor je bellen.' Meester Ronald tilde Kelly op en droeg haar de zaal uit. Melissa liep er met een sip gezicht achteraan.

'Wat gebeurt er nou met de playbackshow?' vroeg Doris zich hardop af. 'Zou het nog wel doorgaan?'

'Ik hoop van wel,' zei Laura ongerust. 'Anders hebben we voor niets geoefend.'

Ineens kwam Amber tussenbeide. 'Ik vind jullie heel stom doen, jullie denken helemaal niet aan Kelly! Ze is hartstikke zielig, misschien moet ze wel naar het ziekenhuis.'

'Pfff!' zei Doris. 'Alsof jij altijd zo aardig tegen haar bent! Je zat vanmorgen nog over haar te roddelen. Toen zei je dat je haar playbackkleren stom vond.'

Amber keek haar heel boos aan. Ze zei niks meer.

Een paar minuten later kwam meester Ronald de zaal weer in. Hij ging even staan fluisteren met juf Sandra en juf Marjolein. Daarna was hij meteen weer verdwenen.

Gespannen wachtte iedereen af wat er ging gebeuren. Hoe zou het met Kelly zijn? En de playbackshow, zou die nog wel doorgaan?

Juf Sandra klom het podium op. 'Stilte!' riep ze in de microfoon. Ze wachtte even tot het helemaal rustig was in de zaal. 'Ik heb helaas een paar vervelende mededelingen voor jullie. Eerst over Kelly. Meester Ronald vertelde ons zojuist dat ze van de dokter naar het ziekenhuis moet. Er moeten foto's van haar voet worden gemaakt. Meester Ronald brengt haar ernaartoe en komt vanmiddag niet meer terug op school.'

Er ontstond heel even geroezemoes in de zaal. Maar meteen daarna was het weer stil. Alle kinderen zaten met gespitste oren op hun stoel te wachten op wat ze verder nog ging zeggen.

'En wat de playbackshow betreft,' zei juf Sandra, 'daar gaan we nu helaas mee stoppen, na wat er met Kelly is gebeurd. Het is heel sneu voor haar als wij hier met zijn allen plezier hebben, terwijl zij misschien wel haar enkel heeft gebroken. Maar we beloven jullie dat er heel gauw weer een nieuwe playbackshow komt!'

Doris en Laura keken elkaar teleurgesteld aan. 'Echt balen,' zei Doris. Ze keek even of Amber in de buurt was. Ze wilde niet dat die haar kon horen. Maar Amber was de zaal al ingelopen. 'Kelly had gewoon niet zulke hoge hakken aan moeten doen!' zei Doris toen. 'Dan was ze ook niet gevallen en had de playbackshow gewoon door kunnen gaan.'

'We hebben echt pech,' zei Laura. 'Maar toch hoop ik dat ze niks heeft gebroken, dat is zielig.'

'Tuurlijk,' zei Doris. 'Dat vind ik natuurlijk ook!'

5

Die avond kwam er gelukkig een leuke film op tv: *Een avontuurlijke reis*. Doris kende hem al, maar de dieren die erin voorkwamen waren zo grappig, dat ze hem heel graag nog eens wilde zien.

Het was bijna zeven uur, Doris zat op de bank te wachten tot de film begon. Eerst kwam er nog een reclamefilmpje. Ze stond op en liep naar de keuken om chips in een schaal te doen. 'Let op!' schalde ineens een jolige stem vanuit de kamer. 'Wij zijn op zoek naar jong talent! Kun je goed zingen en hou je van dansen? Ben je tussen de tien en vijftien jaar oud? Zing en swing dan mee in het nieuwe tv-programma *Swingteens* en word een ster!' Doris spitste haar oren. Jong talent? Ster? Snel gooide ze de zak chips leeg in de schaal en maakte een sprintje terug naar de kamer. Ze ging weer voor de tv zitten. Allemaal coole jongens en meisjes stonden uitbundig te dansen op een groot podium.

Plotseling maakten twee van hen zich los uit de groep en liepen naar voren. Ze begonnen te zingen: 'Wil je ook weleens iets anders, dan alleen maar braaf naar school? Zing je goed en swing je cool? Doe dan mee aan *Swingteens*! Grijp je kans en meld je aan, niet straks, niet morgen, maar nu!' Onder in beeld verscheen de naam van de website waar je je in kon schrijven: www.meldjeaanbij swingteens.nl.

Doris staarde ernaar en zuchtte diep. Stel je toch voor dat zij aan dat programma mee zou doen en over een tijdje ook zo op een podium zou staan zingen en swingen. Net als in het liedje dat zojuist was gezongen, bedacht Doris dat ze ook weleens iets nieuws wilde beleven. School was inderdaad maar saai, alle dagen waren hetzelfde. Als meester Ronald een lastige som ging uitleggen, zat ze met haar gedachten vaak heel ergens anders. In een tv-studio voor een interview over haar nieuwste cd. Of in een vliegtuig op weg naar Amerika voor een serie concerten.

Zou ze goed genoeg zijn om mee te kunnen doen aan dat tv-programma? Misschien moest ze het aan haar vader vragen. Hij kon het haar vast wel vertellen, hij was tenslotte pianoleraar.

Doris liep naar de muziekkamer, waar hij zat te spelen.

Toen ze hem alles had verteld over *Swingteens* en vroeg of ze eraan mee zou kunnen doen, dacht hij eerst een tijdje na. 'Misschien wel,' zei hij toen. 'Je kunt best leuk zingen. Maar bedenk goed dat je er de komende tijd dan wel veel voor moet doen: een tekst uit je hoofd leren, danspasjes instuderen, je liedje steeds maar weer opnieuw oefenen... Heb je daar wel zin in?'

'Pfff... Natúúrlijk heb ik daar wel zin in!' zei Doris beledigd. 'Dat vind ik juist leuk!'

'Nu niet gelijk boos worden,' antwoordde haar vader. 'Ik zeg het alleen maar tegen je omdat je ook niet zo vaak oefent voor pianoles.'

Hij had gelijk. Het kwam er vaak niet van, er waren altijd zoveel leuke dingen te doen. Meestal oefende ze hooguit een half uurtje per week, vaak vlak voordat de les begon.

'Dat komt omdat jij mijn pianoleraar bent,' zei ze. 'Kinderen die van hun vader les krijgen, doen nooit goed hun best, dat heb je zelf een keer gezegd. Oefenen voor zo'n programma is héél anders hoor, dan kom je op tv!'

'Denk er nog maar even goed over na,' zei hij en hij boog zich weer over zijn piano.

Doris stond op. 'Ik weet het al zeker,' zei ze. 'Ik ga me vast opgeven op internet.'

Ze liep naar de werkkamer van haar moeder, waar de computer stond. Er brandde licht. Haar moeder zat achter het bureau een stapel papieren door te nemen, haar leesbrilletje op het puntje van haar neus.

'Mag ik even internetten?' vroeg Doris.

Haar moeder keek op. 'Ik heb liever dat je dat morgenochtend doet, als je uit bed komt,' zei ze. 'Ik ben hier bezig voor de schaatsclub.'

'Maar het is heel belangrijk, ik kan misschien beroemd worden! En je gebruikt de computer niet eens!'

'Ja, maar zo meteen wel, er moeten nog wat brieven de deur uit. Ga nou lekker die film kijken, die vind je toch zo leuk?'

'Ik wou dat die schaatsclub niet bestond,' zei Doris. 'Dan was de computer niet steeds bezet. Koen moet ook altijd al wedstrijdschema's uitdraaien.'

Boos draaide ze zich om en liep terug naar de woonkamer. Gelukkig was *Een avontuurlijke reis* nog maar net begonnen.

6

De volgende ochtend was Doris al vroeg wakker. Er was iets leuks vandaag, maar wat was dat ook alweer? O ja! Aanmelden voor *Swingteens*! Doris sprong meteen uit bed en kleedde zich snel aan. Zachtjes liep ze de trap af, iedereen in huis sliep nog. Het was donker in haar moeders werkkamer en het rook er een beetje muf.

Doris trok de gordijnen open en zette het raam op een kier. Toen schoof ze achter het bureau en zette de computer aan. De startpagina van internet verscheen. Toen ze de naam van de *Swingteens*-website intikte, trilden haar vingers een beetje van de zenuwen. Misschien ging haar leven binnenkort wel helemaal veranderen...

Algauw floepte de eerste pagina op het scherm. Doris klikte naar de spelregels en las ze vluchtig door: leeftijd tien tot vijftien jaar... maximaal honderd deelnemers per provincie... voorronden over twee weken. Ze klikte verder naar het inschrijfformulier. Tsjonge, dat zag er best ingewikkeld uit. Maar even aan haar vader vragen of hij kon helpen. Ze keek op haar horloge hoe laat het was. Kwart voor acht, nog veel te vroeg. Op zaterdagochtend wilden haar ouders altijd wat langer slapen en mocht ze hen voor negen uur niet storen. Er zat niets anders op dan wachten. Stel je voor dat ze voor straf niet mee zou mogen doen aan het programma!

Doris meldde zich aan bij MSN, om te kijken of Laura online was.

Miss Kiss Dorii zegt:

Hoi Lautje!

Glamourous Lautje zegt:

Hee Door! Was je ook al wakker? Hoe gaat het??

Miss Kiss Dorii zegt:

Goed! Heb je gisteren op tv dat filmpje over Swingteens gezien?

Glamourous Lautje zegt:

Nee. Wat is dat?

Miss Kiss Dorii zegt:

Een zangwedstrijd en je moet er ook bij dansen! Het is heel leuk☺, en alles komt op tv!

Glamourous Lautje zegt:

Leuk!☺ Ga je je opgeven??

Miss Kiss Dorii zegt:

Ja tuurlijk, het lijkt me hartstikke leuk! ☺

Glamourous Lautje zegt:

Dan ga ik ook meedoen! Misschien kunnen we samen een liedje doen! ☺

Daar had Doris niet op gerekend. Het was eigenlijk niet de bedoeling dat Laura ook mee ging doen. Ze kon heel goed zingen en dansen.

Glamourous Lautje zegt:

Are you there??☹

Nou ja, ík heb het bedacht, dacht Doris, dus dan is het niet eerlijk als Laura gaat winnen. Ze is mijn beste vriendin, dat zou ze nóóit doen.

Miss Kiss Dorii zegt:

Oké, kom je dan zo bij me langs? Dan kunnen we een paar liedjes uitzoeken om te doen. Maar je moet wel toestemming hebben van je ouders om mee te doen ☺

Glamourous Lautje zegt:

O ja. Ik denk dat mijn ouders het wel goedvinden, hoor. Ik kan alleen vandaag niet. We gaan naar mijn oma, die is jarig. Zullen we morgen afspreken?

Miss Kiss Dorii zegt:

Ja, is goed. Hoe laat?

Glamourous Lautje zegt:

Tien uur?

Miss Kiss Dorii zegt:

Oké, tien uur. Ik print het lijstje met de liedjes wel en maybe kan mijn vader ons een beetje helpen ☺

Glamourous Lautje zegt:

Oké. Tot morgen, doeii!

Miss Kiss Dorii zegt:

Oké! Doeii

7

Doris sloot MSN af en keek voor zich uit. Ze dacht na. In de spelregels stond dat er maximaal honderd kinderen per provincie aan de voorronde van *Swingteens* mochten meedoen. Misschien waren er wel meer kinderen op hetzelfde idee gekomen als zij, na het zien van de uitzending gisteravond. Als ze met inschrijven wachtte tot haar ouders eindelijk uitgeslapen waren en koffie hadden gedronken, dan was het misschien wel te laat!

Zonder verder nog na te denken sprong ze van haar stoel, rende de trap op en stond in een paar seconden naast het bed van haar ouders. Ze sliepen nog. Jammer dan, dacht ze, geen tijd te verliezen. Mijn zangcarrière is nu wel even belangrijker!

'Papa, kom mee naar beneden, je moet me helpen,' hijgde ze. 'Ik moet me NU opgeven voor *Swingteens*, dat tv-programma, weet je nog? Ik kan misschien beroemd worden, dat is mijn allergrootste wens!'

Doris' vader schoot recht overeind. 'Waddizzuraandehand?' mompelde hij. Verward greep hij naar zijn bril op het nachtkastje. 'Hè Doris, ik lag nog lekker te slapen.' Hij keek op de wekker. 'En het is pas vijf over acht!'

Het duurde even voordat hij doorhad wat Doris bedoelde. Toen trok er een glimlach over zijn gezicht. Hij streek zijn zwarte krullen achter zijn oren en zwaaide zijn benen over de rand van het bed. 'Kom op,' zei hij, 'laten we dan maar gauw naar beneden gaan. Ik ben benieuwd.'

Opgewonden liep Doris voor haar vader uit naar beneden. Ze kwebbelde honderduit. 'Fijn dat je even meekomt, papa. Alle kinderen die gisteren dat filmpje over *Swingteens* hebben gezien, zitten nu natuurlijk op de site om zich aan te melden. En er mogen er maar honderd per provincie meedoen.'

'Zou het echt zo'n vaart lopen?' zei haar vader. 'Zóveel zangtalent loopt er nou ook weer niet rond in Nederland.'

'Nou,' zei Doris, 'laatst was anders wél op het *Jeugdjournaal* dat heel veel kinderen tegenwoordig een ster willen worden. En weet je hoe dat komt?' Ze wachtte haar vaders antwoord niet af. 'Door die *zangwedstrijd op televisie*! Als je dat wint, mag je een single maken en sta je elke week in de *Hitkrant*. En dan is echt ie-der-een jaloers op je...'

Ondertussen waren ze in de werkkamer aangekomen en achter de computer gaan zitten. Doris' vader maakte een printje van de spelregels en las ze zwijgend door. Toen hij klaar was, keek hij op het scherm en klikte een paar keer met de muis. 'Het is me duidelijk,' zei hij.

'Kijk, hier staat een lijst met bekende liedjes en daar moet je er eentje uit kiezen. Zodra je bent ingeschreven, krijg je een cd thuisgestuurd waar alleen de muziek en de achtergrondkoortjes op staan, net als bij karaoke. En dan kun je beginnen met oefenen.'

Doris tuurde naar de titels van de liedjes. Ze kende er best veel. Hé, daar was *Crazy In Love* van Beyoncé. Dat ga ik bij de voorronde doen, dacht ze meteen. Dat ken ik al van de playbackshow. Ze begon de melodie te neuriën en voelde zich ineens heel blij.

Doris' vader klikte door naar het inschrijfformulier. Hij wachtte even met invullen. 'Ik vraag het je toch nog een keer, Doris,' zei hij. 'Weet je echt heel zeker dat je mee wilt doen? De voorronde is al over twee weken. Dat betekent dat je elke middag uit school zult moeten oefenen, je moet je liedje helemaal kunnen dromen. Dan kun je dus niet met je vriendinnen afspreken.'

Doris werd ongeduldig. Wat een gezeur, straks was het te laat!

'Hè papa! Natuurlijk ga ik elke dag oefenen. Dat vind ik alleen maar superleuk, echt!'

'Nou, als je het dan zo zeker weet, is het goed.'

Het invullen van de gegevens was zo gepiept. Toen Doris op 'verzend formulier' klikte, verscheen de tekst 'Bedankt voor je inschrijving, veel succes!' Doris voelde zich helemaal warm worden toen ze het las. Het is allemaal echt, dacht ze, deze keer droom ik het niet. Als ik win, ben ik beroemd... Dan is het niet meer erg dat Laura mooier en slimmer is, of dat Koen zo goed kan schaatsen. Dit is mijn kans, het móét me gaan lukken.

8

Met een printje van het bewijs van inschrijving in haar hand rende Doris opgewonden naar haar kamer. Ze zette *Crazy In Love* op en draaide de volumeknop op zeven. Snel griste ze haar plastic speelgoedmicrofoon met echo onder haar bed vandaan en ging toen voor de spiegel staan. Ze schudde haar haren naar voren. Als ze haar ogen half dichtkneep, leek ze eigenlijk best een beetje op een echte zangeres.

Het klinkt geweldig! dacht Doris trots toen ze halverwege het liedje was. Het leek wel alsof er maar één zangeres was in plaats van twee. Ook haar danspasjes gingen als vanzelf, ze leek ineens een stuk leniger dan anders. Dat kwam natuurlijk door die aanmelding voor *Swingteens*! Ze sprong op haar bed. Het werd een podium. Over de rand heen probeerden jongens en meisjes met bezwete gezichten haar aan te raken, al was het maar met een vinger. Ze keken blij, eindelijk was het hun gelukt om in de buurt van hun idool te komen. Ze stampten met hun voeten op de vloer, op de maat van de muziek.

Na een tijdje ging het gestamp over in gebons, dat ineens niet meer uit het publiek leek te komen, maar ergens achter het podium vandaan. Verschrikt keek Doris over haar schouder. De deur achter haar schudde heen en weer. In een flits was ze weer terug in de werkelijkheid. Dat was Koen, die met zijn vuisten op haar kamerdeur stond te bonzen. 'Ophouden met blèren!' schreeuwde hij.

Blèren? Pffff, die jongen had ook nergens verstand van! Een saaie nerd was het, die niet eens Beyoncé en Britney uit elkaar kon houden, die zijn hele leven lang alleen maar van schaatsen had gehouden en op school het lievelingetje van de leraren was.

Doris drukte op de stopknop van haar cd-speler en stormde de overloop op. Ze botste bijna tegen haar broer op. 'Ik kom anders binnenkort wél op tv, als je dat maar weet!' snauwde ze hem toe.

'En wat ga je daar dan doen?' vroeg Koen. 'Een beetje zwaaien naar de camera?'

'Nee, nerd,' zei Doris. 'Ik ga zingen.'

Koen begon te lachen. 'Zingen op tv? Jij? Dat geloof ik niet, Doortje, je zingt nog valser dan een kraai. De beeldbuis knalt stuk als jij in beeld komt. Bovendien ben je ook nog eens ontzettend lelijk!'

Normaal zou Doris in tranen zijn uitgebarsten als Koen dit soort dingen tegen haar zei. Maar nu kon het haar helemaal niets schelen. *Swingteens* maakte haar sterk. Ze haalde haar schouders op en deed net alsof ze niets had gehoord. Neuriënd liep ze de trap af.

Aan het ontbijt vertelde Doris haar moeder meteen over *Swingteens*. Haar ogen glansden. 'Het is een soort zangwedstrijd op televisie, maar dan voor kinderen van tien tot vijftien jaar. De winnaar wordt een ster, dat hebben ze beloofd.' Ze zuchtte een paar keer diep. 'Als ik dit ga winnen, dan ben ik voor eeuwig gelukkig,' mompelde ze voor zich uit.

'Mama, help... ik word niet goed,' riep Koen met een valse grijns op zijn gezicht. Meteen daarna liet hij zich met zijn hoofd voorover op tafel vallen, alsof hij flauwviel.

Maar Doris' moeder reageerde niet op hem. Ze keek Doris weifelend aan. 'Zou je dat nou wel doen?' zei ze. 'Ik heb het niet zo op dat soort programma's. Er wordt je van alles beloofd, maar je bent echt niet zomaar een ster, hoor! Om dat te bereiken moet je jarenlang heel veel oefenen en hard studeren.'

De gelukkige glimlach op Doris' gezicht maakte plaats voor een boze, teleurgestelde blik.

'Nou heb ik eindelijk ook eens iets leuks en dan vind jij het maar weer niks,' zei ze. 'Koen mag toch ook altijd aan al die schaatswedstrijden meedoen? Daar zeg je nooit iets van. Hij is gewoon jouw lievelingetje!'

'Nee Doris, dat laatste is niet waar, dat weet je best.'

'Nou, dan moet je het ook goedvinden dat ik aan *Swing-teens* meedoe.'

'Ik vind het ook wel goed, ik vraag me alleen af of het wel zo leuk is als jij denkt.'

'Het is heel leuk, echt. Dat kan niet anders, want het lijkt op die zangwedstrijd op televisie en dat programma vindt iedereen ook heel leuk.'

'Je moet het niet meteen allemaal zo serieus nemen,' zei Doris' vader tegen zijn vrouw. 'Doris gaat gewoon eerst lekker meedoen aan de voorronde.'

'Ach ja, je hebt ook gelijk,' zei haar moeder. 'Daarna zien we wel weer verder.'

9

De volgende ochtend belde Laura precies om tien uur aan. Doris rende naar de deur en zwaaide hem open.

'Hé Lautje!' zei ze. 'Ik ga echt meedoen aan *Swingteens*! Ik sta ingeschreven, het is gelukt!' Ze verwachtte dat Laura haar meteen om de hals zou vliegen. Maar dat gebeurde niet.

'Ik ook!' zei Laura enthousiast. 'Kijk, hier is mijn inschrijvingsbewijs.' Ze pakte een opgevouwen stuk papier uit haar tas en stak het triomfantelijk in de lucht. 'En ik weet ook al welk liedje ik bij de voorronde ga doen,' ratelde ze verder. '*Crazy In Love* van Beyoncé. En jij?'

Doris slikte. Dat was háár nummer!

'O, maar dat kun jij niet meer kiezen, want dat doe ík al,' zei ze.

'Maar dat maakt toch niet uit?' zei Laura. 'Dan doen we

het toch allebei? We zijn vast niet de enigen die het gaan zingen. Beyoncé is hartstikke populair.'

Doris kreeg het benauwd. Als Laura hetzelfde liedje ging doen als zij, dan kon ze die voorronde wel vergeten. Laura kon het natuurlijk weer nét iets beter. En dan deed Doris het automatisch een stuk slechter, zoals altijd. Ze moest Laura onmiddellijk op andere gedachten zien te brengen.

'Nee Laura, dat wil ik niet, dat vind ik niet leuk,' zei ze bits. 'Jij moet iets anders uitzoeken. Ik heb bedacht dat we aan *Swingteens* mee gaan doen en dan mag ik dus ook zeggen hoe we het gaan doen.'

'Je bent natuurlijk bang dat Laura het weer eens beter kan dan jij,' hoorde ze Koen ineens pesterig vanuit de keuken roepen. Hij had hen zitten afluisteren, dat rotjoch. Doris draaide zich om en stond in een paar stappen met geballe vuisten voor zijn neus, klaar om hem een mep te verkopen. Waar bemoeide hij zich mee?

Maar toen greep haar vader in. 'Ho ho, zo doen we dat niet. Kom op meiden, aan de slag met *Swingteens*. We gaan eerst eens uitzoeken of dat liedje van Beyoncé wel iets voor jullie is. Misschien zitten er wel veel te veel hoge noten in.'

Opgelucht liep Doris naar haar kamer om de cd te halen. Papa gaat er vast wel voor zorgen dat Laura iets anders gaat kiezen, dacht ze.

Toen ze terug was, zette haar vader de cd op en las mee met de tekst op het hoesje. 'Een leuk nummer,' zei hij toen het afgelopen was, 'maar het is wel in het Engels. Is dat niet veel te moeilijk voor jullie?'

'Nee, natuurlijk niet,' zei Doris. 'Dat zijn we gewend, we kijken allebei hartstikke vaak naar MTV. We zijn niet zoals jij vroeger was!'

'Goed, laten we dan maar gauw beginnen. Ik wil graag dat jullie om de beurt het liedje meezingen. Zonder dansje, want het gaat nu even alleen om het zingen. En denk erom: ontspannen, schouders los en je voeten een beetje uit elkaar.'

Doris begon. Het was best moeilijk om goed te zingen en tegelijkertijd precies zo te blijven staan als haar vader had gezegd. Maar het klonk nu wel veel beter dan anders. Alleen de tekst haperde hier en daar, daar moest ze nog eens goed op studeren. Toen ze klaar was, keek ze haar vader gespannen aan: was het goed genoeg om ermee door te gaan?

Hij stond op en liep naar haar toe. 'Goed gedaan, hoor,' zei hij en hij gaf haar een tikje op haar schouder. 'Dit is echt een liedje voor jou, je kunt het heel mooi zingen.'

Doris sprong op toen hij dat zei. Yess, gelukt! Vandaag was een geluksdag. Alleen jammer dat Laura ook Beyoncé wilde gaan doen.

Nu was het Laura's beurt. Ze begon precies tegelijk met Beyoncé te zingen. Het klonk erg mooi, ze zong heel zuiver en ook haar Engelse zinnen kwamen er zonder moeite uit. Vanaf de pianokruk keek Doris een beetje jaloers toe. Dit was duidelijk ook een heel goed liedje voor Laura. Ze keek naar haar vader en zag een glimlach op zijn gezicht. Hij ging zo meteen vast niet zeggen dat Laura maar beter iets van K3 kon gaan doen.

En inderdaad, toen Laura klaar was met haar liedje, zei hij dat het een goede keus van haar was.

Waarom zei hij dat nou toch? Begreep hij niet dat Doris er zenuwachtig van werd als Laura hetzelfde liedje ging doen? En dat haar zangcarrière hierdoor misschien al voorbij was bij de voorronde van *Swingteens*?

Dat nooit! dacht Doris. Ze sprong van de pianokruk af en ging voor haar vader staan. Met boze ogen keek ze hem aan.

'Het is heel stom als twee vriendinnen hetzelfde liedje doen,' zei ze. 'Laura moet iets anders kiezen. Ik had Beyoncé al gekozen toen zij nog niet eens wist dat *Swingteens* bestond.'

'Tsja Doris, dat kun je nu wel stom vinden, maar in de spelregels staat dat elke deelnemer vrij uit de lijst mag kiezen,' zei haar vader.

'Ik wil best iets anders doen,' zei Laura zachtjes, 'maar

de andere nummers van de lijst kan ik lang niet zo goed als *Crazy In Love*.'

'Nou Laura,' zei Doris, 'Britney Spears staat er anders ook op en je hebt al honderdduizend keer gezegd dat je haar ook zo goed kunt nadoen.'

'Weet je wat?' zei haar vader. 'Ik stel voor dat jullie allebei hetzelfde liedje gaan zingen, maar met een verschillend dansje erbij. Dan is het toch heel anders, of niet?'

Laura zei snel dat ze het goedvond. Maar Doris bleef strak voor zich uit kijken. 'Ik ben het er niet mee eens!' zei ze boos.

10

Toen Doris de volgende ochtend naar school liep, baalde ze er nog steeds van dat het haar de vorige dag niet was gelukt om Laura een ander liedje te laten doen. Ze had haar maar snel de deur uit gewerkt, zodat ze de rest van de dag in het geheim met haar dansje bezig kon zijn.

Eerst had ze op tmf.nl naar de videoclip van *Crazy In Love* zitten kijken. Ze was van plan geweest om precies dezelfde act als Beyoncé te gaan doen. Maar behalve zingen deed ze verder eigenlijk niet zoveel. Toch was de clip niet saai. Dat kwam doordat er allerlei grappige dingen in gebeurden, die met de computer waren gemaakt. Jammer dat je daar bij *Swingteens* niets mee kon, dat was allemaal live. Er zat dus niets anders op dan zelf iets te bedenken. En dat was niet zo gemakkelijk in je eentje, merkte Doris al snel. Samen met een vriendin kwamen de ideeën altijd veel sneller.

Op het schoolplein zag Doris de meisjes uit haar klas op een kluitje bij elkaar staan praten. Laura stond er ook bij. Toen Doris dichterbij kwam, hoorde ze dat het over *Swingteens* ging. Flauw dat Laura niet even had gewacht tot zij er was, dan hadden ze er samen over kunnen vertellen. Nu dacht iedereen natuurlijk dat het allemaal Laura's idee was om eraan mee te doen. Doris wachtte geen seconde langer en sprong midden in het groepje.

'Ik heb het allemaal bedacht!' riep ze. 'En ík had Beyoncé het eerst!'

Met een verbaasd gezicht draaide Laura zich naar Doris toe. Ze zei niets. Ook de andere meisjes zwegen.

Toen deed Melissa een stap naar voren. 'Wat maakt het uit wie van jullie het eerst was!' snauwde ze naar Doris. 'Iedereen hier heeft dat filmpje over *Swingteens* gezien. Alleen Laura niet, zij was vrijdag toevallig naar een feestje en daarom wist ze het niet. Anders had ze zich meteen aangemeld, zeker weten. Ze kan hartstikke goed zingen, beter dan jij!'

Het voelde alsof Doris zojuist een klap in haar gezicht had gekregen. Die rot-Melissa, ze dacht maar dat ze alles kon zeggen. Hoe kwam ze erbij dat Laura beter kon zingen, dat verzon ze gewoon! Het liefst wilde Doris meteen iets heel gemeens terugzeggen. Dat haar tanden scheef stonden (wat ook zo was!), of dat ze een dikke kont had (klopte ook!). Maar ze durfde het niet, ze was bang dat alles dan alleen nog maar erger werd. Ze draaide zich om en liep met hangende schouders weg van het groepje. Het ergste was eigenlijk nog wel dat Laura niet voor haar was opgekomen.

Toen ze in de kring zaten om de week door te nemen, mocht Kelly eerst vertellen hoe het vrijdag na de playbackshow met haar voet was afgelopen.

'Volgens mij is je enkel niet gebroken,' zei meester Ronald. 'Ik zie geen gips, alleen maar een grote rode sok.'

'Klopt,' zei Kelly. 'Ik heb mijn voet verstuikt. Hij is helemaal dik geworden en daarom past mijn schoen me niet meer.'

'Gelukkig mag je een paar dagen niet op je voet lopen, Kelly,' zei meester Ronald. 'Anders zou je zeker tien paar sokken verslijten!'

Alle kinderen begonnen te lachen, behalve Doris en Laura.

Daarna vroeg meester Ronald wie van de kinderen iets bijzonders had beleefd in het weekend. Doris stak haar vinger niet op. Ook Laura bleef roerloos zitten. Het was Melissa die uiteindelijk vertelde over hun aanmelding voor *Swingteens*. Meester Ronald keek verbaasd van Doris naar Laura en weer terug.

'Leuk, dames,' zei hij. 'Maar het lijkt wel alsof jullie er

eigenlijk helemaal geen zin in hebben. Of hebben jullie nu al ruzie over wie de beste is, net zoals echte artiesten dat soms ook hebben?' Doris keek naar de grond, ze durfde meester Ronald niet aan te kijken. Ze was bang dat ze ging huilen. De hele klas zou haar uitlachen als dat gebeurde. Ze schudde van nee en zei zachtjes dat er niets aan de hand was.

'We moeten er nog een beetje aan wennen,' zei Laura toen. 'Misschien zijn we straks wel beroemd.'

Het werd rumoerig in de kring. Jim en Hugo probeerden propjes papier door het open raam naar buiten te gooien en Jesse was boven op een kast geklommen. Doris vond ze anders altijd maar vervelend en kinderachtig, maar nu was ze blij dat ze begonnen te klieren. Meester Ronald kon nu gelukkig geen lastige vragen meer stellen, hij moest zorgen dat hij de klas weer rustig kreeg. Het kringgesprek was voorbij, de aardrijkskundeles begon.

11

Tussen de middag moest Doris overblijven. Toen ze vanmorgen naar school liep, had ze daar nog heel veel zin in gehad. Ze verheugde zich op de belangstelling van de meisjes uit haar klas. Nieuwsgierig zouden ze zijn, vol bewondering en tegelijk ook een beetje jaloers. Maar het was allemaal heel anders gelopen. Ook in de kleine pauze was de ruzie niet bijgelegd. Alle meisjes uit de klas waren in een kring om Doris heen gaan staan en hadden haar nog eens goed ingepeperd dat zij niet de baas was als het om *Swingteens* ging. Toen waren ze weggelopen en hadden haar helemaal alleen laten staan. Het leek wel alsof ze het van tevoren zo hadden afgesproken. Doris moest bijna huilen toen ze eraan terugdacht.

Had ze nou maar een huissleutel meegenomen. Dan was ze thuis wel alleen geweest, maar dat was ze hier op school ook. Helemaal in haar eentje zat ze op de rand van de zandbak. In het fietsenhok even verderop stonden haar klasgenootjes die ook moesten overblijven. Vanuit haar ooghoeken zag Doris ze druk met elkaar staan kletsen. Gelukkig was Laura er niet bij.

'Welk liedje ga je eigenlijk doen bij *Swingteens*?' hoorde Doris ineens iemand naast haar vragen. Verschrikt keek ze opzij. Zonder dat ze het had gemerkt, was Sander naast haar komen zitten. Dat deed hij anders nooit, hij voetbalde altijd met de andere jongens uit de klas. Dat kon hij heel goed, hij zat in de jeugdselectie van een populaire voetbalclub.

Doris keek hem verbaasd aan. Zou hij verliefd op haar zijn? Nee, vast niet. Eerder op Laura, die vonden alle jongens leuk. 'Eh... *Crazy In Love* van Beyoncé,' zei ze een beetje verlegen. 'Dat is mijn lievelingsnummer.'

'Hé, dat ken ik! Dat draait mijn zus heel vaak, zij heeft de cd.'

'Leuk!' Doris wilde eigenlijk nog meer tegen Sander zeggen, maar ze wist zo gauw niet wat. Gelukkig praatte hij gewoon verder.

'Wist je al dat Beyoncé haar naam misschien gaat veranderen?'

'Huh? Nee, dat wist ik niet. Waarin dan?'

'Sasha! Dat stond in de *Hitkrant*.'

'Ik vind Beyoncé mooier.'

'Ik ook. Maar misschien is het niet waar en heeft ze het alleen gezegd om weer eens in het nieuws te komen.'

'Ja, dat doen sterren wel vaker.'

Heel even was het stil.

'Waarom heb je je eigenlijk opgegeven voor *Swing-teens*?' vroeg Sander toen.

'Omdat ik zingen en dansen zo leuk vind,' zei Doris. 'Ik wil later graag zangeres worden.'

'Gaaf! Misschien word je wel beroemd.'

'Eh... ja, misschien wel. Jij bént het eigenlijk al een beetje, hè, door het voetballen. Vind je dat leuk?'

'Mwah. Eigenlijk merk je er niet zoveel van. We mochten een keer bij een belangrijke wedstrijd kunstjes met de bal doen in het voorprogramma. En het hele team krijgt altijd gratis cornflakes. Verder gebeurt er niets bijzonders.'

'Maar later ben je heel erg rijk en willen alle meisjes verkering met je. Misschien ga je wel in Spanje wonen, in een huis met een zwembad!' riep Doris opgewonden. Ze zag het helemaal voor zich. Sander, die in zijn zwembroek op de rand van een megagroot zwembad zat, met een glas champagne in zijn hand en een grote stapel liefdesbrieven naast zich.

'Misschien ga ik er trouwens wel mee stoppen,' hoorde ze hem ineens zeggen.

'Stoppen? Hoe kun je nou stoppen als je al bijna zeker weet dat je beroemd wordt?' Doris begreep er niets van.

'Omdat het niet altijd zo leuk is als je denkt. Je moet heel vaak trainen en altijd vroeg naar bed,' zei Sander. 'Wat is trouwens de naam van de website van *Swingteens*? Misschien wil mijn zus wel meedoen.'

Hij pakte een pen uit zijn jaszak en gaf hem aan Doris. 'Schrijf maar even op mijn arm, anders onthou ik het niet.'

Doris boog zich voorover. Door haar oogharen heen zag ze de meiden in het fietsenhok stomverbaasd naar haar en Sander zitten kijken. Ze begrepen er natuurlijk niets van dat de leukste jongen van de klas al een hele tijd naast haar zat. Mooi zo, dacht Doris, ze zijn lekker stikjaloers. Zeker weten dat ze zo meteen naar me toe komen om te vragen waarover we zaten te praten.

Sander pakte zijn bal op en rende terug naar zijn vrienden. Doris keek hem na, ze voelde vlinders in haar buik...

Het duurde inderdaad maar even of Melissa en Amber kwamen naar Doris toe gelopen. 'Wat zei Sander tegen je?' vroeg Amber. 'Heeft hij je verkering gevraagd?'

'Nee,' zei Doris, 'we hebben het ergens anders over gehad.'

'Jij hebt hém zeker verkering gevraagd,' sneerde Melissa er meteen achteraan. 'Je denkt natuurlijk dat hij je supercool vindt omdat je aan *Swingteens* mee gaat doen. Maar hij is al op Laura. Dat heeft hij me zelf verteld.'

Doris werd boos. Nu ging Melissa straks natuurlijk weer rondbazuinen dat Doris Sander verkering had gevraagd en dat hij nee had gezegd. 'Nou hou je op!' fluisterde ze. 'Anders zeg ik het tegen meester Ronald. En dan vertel ik gelijk nog een heleboel andere gemene dingen die jij tegen kinderen uit de klas hebt gezegd.'

Toen stond ze op, klopte het zand van haar kleren en liep weg. Melissa zei niets terug. Ze was vast bang dat Doris echt zou doen wat ze zei.

12

Toen Doris die middag uit school kwam, stond haar vader haar bij de voordeur op te wachten met een dikke envelop in zijn hand. 'Ik heb een verrassing voor je, Doris!' riep hij toen hij haar zag. 'Hier is de cd van *Swingteens* met de muziek en de achtergrondkoortjes!'

Doris rende op hem af en pakte de envelop van hem aan. Met trillende vingers maakte ze hem open en haalde de cd eruit. Er zat ook een brief bij.

Hallo Doris!
Leuk dat je meedoet aan de voorronde van Swingteens.
Hier is je oefen-cd, ga er maar gauw mee aan de slag.
Heel veel succes, het Swingteens-team.
P.S. Op het rode kaartje staat precies aangegeven waar
je volgende week zaterdag wordt verwacht en hoe laat.
Bewaar het goed!

'Doe ik!' riep Doris enthousiast.

'Bel Laura anders even en vraag of ze hiernaartoe komt,' zei haar vader. 'Dan kan ik jullie allebei wat tips geven, zodat jullie het liedje vanaf het begin goed instuderen.'

'O... eh... ik weet niet of ze wel thuis is. Ze moest geloof ik nog naar de beugeltandarts,' loog Doris. Samen met Laura oefenen was wel het laatste waar ze na vandaag zin in had. Laura moet het eerst goedmaken, dacht ze, anders kan ze die tips wel vergeten. Dan doet ze het maar lekker zelf!

Maar Doris' vader liet zich niet zomaar afschepen. 'Dan bel je maar naar haar huis om door te geven dat ze vanavond na het eten even langs moet komen.'

'Oké, dan doe ik het wel. Maar eerst ga ik even wat drinken,' zei Doris. Ze had helemaal geen zin om Laura te bellen. Dan was het net alsof zíj de schuld van de ruzie had. Ze liep naar de keukenkast en nam een pakje drinken en een stroopwafel. Toen ging ze naar haar moeders werkkamer en zette de computer aan. 'Ik ben benieuwd wat ze op MSN over me te zeggen hebben,' zei ze zachtjes. 'Als Laura over me zit te roddelen, maak ik een printje en laat ik het aan papa lezen. Dan heeft hij vast geen zin meer om haar te helpen.'

Ze meldde zich aan op MSN en keek wie er van de klas allemaal online waren. Jim was er, Hugo, Jesse natuurlijk en Sander. Hé, hij hoefde dus niet te trainen. Vreemd dat er nog helemaal geen meisjes zijn, dacht ze, ik ben nooit de eerste op MSN. Hoe kan dat nou? Melissa en Amber waren eerder weg dan ik, Laura liep samen met haar zusje naar huis en Myrthe heb ik ook nog zien fietsen.

Ze hebben me toch niet geblokt! dacht ze ineens geschrokken. Nee, dat kan niet, dat zou echt heel gemeen zijn.

Doris wachtte nog een tijdje, maar er kwamen geen bekende namen meer bij op het scherm.

Het huilen stond haar nader dan het lachen. Dit moest ze meteen aan haar vader vertellen. Zou hij Laura nog steeds willen helpen, nu ze haar beste vriendin zoiets gemeens had aangedaan? Met wazige ogen liep Doris de gang door naar de muziekkamer. De deur stond open, haar vader zat piano te spelen. 'Ze hebben me geblokt,' snifte ze achter zijn rug, 'alleen maar omdat ik graag wil dat Laura een ander liedje doet.' Haar vader stopte met spelen en keek verwonderd over zijn schouder. 'Wat is er aan de hand, waarom ben je ineens zo verdrietig?' vroeg hij.

Toen Doris hem verteld had wat er die dag allemaal was gebeurd, staarde hij eerst een tijdje voor zich uit. 'Er is denk ik maar één oplossing, Doris,' zei hij toen. 'Ik bel Laura op en vraag of ze onmiddellijk hier komt om de ruzie uit te praten.'

'Mooi niet! Daar heb ik helemaal geen zin in, ik haat haar.'

'Natuurlijk had Laura het voor je op moeten nemen toen Melissa zo gemeen tegen je deed. Maar aan de andere kant moet jij ook niet zo moeilijk doen, Doris. Iedereen die aan *Swingteens* meedoet, is vrij om zelf een liedje te kiezen. Je moet iets doen wat je leuk vindt en wat goed bij je stem past. Toevallig is dat voor Laura en jou allebei dat nummer van Beyoncé.'

'Maar zij kan het natuurlijk toch weer beter,' riep Doris, 'en dan mislukt het vanzelf bij mij!'

'Zo moet je helemaal niet denken. Stel je voor dat Laura inderdaad beter kan zingen dan jij, dan maakt het toch niet uit welk liedje ze doet? Dan wint ze het altijd van jou. Maar dat weten we nu toch nog helemaal niet?'

'Vind je dan niet dat zij het gister beter deed dan ik?' vroeg Doris.

'Nee, ze kende de Engelse tekst misschien wat beter. Maar verder hebben jullie het liedje allebei heel mooi gezongen. Vanaf nu moet je niet meer piekeren, maar heel goed oefenen. Dan ben je tijdens de voorronde op je allerbest!'

Doris zuchtte. Haar vader had gelijk. En eigenlijk wilde ze zelf ook het liefst dat die hele ruzie met Laura zo meteen voorbij was. Dan konden ze eindelijk lekker samen gaan zingen en elkaar helpen met het verzinnen van een leuk dansje. Ze stond op, pakte de telefoon en gaf hem aan haar vader.

Even later stond Laura op de stoep. Ze begon meteen te hakkelen toen Doris de deur opendeed. 'Ik... ik wil het heel graag weer goedmaken,' zei ze.

'Ik ook!' zei Doris. 'Ik was eerst bang dat ik veel slechter zou gaan zingen als we hetzelfde nummer gingen doen. Maar als jij het liedje ook graag wilt, dan mag dat natuurlijk. Ik wist eigenlijk ook wel dat je het niet koos om mij te pesten.'

Laura keek opgelucht. 'En ik had gister meteen aan jou moeten vragen waarom je niet wilde dat ik hetzelfde liedje koos. Dan was die ruzie op school ook nooit gebeurd.' Ze pakte een zakdoek uit haar jaszak en snoot haar neus. 'Ik beloof je dat ik straks meteen op MSN ga vertellen dat we weer vriendinnen zijn en dat iedereen weer normaal tegen je moet doen.'

'Gelukkig,' zei Doris. 'Hartsvriendinnen voor altijd, oké?'

'Ja,' zei Laura, 'HVA! En als Melissa morgen weer gemeen doet, dan gaan we lekker een anti-Melissaclubje oprichten!'

13

De volgende ochtend voor school ging Doris Laura op-halen. Ze durfde niet goed alleen naar school te gaan, om-dat ze bang was dat sommige meisjes dan toch weer rot tegen haar gingen doen, vooral Melissa.

'Weet je al wat voor dansje je gaat doen?' vroeg Laura toen ze net onderweg waren.

Doris dacht na. Eigenlijk wilde ze het liefst iets heel snels doen, waarmee ze goed zou opvallen. Het was alleen erg moeilijk om dan tegelijk ook goed te zingen, maar dat zei ze niet tegen Laura. Misschien moest ze toch maar hetzelfde doen als Beyoncé in de clip. Dat was niet zo moeilijk en dan had ze een voorbeeld.

'Eh... ik denk... hetzelfde als Beyoncé,' antwoordde ze.

'O,' zei Laura, 'vind je het niet een beetje saai wat ze doet?'

'Mwah, misschien wel een beetje, maar ik wil het graag

zo echt mogelijk doen. En jij? Wat ga jij doen?' vroeg ze er toen maar gauw achteraan.

'Iets met streetdance,' zei Laura. 'Het gaat heel snel.'

'Leuk,' zei Doris. 'En wat voor kleren doe je erbij aan?'

'Een spijkerrokje met zwarte laarzen eronder en een topje van namaakdiamantjes. Het lijkt op wat Beyoncé aanheeft op die poster van jou,' zei Laura. 'Mijn moeder gaat het voor mij maken. Gaaf, hè!'

'Cool!' Doris wenste dat ze zelf zo'n moeder had.

'En jij, wat doe jij aan?' vroeg Laura.

'Ik weet het nog niet, ik heb niks wat op de kleren van Beyoncé lijkt.'

'Kan je moeder dan niet iets voor je naaien?'

'Mijn moeder? Die weet niet eens hoe ze een draad door een naald moet halen! Ze koopt altijd alle kleren in de winkel.'

Doris kreeg een idee. 'Kan jouw moeder niet iets voor mij naaien?' vroeg ze. 'Dan kan ze iets terugdoen, mijn vader heeft jou ook tips gegeven met zingen.'

Onverwacht trok Laura een verdrietig gezicht. 'Dat durf ik niet aan haar te vragen,' zei ze. 'Ze wil heel graag dat ik de beste ben bij *Swingteens*. De hele dag praat ze nergens anders meer over. Ik word er helemaal gek van.'

'O, dus als ze iets voor mij zou naaien, is ze bang dat ik meer kans heb om te winnen,' zei Doris.

'Precies!' zei Laura, opgelucht omdat Doris het begreep.

'Hmm, misschien kan ik wel iets van Myrthe lenen,' zei Doris, 'die heeft altijd heel hippe kleren.'

Inmiddels waren ze op het schoolplein aangekomen. Meteen kwamen er een paar meisjes uit hun klas op hen afgestormd. 'Doris, sorry van gisteren! We wilden eigenlijk helemaal niet zo rot tegen je doen, maar het moest van Melissa.'

'O, dus als Melissa zegt dat iedereen haar tien euro moet geven, dan doen jullie dat ook?' vroeg Doris.

Even was het stil. 'Nou... nee, maar je weet hoe ze is,' zei Myrthe toen. 'Iedereen is bang voor haar.'

Toen Doris het klaslokaal in liep, zag ze Melissa bij meester Ronald staan praten. Ze liet hem iets lezen, een brief. Ik hoop dat ze een paar weken vrij gaat vragen, dacht Doris, dan ben ik een tijdje van haar af. Maar toen alle kinderen op hun plek zaten, bleek al snel dat het om iets heel anders ging.

'Jongens en meisjes,' zei meester Ronald, 'allemaal even luisteren. Melissa heeft een nieuwtje en dat wil ze heel graag vertellen. Ga je gang, Melissa.'

Voordat ze begon te vertellen, keek Melissa alle kinderen van de klas een voor een aan, Doris en Laura iets langer. In haar ogen fonkelde iets vals. Toen begon ze met de brief in haar hand te zwaaien en riep overdreven: 'Ik ga meedoen aan *Swingteens* met *Crazy In Love*! Hier staat de nieuwe Beyoncééééé!'

Alle kinderen begonnen te klappen, behalve Doris en Laura. Ze keken elkaar verbijsterd aan. Doris greep naar haar hoofd. 'Ik word niet goed!' zei ze.

'Hoe haalt ze het in haar hoofd,' kreunde Laura. 'Ze zingt zo vals als een kraai en ze lijkt er ook nog eens sprekend op.' Ze sprong op van haar stoel en maakte stuntelige vliegbewegingen met haar armen. 'Ik ben de verschrikkelijke Melissa!' kraste ze met een verdraaide stem. 'Ik kan fantastisch zingen, maar niet heus!'

Pas toen Doris fluisterde dat ze moest kappen, kreeg ze in de gaten dat het doodstil was geworden in de klas. Meester Ronald keek haar met een ijzige blik aan. 'Vanmiddag nablijven, Laura,' zei hij. 'Ik moet een hartig woordje met je spreken.'

14

Na schooltijd bleef Doris op Laura wachten in het fietsenhok. Ze hadden afgesproken om te gaan oefenen voor
Swingteens. Doris had er zin in. Laura had vast nog wel
leuke ideeën om haar dansje wat minder saai te maken.
Dat was best belangrijk, nu Melissa zich ook voor *Swingteens* had aangemeld. Stel je voor dat zij in de finale zou
komen en Doris niet! Maar even niet aan denken...

Even later ging de deur van de school open. Laura
kwam naar buiten.

'Wat zei meester Ronald allemaal? Was hij erg boos?'

'Viel wel mee. Ik moet morgen voordat de les begint
mijn excuses aanbieden aan Melissa. Hij vond het heel
flauw wat ik had gedaan. Volgens hem kan Melissa er
faalangst door krijgen.'

'Belachelijk,' zei Doris. 'En trouwens, of ze nou faalangst

heeft of niet, zingen kan ze toch niet. En dansen al helemaal niet!'

'Klopt,' zei Laura en ze ging weer verder met haar verhaal. 'Toen zei ik dat ik zo had gedaan omdat Melissa altijd heel gemeen is, en dat ze zich overal mee bemoeit.'

'Goed zo!'

'Maar toen zei hij dat dat komt doordat ze geen moeder meer heeft. Die is al heel lang dood. En haar vader ziet ze ook niet veel, die zit voor zijn werk heel vaak in het buitenland.'

'O... dat wist ik niet, ze praat er nooit over. Maar woont ze dan helemaal alleen in dat grote huis?'

'Nee. Ze heeft een au pair, een oppas, die woont er ook.'

'Hmm, eigenlijk is ze dus best zielig.'

'Ja, eigenlijk wel.'

'Maar daarom hoeft ze toch niet altijd zo stom te doen? Ik vind haar best zielig, maar ik ga haar nu niet opeens aardig vinden.'

'Nee, ik ook niet. Er is trouwens nog wat... Misschien vind je het wel stom, maar ik heb tegen meester Ronald gezegd dat we Melissa een keer mee gaan vragen om samen te oefenen voor *Swingteens*.'

'Nee! Waarom dan?'

'Omdat ik dacht dat ik dan misschien niet lang na hoefde te blijven. Dan zouden we meer tijd hebben om te oefenen.'

'O, ik snap het. Nou, dan vragen we haar gewoon één keer. Hopelijk zegt ze nee.'

Laura pakte haar fietssleutel. 'Zullen we nu snel naar jouw huis gaan?' vroeg ze. 'Het is al vier uur.'

Bij Doris' huis aangekomen smeten ze hun fietsen snel in de heg en renden meteen door naar boven.

'Hé daar! Zeggen we tegenwoordig niet meer even dag als we thuiskomen?' hoorden ze Doris' vader onder aan de trap roepen.

Doris liep naar de overloop. 'Sorry, maar we moeten oefenen voor *Swingteens*!' riep ze naar beneden. Ze ging weer terug naar haar kamer en sloeg de deur keihard achter zich dicht. Ziezo, dan kunnen we nu eindelijk beginnen, dacht ze. Ondertussen had Laura de *Swingteens*-cd opgezet. 'Mag ik eerst?' vroeg ze. 'Ik ben zo benieuwd wat je van mijn dansje vindt!'

De eerste tonen van het liedje klonken. Laura begon meteen heel flitsend te dansen en dat bleef zo tot het einde. 'Hartstikke goed, Lau!' riep Doris. 'Echt super!'

Ineens ging de deur open. Doris' vader kwam binnen. 'Ik moet eens even met jullie praten,' zei hij streng. 'Ik begrijp heel goed dat jullie veel voor *Swingteens* willen oefenen, maar dat betekent niet dat andere dingen ineens niet meer belangrijk zijn.'

'Hoezo?' vroeg Doris.

'Nou, jullie zeggen niet gedag, de fietsen liggen beneden in de heg, deuren worden keihard dichtgesmeten... Jullie lijken wel een paar verwende filmsterren!'

Hij had eigenlijk wel gelijk. 'Sorry pap! Vanaf nu gaan we het allemaal weer anders doen, dat beloof ik,' zei Doris.

'En ik ook!' zei Laura er achteraan.

'Afgesproken, en laat me nu dan maar eens zien hoever jullie al zijn.'

Laura veerde meteen op van haar stoel en voerde haar streetdance-act nog een keer op.

'Erg leuk bedacht, Laura. Toch denk ik dat het iets te druk is, waardoor je minder goed gaat zingen. Ik zou het iets rustiger maken als ik jou was.'

Maar Laura liet zich niet ompraten. 'Als ik het verander, dan passen mijn kleren er niet meer bij en mijn moeder is al met naaien begonnen.'

15

Die avond kon Doris niet slapen. Ze lag de hele tijd te piekeren over leuke kleren voor bij haar liedje. Ze moesten in ieder geval heel hip en apart zijn, anders viel ze niet op. Ze had even overwogen om net zoiets aan te trekken als wat Beyoncé in de clip droeg, maar dat vond ze toch wat te bloot. En kleren lenen van Myrthe was eigenlijk ook niet zo'n goed idee, daar paste ze nooit in. Myrthe was veel kleiner. Het probleem was alleen dat er op dit moment ook niets bijzonders in Doris' eigen kast hing.

Laat ik mijn oude tijdschriften maar weer eens doorkijken, dacht ze, misschien staat daar iets leuks in. Ze knipte haar leeslampje aan en graaide onder haar bed. Het leek wel een vuilnisbelt. Van alles kwam eronder vandaan: lege chipszakjes, een folder over vakantiekampen, oorbellen die ze al heel lang kwijt was, opgerolde sokken, vuile onderbroeken en inderdaad tientallen oude tijdschriften.

Al bladerend in een meidenblad van twee maanden geleden kwam Doris ineens een advertentie tegen van een website waarop je zelf je eigen T-shirt kon ontwerpen. Dat is gaaf, dacht ze. Dan kun je iets bedenken wat niemand anders aanheeft. Kon ik meteen maar even op die site gaan kijken.

Daarvoor moest ze dan wel naar beneden, en haar moeder zou het zeker niet goedvinden dat ze zo laat nog ging computeren. Kinderen horen op tijd in bed te liggen, hoorde Doris haar in gedachten al zeggen, anders kunnen ze de volgende dag niet goed opletten op school.

Maar slapen lukte voorlopig niet meer bij Doris en daarom besloot ze om het er toch maar stiekem op te wagen. Ze griste een papiertje van haar bureau en schreef de naam van de website erop. Toen klom ze voorzichtig haar bed uit en sloop de trap af. De deur van de woonkamer stond op een kiertje. Haar vaders' voeten staken uit over de leuning van de bank. Mooi zo, die lag tv te kijken. Van haar moeder hoorde en zag ze niets, hopelijk zat ze niet achter de computer. Maar in haar werkkamer was alles donker, de kust was veilig! Doris liet het licht uit, dat zou haar alleen maar verraden als er toevallig iemand door de gang liep. Op de tast probeerde ze de schakelaar van de computer te vinden. Hebbes! Doris schrok van de hoeveelheid licht die ineens vanaf het computerscherm de kamer in spatte. Toen de startpagina verscheen, tikte ze snel de naam van de website in. Op de homepage kon je allerlei verschillende modellen T-shirts aanklikken. Doris koos er eentje met korte mouwen en een ronde hals. Ze klikte verder.

Kleur?

Citroengeel

Tekst voor?

Swingteens bunny

Tekst achter?

Nee, daar moet een plaatje van een konijntje komen... klik... gelukt!

Tekstkleur?

Zilverglitter

Op het scherm verscheen nu een voorbeeld van het T-shirt dat Doris had ontworpen. Het zag er echt cool uit. Ze klikte verder op 'bestellen' en typte haar naam in, haar adres, telefoonnummer, e-mailadres... en toen kon ze niet verder. Creditcardnummer intypen, stond er.

O ja, stom, je moet er natuurlijk ook voor betalen, dacht ze. Dan kan ik nu dus niet verder. Mama moet erbij komen, die heeft een creditcard. Maar het is nu te laat om het aan haar te vragen.

Doris wilde al afsluiten, toen ze zich ineens bedacht.

Mama heeft het vast weer te druk om samen met mij naar die website te kijken, dacht ze. Misschien heeft ze in het weekend pas tijd en dat zal wel te laat zijn. Dan kan ik dat leuke T-shirt niet aan bij de voorronde. Ze speurde de kamer rond om te kijken of ze haar moeders portemonnee ergens zag liggen. Yes! Hij lag gewoon op het bureau, met haar creditcard erin. Als ze wilde, kon ze het T-shirt nu stiekem gaan bestellen. Dan had ze het zeker op tijd.

Eigenlijk moet ik het eerst aan mama vragen, ging het nog even door haar hoofd. Maar toen greep haar linkerhand bijna automatisch de creditcard en begon haar rechterhand het nummer al in te typen.

Ik doe het gewoon, zei ze tegen zichzelf. Misschien vindt mama het zelfs wel fijn dat ik dit doe. Dat scheelt haar weer tijd.

Toen het hele nummer er stond, klikte Doris verder naar de volgende pagina. Hartelijk dank voor uw bestelling! stond er ineens op het scherm. U krijgt het T-shirt binnen acht dagen thuisgestuurd.

Met trillende vingers sloot Doris de computer af. Ze voelde zich ineens toch wel wat zenuwachtig worden door wat ze had gedaan. Was het eigenlijk geen diefstal? Ze schrok. Zou ze naar de kamer gaan en het meteen maar allemaal opbiechten? Maar dan mocht ze voor straf misschien wel niet meer meedoen aan *Swingteens*... Nee, dat nooit!

Een minuut later lag ze weer in haar bed. Niemand had ook maar iets van de hele actie gemerkt. Maar Doris lag nog uren wakker. Pas tegen de ochtend viel ze eindelijk in een onrustige slaap.

16

In de dagen die volgden, gebruikte Doris elke vrije minuut om te oefenen voor *Swingteens*. Iedere dag ging het weer iets beter. Haar ouders zeiden steeds vaker dat ze trots op haar waren. Ze kwamen regelmatig kijken en luisteren als ze aan het oefenen was. Normaal gesproken zou Doris zich heel gelukkig voelen. Maar nu zat ze vreselijk te piekeren over het stiekem bestelde T-shirt. Had ze het maar nooit gedaan. Ze was een dief, daar kwam het toch eigenlijk op neer. Maar de koop viel niet meer terug te draaien. Ze had nog een paar keer gebeld naar een telefoonnummer dat op de site stond, maar er nam niemand op.

En toen gebeurde dat waar ze sinds de avond van de diefstal bang voor was geweest. Precies op een moment dat iedereen thuis was, bracht de postbode het pakje met het T-shirt.

Het was net na het avondeten, Doris was weer druk aan het oefenen voor *Swingteens*. Opeens hoorde ze haar moeder onder aan de trap roepen. 'Doris, kom gauw, er is een pakje voor je gekomen!' In twee seconden was ze beneden. Ze was van plan het pakje uit haar moeders handen te grissen en het boven in haar eentje uit te pakken. Maar haar moeder was er al mee naar de keuken gelopen, waar de rest van de familie koffie zat te drinken.

'Doris, je hebt een cadeau van een aanbidder!' schreeuwde Koen.

Toen Doris de keuken binnenliep, zag ze het pakje meteen liggen op de tafel. Ze staarde ernaar. Ga weg! dacht ze. Ik heb je niet besteld, het was een droom. Ik ben geen dief. Maar het pakje bleef gewoon liggen, het verdween niet. Met wazige ogen deed Doris een paar stappen naar voren. Ze begon te wankelen, haar oren suisden. Ineens duwden allerlei mensen tegen haar aan. 'Ga weg!' riepen ze tegen haar. 'Je hebt verloren, je moet naar huis.' Een paar sterke armen pakten haar op en smeten haar op de grond. Daar bleef ze liggen, ze had pijn en kon zich bijna niet meer bewegen.

Toen hoorde ze geschreeuw, steeds luider. Doris werd bang. Met haar laatste krachten richtte ze zich half op en probeerde te ontdekken wat er aan de hand was. In de verte zag ze een podium. Er stond een meisje in de spotlights, met haar armen vol bloemen en omringd door cameramannen. Het was Melissa! Doris stond op en liep naar haar toe. Toen ze vlakbij was, werd het ineens doodstil. Met een ijskoude blik in haar ogen staarde Melissa Doris aan. Toen bewoog ze haar lippen en begon te praten in de microfoon.

'Ge-won-nen,' zei ze langzaam, met een stem die veel lager klonk dan anders. Doris kreeg er kippenvel van. 'Ik heb van jou gewonnen, Doris! Ik ben een ster en jij een dief. Nu word je nooit meer beroemd... nooit meer... nooit meer...'

'Nee!' schreeuwde Doris terug. 'Ik ben geen dief, ik betaal alles terug, echt!' Ze sperde haar ogen open en keek toen recht in drie bezorgde gezichten. 'Doris, je bent flauwgevallen. Wat is er toch met je aan de hand?' zei haar moeder ongerust. Haar vader tilde haar op en droeg haar naar de bank in de kamer. 'Je moet even gaan liggen,' zei hij. 'Als je nu opstaat, zak je meteen weer in elkaar.'

Koen kwam naast haar zitten met het pakje. 'Ik pak het wel even voor je uit,' zei hij en hij begon het papier al los te scheuren. Even later hield hij het nieuwe T-shirt omhoog, zodat iedereen het kon zien.

'O, wat mooi,' zei haar moeder. 'Dat is zeker voor *Swingteens*. Van wie zou je dat nou hebben gekregen?'

Doris barstte in tranen uit. 'Ik heb het niet gekregen, ik

heb het gestolen,' snikte ze. 'Ik heb stiekem het nummer van jouw creditcard ingevuld op een website.'

Stomverbaasd keek haar moeder haar aan.

'Maar dat was toch helemaal niet nodig geweest, Doris?' zei ze. Haar stem klonk niet boos, eerder verdrietig. 'Je had het mij toch gewoon kunnen vragen?'

'Ja, maar dan roep jij altijd meteen dat je het te druk hebt,' piepte Doris ongelukkig. 'Dan had ik het T-shirt misschien niet op tijd gekregen.'

'Maar ik had je toch ook wel even kunnen helpen?' zei Doris' vader. 'Ik ben vaker thuis dan mama.'

'Ja, maar jij hebt geen creditcard,' zei Doris. 'En die had je nodig om dat T-shirt te kunnen bestellen.'

'Doris heeft eigenlijk wel een beetje gelijk,' zei haar moeder. 'Ik heb het ook altijd heel erg druk met van alles en nog wat en dan schiet zij er weleens bij in. Misschien moet ik wat minder hooi op mijn vork nemen...'

'Pardon?' zei Koen. 'Minder hooi op je vork nemen? Je bent toch geen boerin?'

'O, ken je die uitdrukking niet?' vroeg Doris' moeder. 'Dat betekent dat je het wat rustiger aan gaat doen.' Ze keek Doris weer aan. 'Weet je wat?' zei ze. 'We vergeten dat gedoe met die creditcard. Morgen is het woensdag en dan gaan we 's middags lekker samen naar de stad. We zoeken een leuk rokje uit bij je T-shirt.'

'En je werk dan?' vroeg Doris. 'Moet je daar niet naartoe?'

'Nee, hoor, ik neem gewoon een middag vrij.'

'Super,' zei Doris blij. 'Enne... ik heb heel erg spijt van
die diefstal, mama. Dat wilde ik je nog zeggen. Ik zal het
echt nooit meer doen.'

17

Toen de grote dag van de voorronde eindelijk was aangebroken, werd Doris al om half zes wakker. Meteen zat ze
boordevol energie. Kon ze haar bed maar uit springen
om nog wat te oefenen! Jammer genoeg was het daarvoor
nog veel te vroeg, het hele huis was nog in diepe rust.
Ook had het geen zin om nog wat aan haar kleren te
prutsen. Die hingen al dagenlang klaar, op een hangertje
aan de deur van haar kledingkast. Lezen misschien? Nee,
daarvoor was ze te onrustig. Er zat niets anders op dan in
bed te blijven liggen en te wachten tot het zeven uur
werd.

Starend naar de poster van Beyoncé lag Doris na te
denken over wat er allemaal was gebeurd sinds de aanmelding voor *Swingteens*. Dat was best veel: het gedoe
met Laura over hun liedje, de diefstal met de creditcard,

het flauwvallen in de keuken en dan ook nog de ruzie met Melissa, die veel erger was geworden. Dat gebeurde toen Doris en Laura haar hadden gevraagd om een keertje samen te oefenen, zoals Laura aan meester Ronald had beloofd. Melissa had meteen ja gezegd en was nog diezelfde middag meegegaan naar Laura's huis. Doris zag weer helemaal voor zich hoe het toen verderging...

In de woonkamer was Laura's moeder druk bezig met het topje dat Laura tijdens de voorronde zou dragen. Toen Melissa zag dat het net zo'n diamanten topje was als dat van Beyoncé, zat ze er gelijk met haar neus bovenop. 'Waar kun je het patroon kopen?' vroeg ze. 'En die diamantjes?'

Maar Laura's moeder gaf geen antwoord. Ze schoof het topje onder een stapel tijdschriften en zei toen dat ze naar boven moesten gaan.

'Ik heb wel gezien waar je moeder die diamantjes heeft gekocht, hoor!' zei Melissa pesterig tegen Laura toen ze de trap op liepen. 'Er lag een plastic zak van Kitty's Kralenparadijs op tafel.'

'Ben je soms van plan om ook zo'n diamanten topje te maken?' vroeg Laura.

'Pfff, nee, dat heb jij toch al?' antwoordde Melissa snibbig. 'Ik denk aan iets heel anders.'

'O ja? Wat dan?' vroeg Laura. 'Vertel eens hoe het eruit-ziet?'

'Dat gaat je niets aan,' was het bitse antwoord. 'Dat zul je wel zien bij de voorronde.'

Achteraf hadden Doris en Laura ontzettend veel spijt dat ze Melissa toen niet meteen de deur uit hadden gezet. In plaats daarvan waren ze met zijn drieën naar Laura's kamer gegaan. Eerst zouden ze een voor een hun act op-voeren en daarna zouden ze elkaar tips geven over hoe het misschien nog beter kon. Melissa wilde beslist als laat-ste. Vreemd genoeg toonde ze geen enkele belangstelling voor Doris toen die als eerste van start ging. Het hele lied-je lang was ze verdiept in haar mobiele telefoon. Voort-durend tuurde ze naar het schermpje en toetste af en toe iets in. Laura probeerde uit te vinden wat ze nou precies allemaal deed, maar Melissa kreeg het door en draaide zich met haar rug naar Laura toe, zodat ze niets meer kon zien. Toen het Laura's beurt was, gebeurde er precies het-zelfde. Het enige waar Melissa oog voor had, was haar mobiele telefoon.

Meteen toen het liedje afgelopen was, stond Melissa op en zei dat ze zich niet lekker voelde. Ze was al verdwenen voordat Doris en Laura er goed en wel erg in hadden. Toen de voordeur beneden dichtknalde, keken ze elkaar verbijsterd aan.

'Wat vreemd dat ze zo snel wegging,' zei Doris. 'We kregen niet eens de kans om haar een aspirientje aan te bieden.'

'Ik geloof er niets van dat ze zich niet goed voelde,' zei Laura. 'Volgens mij wilde ze gewoon onze ideeën pikken. Ze was helemaal niet van plan om samen te gaan oefenen.'

'Nou snap ik waarom ze de hele tijd met haar mobieltje bezig was!' riep Doris ineens. 'Ze zat filmpjes van onze dansjes te maken!'

'Wat stom van ons dat we haar hebben laten gaan. We hadden die telefoon meteen af moeten pakken en alles moeten wissen.'

'Kom op, we gaan achter haar aan. We rijden haar klem en dan eisen we dat ze haar mobiel aan ons afgeeft.'

Zonder verder nog een seconde te verliezen, renden ze naar beneden en keken links en rechts de straat in. Melissa was in geen velden of wegen meer te bekennen. 'Ze is vast naar huis gegaan,' zei Laura. 'Ze wil de filmpjes natuurlijk meteen bestuderen.' De meisjes sprongen op hun fietsen en raceten naar Melissa's huis.

Het hek voor de oprijlaan was gesloten. Doris drukte op een belletje in de muur naast het hek. Er gebeurde niets. Ze tuurde naar het grote, sombere huis, dat verscholen lag achter struikgewas en hoge bomen. Het zag er geheimzinnig uit.

'Ben jij hier eigenlijk weleens geweest?' vroeg Doris.

'Nee, nog nooit. Ze heeft wel een keer gevraagd of ik meeging, maar daar had ik geen zin in. Zullen we weer teruggaan? Ik vind het er maar eng uitzien.'

'Ik probeer het nog één keer. Zo gemakkelijk komt ze niet van ons af.'

Doris belde nog eens, maar weer gebeurde er helemaal niets. Ze rammelde aan het hek. 'Melissa!' riep ze. 'Kom eens naar buiten! Wij zijn het, Doris en Laura.'

Plotseling doken er achter het hek twee grote honden op. Ze maakten geen enkel geluid. Voordat Doris er erg in had, beet een ervan in de hand waarmee ze het hek vasthield. Ze gilde en liet meteen los. Geschrokken keek ze naar haar hand. Een dun stroompje bloed sijpelde van haar pink naar haar pols.

'Wegwezen!' riep Laura. Ze trok Doris mee aan haar arm in de richting van hun fietsen. 'Kom op, het is hier niet pluis.'

Doris veegde het bloed weg met een zakdoek en greep haar fiets. Ze gingen er zo snel mogelijk vandoor.

Bliepbliep! Bliepbliep! De wekker ging. Doris kwam overeind en ging op de rand van haar bed zitten. Serieus en een beetje gespannen keek ze zichzelf aan in de spiegel die tegenover haar hing. De grote dag was officieel begonnen.

'Zet hem op!' zei ze zachtjes tegen haar spiegelbeeld. 'Je kunt het!'

18

Tijdens het ontbijt kreeg Doris van de zenuwen geen hap door haar keel. De hele tijd zag ze voor zich hoe ze straks voor de jury zou staan en haar liedje ging doen. Stel je voor dat ze ineens de tekst kwijt was! Of dat ze haar pasjes door elkaar zou halen!

'Je moet wel wat eten, Doris,' zei haar moeder. 'Anders heb je straks niet genoeg energie.'

Met tegenzin stopte Doris weer een stukje brood in haar mond. Misschien moest ze maar eens proberen om het weg te spoelen met een slok melk. Ze reikte naar haar glas.

Zoemzoem! deed de mobiele telefoon naast haar bord. Een sms'je. Van schrik sloeg Doris wild met beide armen om zich heen. Het glas melk vloog door de lucht en belandde kletterend op de keukenvloer. Daar viel het in tientallen stukjes uiteen. De melk spatte overal heen. Doris sprong op van haar stoel en keek verbijsterd naar haar laarzen. Ze zaten onder de melkspetters.

Nog voordat ze in tranen uit kon barsten, was de hele keuken ineens in rep en roer. 'Niets aan de hand,' zei haar moeder en ze greep een theedoek om Doris' laarzen weer schoon te poetsen.

'Scherven brengen geluk,' zei haar vader en hij dook het aanrechtkastje in om een veger en blik te pakken.

En Koen liep snel naar de koelkast om een schaaltje vla voor Doris in te schenken.

Vijf minuten later zaten ze allemaal weer aan tafel en was Doris een beetje van de schrik bekomen. Ze pakte haar mobieltje en klapte het open. Even kijken naar dat sms'je... Hé, het was van Sander!

Hallo Doris!
Ik ben verliefd op jou.
Wil je verkering met me?
XXX Sander

Even hapte Doris naar adem. De hunk van de klas – nee, van de hele school – was verliefd op haar. Het stond er echt! Doris kon het zich bijna niet voorstellen, er zaten immers meisjes in de klas die veel knapper waren dan zij.

Laura bijvoorbeeld. Doris voelde weer vlinders in haar buik, net als vorige week op het schoolplein, toen Sander bij haar kwam zitten om over *Swingteens* te praten... Ik ben ook verliefd op hem! dacht ze blij.

'Doris, ik begrijp best dat het allemaal heel spannend voor je is, maar je moet nu toch écht wat eten,' zei Doris' moeder.

'Spannend? Wat is er spannend?' zei Doris verdwaasd.

'Doris! Het gaat toch wel goed met je?' vroeg haar vader bezorgd. 'Als die voorronde van *Swingteens* je te veel wordt, dan mag je ook gewoon thuisblijven, hoor. Van ons hoef je niet zo nodig beroemd te worden.'

O ja, *Swingteens*! Doris pakte haar lepel en at snel haar bakje vla leeg. Daarna ging ze van tafel en zei dat ze even op MSN wilde kijken of er nog kinderen waren die haar succes wilden wensen.

'Wel opschieten, hoor,' zei haar vader. 'Over een kwartiertje moeten we vertrekken.'

Gelukkig stond de computer aan. Doris ging op zoek naar een achtergrondje voor het sms'je dat ze aan Sander wilde terugsturen. Ze vond het meteen: een konijntje met allemaal hartjes eromheen en de tekst 'I love you'. Ze vulde haar mobiele nummer in bij 'bestellen' en na een paar minuten had ze het plaatje al binnen. Ze sms'te het meteen door naar Sander.

Yes!

XXX Doris

Toen Doris terugliep naar de keuken had ze het gevoel dat ze tien kilo lichter was dan normaal. Ineens waren alle zenuwen voor *Swingteens* weg. Een uur geleden zag ze nog als een berg tegen de voorronde op, nu had ze er zin in. Jammer dat er alleen maar ouders mee mochten naar de voorronde. Anders had Sander vast met een groot spandoek in de zaal gezeten om haar aan te moedigen.

'Half tien, we moeten gaan,' zei haar vader. 'Heb je alles bij je, Doris? Je cd, je mobiel, kleingeld, make-up misschien?'

'Huh? O... ja,' antwoordde ze. Vanuit haar ooghoeken zag ze dat haar ouders elkaar bezorgd aankeken. Ze dachten natuurlijk dat ze helemaal doodnerveus was voor *Swingteens*. Ze moesten eens weten van haar en Sander...

'Wat jammer dat ik vandaag niet mee kan,' zei Doris' moeder, 'dan had je nog een extra steuntje in je rug gehad. Maar Koen heeft vandaag een schaatswedstrijd en daar moet ik hem naartoe brengen. Het is wel twee uur rijden hiervandaan.'

'Geeft niks,' zei Doris. 'Helemaal niet erg.'

'Hé, kijk daar eens!' zei haar vader ineens toen ze in de

auto op weg waren naar Laura. Hij wees naar het viaduct voor hen. Aan de reling was een wit laken vastgebonden. Met grote, zwarte letters stond erop geschilderd:

VEEL SUCCES DORIS!!
XXX S.

Het enige wat Doris nog kon tot aan Laura's huis was zuchten, heel diep zuchten...

19

Toen Doris en haar vader de straat van Laura in reden, stond Laura al samen met haar moeder op de stoep te wachten. Ze kwamen meteen naar de auto toe.

'Ik ben best zenuwachtig,' zei Laura toen ze bij Doris achter instapte. 'En jij?'

'Valt wel mee,' zei Doris. En meteen daarachteraan fluisterde ze: 'Ik moet je iets laten zien, een geheim!' Ze pakte haar mobieltje, opende het sms'je van Sander en liet het aan Laura lezen. 'Ik heb al ja gezegd,' zei ze zachtjes. 'En bij het viaduct heeft hij een spandoek voor me opgehangen.' Ze keek Laura vol verwachting aan. 'Nou? Wat vind je ervan? Zeg eens wat!'

'Leuk voor je, Doris,' zei Laura, maar het klonk niet echt enthousiast. Daarna keek ze weer voor zich en ging stilletjes aan de diamantjes op haar topje zitten frunniken.

Doris was teleurgesteld. Wat flauw dat Laura nauwelijks reageerde. Het was toch juist leuk als je beste vriendin verkering kreeg? En dan ook nog eens met Sander!

'Laura, waarom zeg je bijna niets, je lijkt wel een zombie!' zei ze keihard, zodat iedereen het kon horen.

Meteen draaide Laura's moeder zich om. 'Doe niet zo flauw, Doris!' zei ze. 'Je ziet toch dat Laura een beetje zenuwachtig is? Maak het nou niet erger voor haar. Of denk je soms dat je dan zelf meer kans hebt om te winnen?'

'Nee... natuurlijk niet!' zei Doris. 'Sorry Laura.' Ze schaamde zich een beetje, het was inderdaad niet aardig van haar om dat zo te zeggen. Het kwam gewoon doordat ze zich supergoed voelde nu ze verkering had. Ineens kon ze zich niet meer voorstellen hoe vervelend het was om zo zenuwachtig te zijn. Ze kreeg medelijden met Laura. Misschien kan ik het weer een beetje goedmaken als ik iets liefs tegen haar zeg, dacht ze.

'Wat is je topje mooi geworden, Laura,' zei ze. 'Het staat je geweldig.'

Ze meende het. Laura zag er echt geweldig uit, ook al leek ze het zelf niet te merken.

'Dank je,' zei Laura zachtjes.

'Dat hebt u echt heel knap gemaakt,' zei Doris tegen Laura's moeder. Maar ze kreeg geen antwoord, ook niet toen ze het nog een keer zei. Daarna bleef het stil in de auto, tot het einde van de rit.

'Hé, daar heb je Melissa!' zei Laura toen ze net uitgestapt waren. Doris keek. Wat glinsterde daar toch zo? Ze keek nog eens beter. 'Kijk eens wat ze aanheeft!' riep ze uit. 'Precies zo'n topje als jij!'

Toen Laura het zag, begon ze te huilen. Doris probeerde haar meteen te troosten. 'Trek het je niet aan, Lau. Het is lang niet zo mooi als dat van jou, het staat haar echt superlelijk. Zeker weten dat ze de voorronde niet doorkomt. Kom, we gaan naar binnen, wat lekkers kopen.'

Maar zover kwam het niet. 'Kom Laura, we gaan naar binnen,' zei haar moeder en ze trok haar met zich mee naar de ingang van de schouwburg.

Doris bleef verbluft bij de auto achter. Haar vader kwam naast haar staan. 'Laat ze maar even, Doris,' zei hij. 'Laura's moeder is misschien nog zenuwachtiger dan Laura zelf. Dat gebeurt wel vaker bij ouders als hun kind aan een wedstrijd meedoet.'

'Ik hoop wel dat ik Laura vandaag nog zie,' zei Doris terwijl ze de parkeerplaats af liepen. 'Ik had me er juist zo op verheugd om de hele dag samen te zijn.' Terwijl ze daar over liep te piekeren, struikelde ze ineens over een stoeptegel die een beetje los lag. Ze viel languit op de grond, midden in een grote regenplas.

'O nee!' riep ze uit toen haar vader haar weer overeind had getrokken. Ze bekeek haar kleren. Ze zaten onder de vieze spetters en in haar panty zat een grote ladder...

20

In de hal van de schouwburg was het een drukte van belang. Overal liepen Britneys, Beyoncés, Natasha's en Eminems rond. Sommige kinderen hadden erg veel werk gemaakt van hun kleren en zagen er prachtig uit.

Als ze net zo goed zingen als ze eruitzien, dan maak ik geen schijn van kans, dacht Doris. Helemaal niet met vuile kleren en een kapotte panty. Ze bestudeerde zichzelf eens goed in een grote spiegel. Het huilen stond haar nader dan het lachen. Ze zag eruit alsof ze een hele middag in het bos had lopen rennen.

Ineens werd ze op haar schouder getikt. Doris keek opzij. Naast haar stond een vrouw met blond, halflang haar. Op de een of andere manier kwam ze haar bekend voor. Wie was dat nou toch ook weer?

'Kijk eens wat ik voor je heb,' zei ze vriendelijk, 'een

nieuwe zwarte panty! Ik heb er altijd eentje als reserve in mijn tas en ik zie dat jij hem nu heel goed kunt gebruiken.'

Opgelucht keek Doris haar aan. 'Heel erg bedankt, ik ga hem meteen aantrekken,' zei ze.

'Wat is er eigenlijk met je gebeurd?' vroeg de vrouw.

'O,' zei Doris, 'ik ben op de parkeerplaats gestruikeld en toen viel ik in een plas.'

'Nou, dat is niet echt een leuk begin van deze dag. Gelukkig zijn je rok en je T-shirt nog heel. Ik denk dat je de vlekken er wel af kunt krijgen met een beetje hulp van je vader. Veel succes met zingen straks!' De vrouw zwaaide nog even en verdween toen in het gewoel.

Doris pakte haar vader bij zijn mouw en trok hem mee in de richting van de toiletten.

'Hoho, ik kan toch niet zomaar een damestoilet binnenlopen?' protesteerde hij. 'Straks zetten ze me de schouwburg nog uit.'

'Dat zien we dan wel weer,' zei Doris lachend. 'Je moet me nu toch echt even helpen om mijn kleren weer schoon te maken. Misschien moet ik zo meteen al optreden.'

Toen Doris vijf minuten later weer helemaal opgepoetst de hal in kwam, liep ze regelrecht in de armen van een cameraploeg. Een van hen, een vriendelijke man met een oortelefoon in, sprak haar aan.

'Hallo, ben jij het meisje van de kapotte panty?'

'Ja,' zei Doris verbaasd. 'Ik heb net een nieuwe aangetrokken. Die kreeg ik van een heel aardige mevrouw.'

'Vind je het leuk als we jou vandaag met de camera gaan volgen?' vroeg hij. 'Het is voor het tv-programma dat we over deze voorronde aan het maken zijn. Dan weten straks alle kinderen in het hele land hoe het is om aan *Swingteens* mee te doen.'

Doris hapte naar adem, ze kon haar oren niet geloven. De hele dag in het middelpunt van de belangstelling... en daarna ook nog eens op tv! Het was bijna te mooi om waar te zijn.

'Je vader moet het natuurlijk ook goedvinden,' ging de man verder.

'Tsja, op zich vind ik het wel een leuk idee,' zei Doris' vader. 'Maar hebt u er ook wat meer informatie over? Ik wil toch wel graag weten wat het precies inhoudt als Doris meedoet.'

'Ik heb hier een formulier waar alle regels en voorwaarden op staan,' zei de man. 'Kijkt u daar maar even naar.'

Toen Doris' vader het had doorgelezen, keek hij Doris glimlachend aan. 'Ik vind het prima als je meedoet,' zei hij. 'Het ziet er allemaal goed uit.'

'Hartstikke leuk, bedankt pap!' zei Doris. Ze keek de man met de oortelefoon weer aan. 'Maar waarom hebben jullie mij eigenlijk uitgekozen?' vroeg ze.

'Weet je nog die blonde mevrouw van daarnet, van wie je die panty kreeg?' zei de man. 'Dat is Claire, zij gaat *Swingteens* presenteren. Ze vond het sneu voor je dat je was gevallen en toen dacht ze dat wij je misschien wel een beetje konden opvrolijken.'

Doris slikte een paar keer. Claire, de beroemde tv- en musicalster... Van alle kinderen die hier rondliepen, had ze uitgerekend háár aangewezen voor een hoofdrol in een tv-programma! Het was net alsof ze zojuist was aange-raakt door een toverfee.

Ineens zag Doris dat er allemaal kinderen om hen heen waren komen staan. Vol bewondering en ook een beetje jaloers keken ze haar aan. Eén meisje vroeg of ze mis-schien bij *Kinderen voor Kinderen* had gezeten. Iemand anders vroeg of ze soms in een film had meegespeeld. Doris begon al een klein beetje te voelen hoe het was om een echte ster te zijn.

'Kom, dan gaan we nu eerst even wat beginvragen stel-len,' zei de man met de oortelefoon. 'Laten we dat maar ergens in de buurt van het podium doen.' Hij pakte Do-ris bij de hand. 'Ik ben trouwens Rob,' zei hij, 'de regis-seur.'

Zittend op de rand van het podium moest Doris aller-lei vragen beantwoorden. Hoe ze heette, waar ze woonde, hoe oud ze was, wat ze in haar vrije tijd allemaal deed.

Ongeveer een meter voor haar stonden twee camera-mannen. De ene filmde haar van onderaf en de andere van opzij. Naast haar stond een meisje met een soort hengel waar een grote microfoon aan hing. Die hield ze vlak boven Doris' hoofd.

'En dan komt nu de belangrijkste vraag, Doris,' zei Rob. 'Waarom heb je je eigenlijk opgegeven voor *Swingteens*?'

'Nou... omdat ik zingen en dansen heel erg leuk vind, enne...'

Doris zweeg. Ze wilde eigenlijk zeggen dat ze heel graag beroemd wilde worden, omdat iedereen haar dan geweldig zou vinden. Maar om dat nou zomaar op tv te vertellen... Iedereen die haar kende zou haar vast hard uitlachen, Melissa als eerste. Ze zag het al voor zich.

Rob keek Doris vragend aan. 'En?' zei hij zachtjes. Hij wachtte nog even en maakte toen met zijn handen een stopgebaar naar de rest van de cameraploeg. 'Dat laatste stukje doen we straks nog wel even over,' zei hij. Hij keek weer naar Doris. 'Ongeveer een half uurtje voor je moet optreden, gaan we weer verder met filmen. Tot straks!'

'Attentie, attentie,' schalde het even later uit de luidsprekers. 'Alle deelnemers en hun begeleiders worden over vijf minuten verwacht in de grote zaal.'

Eindelijk was het zover: *Swingteens* ging beginnen!

21

Toen de grote zaal was volgestroomd gingen de deuren dicht en het licht uit. Op het podium verscheen Claire in de spotlights. Ze zag eruit als een engel in haar zilverkleurige jurk met witte veren aan de randen. 'Hallooooo! Hartelijk welkom iedereen!' riep ze in haar microfoon. 'De voorronde van *Swingteens* is begonnen!' Iedereen in de zaal begon te klappen en te juichen. Toen het weer rustig was, legde ze uit hoe alles die dag in zijn werk zou gaan. Er deden kinderen uit drie verschillende provincies mee, driehonderd in totaal. Omdat dat er best veel waren, zouden er steeds meerdere kinderen tegelijk optreden, in verschillende zaaltjes en zonder publiek.

Jammer, dacht Doris, dan kan ik dus ook niet zien hoe Laura en Melissa het doen.

'En dan ga ik nu de juryleden van vandaag aan jullie

voorstellen,' zei Claire. 'Het zijn er acht in totaal en ik weet zeker dat er een paar bij zijn die jullie kennen!'

Links en rechts van Claire kwamen ze het podium op lopen. Doris rekte haar hals uit om het beter te kunnen zien.

Justin! Justin! werd er ineens aan de ene kant van de zaal gegild.

Mascha! Mascha! klonk het aan de andere kant.

'Wie zijn dat toch?' vroeg Doris' vader.

'Justin en Mascha? Dat zijn de coolste deejays van Nederland,' antwoordde Doris. 'Ze zijn net terug van een tournee door Amerika.'

Claire vroeg om stilte en vertelde toen van alle juryleden in het kort wie ze waren. Behalve Justin en Mascha kende Doris niemand. Ik hoop maar niet dat ik voor Justin moet optreden, dacht ze. Dan bak ik er helemaal niets van.

Gelukkig zag ze even later op de lijst in de hal dat hij niet in haar juryteam zat. Pas over een uur hoefde ze zich te melden bij het zaaltje waar ze was ingedeeld.

Toen ze bij Laura's naam keek, zag ze dat die over een kwartiertje al aan de beurt was. Bij Justin!

'Zullen we Laura nog even succes wensen?' zei ze tegen haar vader. 'Ze moet zo meteen al.'

'Volgens mij kunnen we dat maar beter niet doen,' antwoordde hij. 'Ik denk dat Laura's moeder liever even alleen met haar is. Als ze ons ziet, wordt ze misschien wel boos en dan wordt Laura alleen nog maar zenuwachtiger dan ze al was.'

Doris zei niets terug. Even later ging ze naar de wc. 'Maak je maar niet ongerust als ik wat langer wegblijf,' zei ze. 'Ik wil me nog even optutten.'

'Is goed,' zei haar vader. 'Ik moet toch nog even met mama bellen.'

Natuurlijk ging Doris niet naar de wc. Ze ging op zoek naar het zaaltje waar Laura moest optreden. Laura's moeder vond het dan misschien niet goed dat ze elkaar zagen, Doris wilde het wel en ze wist zeker dat Laura er ook zo over dacht. Het was toch onmogelijk om nu niet bij elkaar te zijn? Twee weken lang waren ze elke vrije minuut met elkaar opgetrokken en hadden ze van alles meegemaakt. Bovendien waren ze al jarenlang vriendinnen!

Vanuit de verte zag Doris Laura al staan. Ze probeerde een manier te verzinnen om ongemerkt dichter bij haar vriendin te komen. Ze wilde haar heel graag nog even succes wensen en laten weten dat ze aan haar dacht. Ze keek eens goed om zich heen. Overal stonden hoge pilaren. Daar kan ik me goed achter verstoppen, dacht Doris. Steeds als Laura's moeder niet kijkt, ren ik naar de volgende.

Even later stond ze vlak achter Laura en haar moeder. Doris pakte een pepermuntje uit haar zak en gooide het tegen Laura's rug aan. Verschrikt draaide Laura zich om en keek recht in Doris' gezicht. Ze glimlachte, haar ogen begonnen te stralen, zo blij was ze om haar vriendin weer te zien. Meteen daarna wees ze naar haar moeder en schudde haar hoofd. 'Ik kan niet praten,' zei haar mond, zonder geluid te maken. Doris stak twee duimen omhoog. Zet hem op, Lau! zei ze in stilte. Je bent hartstikke goed.

De luidsprekers begonnen te piepen. Er werd iets omgeroepen. Dit is een bericht van Rob voor Doris, schalde het door het hele gebouw. Kom zo snel mogelijk naar de grote zaal voor de volgende opname.

Lieve help, dacht Doris, ik kan hier nu onmogelijk weg! Als Laura's moeder me ziet, schopt ze misschien wel een scène. En dan schiet Laura in de stress. Muisstil bleef ze achter de pilaar staan en deed net alsof ze niets had gehoord.

Plotseling tikte er iemand op haar schouder. 'Jij bent toch Doris, van het tv-programma over *Swingteens*?' zei een onbekende jongen tegen haar. 'Ze hebben je omgeroepen, je moet naar de grote zaal komen.'

'Je vergist je!' siste Doris hem toe. 'Ik ben Doris niet.'

'Jawel!' riep een andere jongen, die eruitzag als Justin

Timberlake. 'Dat ben je wel, ze had net zo'n T-shirt aan als jij.'

Er vormde zich een kring om Doris heen. 'Doris! Doris!' werd er geroepen.

Laura's moeder keek om en zag Doris meteen staan. 'Wat kom je hier doen, Doris?' vroeg ze koel. 'Probeer je Laura soms weer onzeker te maken?'

Doris zei niets; ze bleef staan waar ze stond.

'Kom op, ga eens terug naar je vader,' zei Laura's moeder. 'Of moet ik naar Claire gaan en haar vertellen hoe gemeen jij vanochtend tegen je beste vriendin deed?'

Doris schrok. Als ze dat inderdaad zou doen, dan ging haar hele tv-optreden misschien wel niet door! Ze draaide zich om en maakte zich snel uit de voeten.

22

Nog een beetje bibberig liep Doris de grote zaal in. Rob kwam meteen op haar toe lopen.

'Ha Doris, je bent er gelukkig,' zei hij. 'Ik was al bang dat je er geen zin meer in had.'

'O, jawel, hoor! Ik zat nog even op de wc,' antwoordde Doris. Ze kon natuurlijk moeilijk beginnen over wat er zojuist allemaal was gebeurd!

Rob pakte een kruk en vroeg Doris om erop te gaan zitten. De cameraploeg kwam weer om haar heen staan.

'Het is nu bijna zo ver voor Doris; over een kwartiertje moet ze optreden,' zei Rob in de microfoon, terwijl de camera inzoomde op Doris' gezicht.

'Doris, hoe gaat het met je zenuwen, ben je ze nog een beetje de baas?' vroeg hij.

'Ja, hoor,' zei ze. 'Daar heb ik helemaal geen last van!'

'Hoe is het mogelijk. Alle kinderen hier zijn heel erg zenuwachtig! Hoe doe je dat?' vroeg Rob.

Doris voelde zich rood worden. Zou ze vertellen over Sander en haar? Of was dat nou weer stom? Ze besloot het toch maar te doen. Waarom ook niet?

'Nou, dat komt omdat ik net verkering heb gekregen,' zei ze verlegen. 'Vanmorgen om negen uur. Ik kreeg een sms'je en toen heb ik ja gezegd. En toen was ik zo blij dat de zenuwen ineens weg waren.'

'En wie is de gelukkige?' zei Rob terwijl hij haar een knipoog gaf.

'Sander,' antwoordde Doris, 'de leukste jongen van onze school!'

Rob knipte met zijn vingers en de camera's stopten weer. 'Gefeliciteerd met je verkering!' zei hij tegen Doris. 'Kom nu maar gauw van je kruk af, dan gaan we filmen hoe je naar het zaaltje loopt waar je zo meteen moet optreden. Het is trouwens een ander dan op de lijst staat. Je bent nu ingedeeld bij Justin, dat is leuker voor de kijkers.'

Even hapte Doris naar adem. Dat was wel het laatste waar ze op zat te wachten.

Toen ze door de hal liepen, zag Doris Laura en haar moeder op de trap zitten. Ze moest haar optreden al achter de rug hebben. Zou ze het goed hebben gedaan? Vast niet. Laura zat in elkaar gedoken met haar hoofd tussen haar knieën. Haar moeder keek met een stuurs gezicht voor zich uit.

Kon ik maar even naar haar toe, vragen hoe het allemaal is gegaan, dacht Doris. Maar tegelijk wist ze dat het onmogelijk was en dat voelde heel erg rot.

Bij de ingang van het zaaltje waar Doris moest optreden, stonden allemaal kinderen te wachten. Toen ze Doris en de cameraploeg in het oog kregen, begonnen ze te joelen. 'Doris, zet hem op!' riepen ze. Ze hoopten natuurlijk allemaal dat ze in beeld zouden komen.

'Loop maar naar Justin toe,' zei Rob. 'Dan kunnen jullie even met elkaar kennismaken. Hij weet al dat we jou gaan filmen.'

Kennismaken met Justin, het leek wel een droom. Bijna zwevend liep Doris naar de tafel waarachter Justin samen met het andere jurylid zat. Toen hij haar in de gaten kreeg, sprong hij op en liep naar haar toe. 'Jij moet Doris zijn,' zei hij, terwijl hij haar heel aardig aankeek.

'Ja,' piepte Doris. 'Hallo... Justin.'

Meer dan dat kreeg ze er niet uit. Ze was totaal de kluts kwijt, Justin was helemaal super! In het echt was hij nog leuker dan in de *Hitkrant*. Zijn krullen waren lekker lang en hij had een heel gaaf T-shirt aan.

'Nou, veel succes dan maar zo meteen,' zei Justin. 'Word je niet heel erg zenuwachtig van die camera's om je heen?'

Nou begon hij ook al over zenuwen! Zou ze hem ook over Sander vertellen? Misschien vond hij haar dan wel helemaal niet meer interessant.

'Nee, daar heb ik nooit zo'n last van,' zei ze dus maar.

'Doris heeft vanmorgen verkering gekregen met de leukste jongen van de school,' riep Rob ineens over haar hoofd heen. 'Daar komt het door!'

O nee! dacht Doris. Ik sta voor gek!

Maar dat was gelukkig niet zo. Justin lachte naar haar. 'Aha,' zei hij, met een twinkeling in zijn ogen.

Toen werd het serieus: Doris moest haar liedje gaan doen. De cameraploeg installeerde zich aan de zijkant van het zaaltje en Justin en Petra, het andere jurylid, gingen weer achter hun tafel zitten. Doris moest van Rob opnieuw binnen komen lopen en net doen alsof het de eerste keer was.

Met gesloten ogen stond ze achter de deur te wachten tot Rob het signaal zou geven dat ze naar binnen kon gaan. Om haar heen was het een drukte van belang, maar Doris hoorde het niet. Ze concentreerde zich op haar optreden. Plotseling schoof de deur open en stond ze achter een metershoog gordijn aan de zijkant van een groot concertpodium. Naast haar stond een bodyguard met een zwart pak aan en een walkietalkie in zijn hand. De muzikanten waren nog bezig met inspelen. In de zaal joelden ze haar naam. De walkietalkie begon te zoemen, het sein dat het concert kon gaan beginnen. De bodyguard gaf Doris een knikje en ze begon te lopen.

Het was ineens helemaal donker om haar heen, het publiek hield zijn adem in. Toen ze op de stip in het midden van het podium stond, flitste de spotlight aan en barstte achter haar de muziek los. Langzaam deed ze haar hoofd omhoog en keek recht de zaal in.

23

Wie was toch die jongen daar vooraan, die zo naar haar lachte? Natuurlijk, het was Justin! Ineens was Doris weer helemaal bij de les. Het uur van de waarheid was aangebroken, ze moest haar liedje voor *Swingteens* doen.

'Hallo,' zei Justin. 'Vertel eerst even wie je bent en daarna welk liedje je zo meteen gaat doen.'

'Hallo, ik ben Doris en ik ga *Crazy In Love* van Beyoncé doen,' antwoordde Doris in één adem.

'Dat is een leuk nummer,' zei Justin, 'en ook een leuke zangeres, bijna net zo leuk als jij!'

Oeps! Zou hij het menen of zei hij dat alleen maar omdat er camera's bij waren?

'Over twintig seconden start de band. Doe je best en heel veel succes!' ging hij verder.

Doris ging ontspannen staan, precies zoals haar vader het

haar had geleerd. De camera's snorden, Rob keek tevreden. Heel even dacht ze aan Sander en aan het sms'je dat hij haar vanmorgen had gestuurd. Ze voelde vlinders in haar buik. Zeker weten dat het zo meteen helemaal ging lukken!

De muziek begon en precies op het goede moment zette Doris in. Heel even trilden haar knieën en bibberde haar stem. Ze keek naar de jury. Zouden ze het merken? Maar meteen daarna ging het weer goed en was het net alsof ze gewoon thuis stond te oefenen.

Toen het liedje afgelopen was, keek Doris toch een beetje gespannen naar de jury. Stel je voor dat ze zo zouden zeggen dat ze het helemaal niets vonden. Maar dat gebeurde gelukkig niet.

'Je hebt heel goed je best gedaan, Doris,' zei Petra. 'Jammer genoeg kunnen we je nu nog niet vertellen of je door bent naar de finale. Dat gaat Claire straks bekendmaken in de grote zaal.'

'Ik wil trouwens nog even een opmerking maken over je T-shirt,' zei Justin. 'Zo eentje heb ik nog nooit gezien, het is hartstikke cool!'

'Ik heb het van internet,' zei Doris, 'van een site waar je helemaal zelf mag bedenken hoe het eruit moet komen te zien.'

'Nou, ik zal de naam van die site maar niet vragen, want we mogen geen reclame maken op tv,' antwoordde Justin.

O ja! Dat was waar ook, dit kwam allemaal op tv. Doris vergat het af en toe, er gebeurde ook zoveel!

Rob gebaarde dat ze naar de uitgang van het zaaltje moest lopen. 'Nou, tot ziens dan maar,' zei Justin. 'Misschien zie ik je straks nog wel even, dan moet je me de naam van die website geven.'

'Dag Justin! Dag Petra!' Doris draaide zich om en liep met een bonzend hart naar de deur.

Toen ze de gang inliep, zag ze haar vader staan. Hij keek haar vol verwachting aan. 'En? Hoe ging het?' vroeg hij. Zonder iets te zeggen stormde Doris op hem af en stortte zich in zijn armen. Ze begon te huilen. Het was allemaal ook zo spannend geweest!

Toen ze zich even later weer losmaakte, zag ze nog geen meter van zich vandaan een grote camera op zich gericht staan. Naast de cameraman stond het meisje met de microfoon.

'Waarom filmen jullie mij nu?' vroeg Doris. 'Ik vind het helemaal niet leuk als alle kinderen van Nederland mij zo zien.'

Rob kwam naast haar staan. Hij knipte met zijn vingers en de cameraploeg verdween. 'Maar nu kan iedereen wél zien hoe het is om aan zo'n voorronde mee te doen,' zei hij. 'Het is niet allemaal rozengeur en maneschijn, er komen ook tranen bij kijken.'

'Daar heb je wel gelijk in, maar ik had helemaal niet door dat jullie stonden te filmen. Je had het even moeten zeggen,' zei Doris.

'Ja, daar heb jij weer gelijk in,' zei Rob. 'Maar als we dat hadden gedaan, was je misschien pas gaan huilen op de wc, en dan was je reactie op je optreden minder echt geweest.'

Doris keek naar haar vader. Al die tijd had hij niets gezegd. 'Wat vind jij ervan, papa?' vroeg ze.

'Tsja, zelf hou ik er niet zo van om in het middelpunt van de belangstelling te staan. Ik hoef niet zo nodig een ster te worden,' zei hij. 'Maar jij wilt het wel. En daarom is het misschien ook goed dat je dit nu meemaakt. Als je beroemd bent, komen de mensen dingen over jou te weten die je zelf misschien geheim wilt houden.'

'O, nou snap ik waarom Madonna heel hoge muren om haar landgoed heen heeft laten bouwen,' riep Doris uit.

'Juist!' zei haar vader. 'Anders liggen er de hele dag fotografen in haar tuin om een foto te maken als ze in haar onderbroek langs het raam loopt.'

'Misschien moet je alvast maar stenen gaan bestellen, Doris,' zei Rob. 'Als je *Swingteens* wint, kun je gelijk een muur voor je slaapkamerraam laten bouwen!'

'Kom, we gaan even naar het restaurant,' zei Doris' vader. 'Ik wil nu eindelijk weleens van je horen hoe je liedje ging.'

24

In het restaurant bestelde Doris twee broodjes kaas, een bord soep en een blikje chocolademelk. Ze stond helemaal te trillen op haar benen, zo'n trek had ze gekregen na haar optreden.

'Ik moet even iets uit mijn auto halen,' zei Doris' vader. 'Ga jij vast ergens zitten?'

'Is goed,' zei Doris en ze liep naar een leeg tafeltje. Net toen ze een hap van haar soep had genomen, kwam Melissa binnen. Toen ze Doris zag zitten, kwam ze meteen op haar aflopen.

'Hoe ging je optreden?' vroeg ze.

'O, wel goed, geloof ik,' antwoordde Doris. Ze had helemaal geen zin om erover te praten. Melissa hoopte natuurlijk dat het slecht was gegaan. 'En hoe ging het met jou?' vroeg Doris er dus maar meteen achteraan.

'Echt supergoed,' zei Melissa. 'Ik heb helemaal geen fouten gemaakt.'

'Nou, fijn voor je,' zei Doris. 'En hoe was Mascha?'

'Héél aardig,' antwoordde Melissa. 'Ze vond mijn kleren heel cool, vooral mijn topje. Ze zei dat ik er alles aan had gedaan om zoveel mogelijk op Beyoncé te lijken.'

'Nou, dan had je ook nog zeker twintig keer op de zonnebank moeten liggen,' zei Doris. 'Beyoncé is bruin en jij bent wit.'

'Toevallig zei Mascha er nog speciaal bij dat je niet dezelfde huidskleur hoefde te hebben,' antwoordde Melissa. 'Te veel zonnen is heel ongezond. Wist je dat niet?'

Ander onderwerp, dacht Doris, ze weet toch alles beter. 'Heb je Laura nog gezien?'

'Ja, ze is al naar huis. Haar optreden ging helemaal de mist in. Door de zenuwen was ze haar tekst kwijt en toen heeft ze haar liedje niet eens meer afgemaakt.'

'Wat vreselijk!' zei Doris. Van heel blij werd ze ineens heel somber. Arme Laura, haar moeder had haar helemaal gek gemaakt door de hele tijd te zeggen dat ze *Swingteens* moest winnen. Als dat niet was gebeurd, was Laura vast en zeker doorgegaan naar de volgende ronde.

'Volgens mij vind jij dat helemaal niet zo vreselijk,' zei Melissa vals. 'Je kon het toch ook niet hebben dat ze hetzelfde liedje koos als jij?'

Doris wilde woedend opspringen om Melissa eens goed de waarheid te zeggen, maar ze hield zich in. Als ze nu ruzie ging maken, zou iedereen in het hele gebouw het onmiddellijk te weten komen. Er was natuurlijk niets leukers dan rondbazuinen dat die Doris van *Swingteens* in het echt helemaal niet zo aardig was. Ze nam een hap van haar broodje en zei niets meer. Waarschijnlijk begreep Melissa wel dat ze geen zin had om nog langer met haar te praten. En inderdaad, ze reageerde niet en liep weg, zonder nog om te kijken.

Doris' vader kwam weer binnen.

'Hoef jij niks te eten?' vroeg Doris.

'Nee, ik heb niet zo'n trek, ik neem alleen een kop koffie.'

Toen Doris alles op had en ze haar vader uitgebreid had verteld over haar optreden voor Justin en Petra, stonden ze op en gingen nog wat rondlopen in de schouwburg. Dan duurde het wachten tenminste niet zo lang.

In de hal zag Doris Melissa aan een tafeltje zitten. Naast haar zat een ouder meisje, vast haar au pair. Ze keken ieder zwijgend een andere kant uit. Het zag er niet bepaald gezellig uit. Doris kreeg bijna een beetje medelijden met Melissa.

25

Overal in de schouwburg was nu goed te merken dat het niet lang meer zou duren voor de uitslag van *Swingteens* bekend werd gemaakt. Iedereen was stikzenuwachtig. Sommigen staarden nagelbijtend voor zich uit, anderen maakten ruzie met hun ouders, weer anderen renden rondjes door de hal.

'Laten we alvast maar naar de grote zaal gaan,' zei Doris' vader. Hij keek op zijn horloge. 'Rob zei dat je om drie uur bij het podium moest zijn en dat is het nu bijna.'

'Hé Doris!' riep een jongen toen ze de grote zaal inliepen. Doris kende hem niet. 'Ik hoop dat je in de finale komt!'

'Wat een gaaf T-shirt heb je aan!' riep iemand anders.

Maar er waren ook een heleboel kinderen die haar jaloers aankeken. Ze begrepen natuurlijk niet waarom zíj niet waren uitgekozen voor het tv-programma van *Swingteens*.

'Hoe is het mogelijk,' zei Doris' vader. 'Je bent nog niet eens op tv geweest en iedereen hier weet al wie je bent. Ik had nooit gedacht dat dat zo snel zou gaan.'

Doris zei niets terug; ze stond er zelf ook van te kijken.

Vlak voor het podium stond een dikke haag van kinderen. Ze keken naar de cameraploeg, die zich voorbereidde op het filmen van de uitslag van *Swingteens*. Doris ging op haar tenen staan om te kijken of ze Rob ook zag. Al gauw kreeg ze hem in het oog. Hij was druk bezig met het uitrollen van kabels. 'Rob!' schreeuwde ze over de hoofden van de kinderen heen. Hij keek op en zag haar meteen. 'Doris!' riep hij terug. Als vanzelf maakten de kinderen een pad voor haar vrij zodat ze bij de cameraploeg kon komen.

Toen ze naast Rob stond, legde hij uit wat er ging gebeuren. 'De ene cameraman gaat Claire filmen en de andere neemt jou op. En dan helemaal aan het eind, als de andere kinderen al weg zijn, doet Claire in de kleedkamer nog een interview met je. Dan gaat ze je vragen wat je van deze dag vond en zo.'

Een interview met Claire in haar kleedkamer, geweldig! Misschien kwam Justin ook nog wel even langs... Hij had tenslotte gezegd dat hij de naam van de t-shirtsite nog graag van haar wilde weten.

Eindelijk werd dan omgeroepen dat Claire de uitslag

bekend ging maken. Alle kinderen in de zaal begonnen te joelen en te schreeuwen. Iedereen was opgelucht dat het lange wachten voorbij was. Het grote licht in de zaal ging uit. De trommelaars op het podium begonnen te roffelen, steeds luider. Toen flitsten de spotlights aan en daar was Claire weer. Ze zag er heel anders uit dan vanochtend. Haar lange zilverkleurige jurk was verwisseld voor een kort spijkerrokje met een T-shirt. Het stond haar weer fantastisch, ze kon zo in een clip op MTV. Zou ze eigenlijk weleens verdrietig zijn? vroeg Doris zich ineens af. Dat kan toch bijna niet als je zo leuk bent als zij?

'Hallo allemaal!' riep Claire. 'Over een paar minuten ga ik de winnaars bekendmaken van deze voorronde van *Swingteens*. Jammer genoeg kunnen er maar drie kinderen door naar de finale. Maar de jury en ik vinden dat alle deelnemers vandaag supergoed hun best hebben gedaan!'

In de zaal werd geklapt en gejoeld, maar Doris deed niet mee. Ze keek naar de punten van haar laarzen en kneep in haar vaders hand. Als ze zo meteen te horen kreeg dat ze niet had gewonnen, dan was ze weer gewoon de Doris die ze altijd was geweest. Zou ze zich dan weer net zo ongelukkig gaan voelen als vroeger, toen haar moeder altijd heel weinig tijd voor haar had en Koen en Laura alles altijd beter konden?

26

Op het podium begonnen de trommels weer te roffelen. Een klein meisje droeg een fluwelen kussentje naar Claire toe. Daarop lagen drie kaartjes met de namen van de winnaars. Claire pakte het eerste en las zwijgend wat erop stond. Het werd doodstil in de zaal, de spanning was te snijden. Toen keek ze op en riep: 'Winnaar nummer één is... Rutger als Eminem! Kom maar naar het podium, Rutger!'

Ergens halverwege de zaal klonk een schreeuw. Even later zag Doris hoe Rutger zich door de menigte naar voren wurmde.

Hoe kan hij nou een van de winnaars zijn? dacht ze toen ze hem zag. Hij had een dik rood hoofd met kleine blonde stekeltjes en leek geen spat op de echte Eminem.

Claire pakte weer een kaartje. 'En hier heb ik de tweede

winnaar… of liever gezegd, winnares,' zei ze. Doris kneep haar ogen stijf dicht. Zeg Doris! zei ze in zichzelf. Alsjeblieft!

'Het is Shirley als Britney Spears!' riep Claire uit.

Alweer niet! Doris begon nu toch een beetje ongerust te worden. Er was nog maar één kans om genoemd te worden. Overdreven lachend en giebelend liep Shirley naar voren. Links en rechts strooide ze kushandjes de zaal in. Doris had gelijk een hekel aan haar. 'Ik snap er niks van!' zei ze tegen haar vader. 'Ze is zo nep, dat ziet toch iedereen?'

'Ze zal toch wel heel goed kunnen zingen,' zei haar vader. 'Anders was ze nooit uit al die kinderen gekozen.'

'Nou, ik heb het anders ook heel goed gedaan,' zei Doris. 'Ik maakte geen enkele fout en ik was helemaal niet zenuwachtig.'

'Wacht nou nog even af,' zei haar vader. 'De kaartjes zijn nog niet op. Misschien ben jij wel de volgende.'

'En dan ga ik nu de naam van de laatste winnaar of winnares voorlezen…' zei Claire langzaam en haar stem klonk lager dan normaal. Ze pakte het laatste kaartje. Het publiek hield de adem in. 'Zo meteen weten alle kinderen die vandaag aan *Swingteens* hebben meegedaan of ze hebben gewonnen of verloren,' ging Claire verder. Doris begon te zweten. Ze probeerde te slikken, maar haar keel was kurkdroog.

'Ik zal jullie niet langer in spanning houden,' zei Claire. 'Het is... Melissa als Beyoncé!'

Doris voelde hoe ze door haar vader werd vastgepakt. Hij wilde haar troosten, omdat zij het niet was geworden. Maar Doris was helemaal niet in de stemming om getroost te worden; ze begreep er niets van dat Melissa had gewonnen.

'Wat?' riep ze verbijsterd uit. 'Melissa? Dat kán niet! Ze heeft alles gepikt: het idee om aan *Swingteens* mee te doen, het liedje, het diamanten topje van Laura en onze danspasjes!'

Haar vader stootte haar aan. 'Doris!' siste hij. 'Let op, ze filmen alles wat je zegt.'

'Dat kan me niets schelen!' riep Doris woest. 'Iedereen mag het weten!'

Ondertussen was Melissa op het podium geklommen. Ze ging naast Britney en Eminem staan en keek eigenwijs om zich heen, alsof het de gewoonste zaak van de wereld was dat zij had gewonnen. Iedereen in de zaal klapte en juichte, behalve Doris.

Toen het weer rustig werd in de zaal ging Claire de juryrapporten van de drie winnaars voorlezen. Toen ze bij Melissa kwam, lette Doris extra goed op.

'Melissa! Je hebt een heel moeilijk liedje gekozen... en je hebt het helemaal foutloos en zuiver gezongen. Je dansje was heel afwisselend, soms rustig en dan weer lekker snel. En dan je kleding en je uitstraling... he-le-maal Beyoncé! Applaus voor Melissa!'

Doris keek toe hoe Melissa als een echte popster buigingen maakte naar het publiek. Het maakte haar nog bozer dan ze al was.

Ik zal er alles aan doen om te zorgen dat ze haar prijs weer moet inleveren, zei ze tegen zichzelf. Ze heeft het helemaal aan Laura en mij te danken dat ze heeft gewonnen! Ik ga het straks in de kleedkamer allemaal aan Claire vertellen.

Na het voorlezen van de juryrapporten kregen de drie winnaars nog een grote prijsbeker en toen was het afgelopen.

'Waar had je dat interview met Claire nou ook alweer?' vroeg Doris' vader terwijl ze de zaal uitliepen.

'In haar kleedkamer,' zei Doris.

'Goed, dan breng ik je daar even naartoe en dan haal ik je over een half uurtje weer op, langer zal het wel niet duren. En dan gaan we daarna meteen naar huis. Mama en Koen zullen ook wel benieuwd zijn naar wat je vandaag allemaal hebt meegemaakt.'

Bliepbliep! Doris' mobiel ging af in haar tas. Ze nam hem op. 'Mama!' riep ze verrast. 'Dat is toevallig, we hadden het net over jou. Leuk dat je me even belt!'

27

Toen Doris en haar vader de hal van de schouwburg in liepen, zagen ze Melissa tegen een pilaar geleund staan. Overal liepen fotografen die haar van alle kanten op de foto zetten. Ondertussen stond ze met iemand te praten. Doris kon niet goed zien wie het was. Toen ze dichterbij kwamen, zag ze tot haar verbazing dat het Rob was. Hoe kan dat nou? dacht ze. Hij zou mij toch filmen?

Plotseling tikte het meisje van het geluid op Doris' schouder. 'Ga maar vast naar Claire,' zei ze. 'We komen er zo aan. Rob vraagt Melissa of ze zo meteen ook naar de kleedkamer komt. Hij wil graag dat jullie samen worden geïnterviewd, omdat jullie vriendinnen zijn.'

'Dat is niet zo, hoor!' zei Doris verontwaardigd. Hoe kwam ze daar nou weer bij? Dat had Melissa zeker verteld.

'Nou ja, jullie kennen elkaar toch?' zei het meisje. 'De kinderen in het land vinden het vast leuk om jullie samen te zien.'

O, is dat zo? Ikzelf vind het anders he-le-maal niet leuk, dacht Doris.

'Ik bespreek het zo meteen wel even met Claire,' zei ze tegen het meisje. 'Daaag!'

Bij de kleedkamer van Claire was het een drukte van belang. Allerlei mensen liepen in en uit. 'Tot straks!' riep Doris' vader. Maar Doris hoorde hem al niet meer. Ze liep naar binnen. Op een grote bank midden in de kamer zat Claire te kletsen met Rutger en Shirley. Ze gedroegen zich nu al als halve popsterren. Rutger lag onderuitgezakt met een grote zak chips naast zich en een glas cola in zijn hand. Luid smakkend gaf hij antwoord op Claires vragen. Shirley zei maar af en toe wat, ze blies de ene kauwgumbel na de andere en zat de hele tijd om zich heen te kijken.

Ze hoopt natuurlijk dat Justin zo meteen bij haar komt staan, dacht Doris. Nu ze de voorronde heeft gewonnen, denkt ze zeker dat hij op haar valt.

Toen Claire zag dat Doris er was, sprong ze op van de bank. 'Hé Doris, goed dat je er bent, dan kunnen we het interview zo gaan doen,' zei ze.

Doris zei niets terug. Ze liep naar Claire toe. 'Ik moet je

iets vertellen,' fluisterde ze zachtjes in haar oor. 'Het gaat over Melissa.'

Claire keek haar verbaasd aan. 'Kan het hier of moeten we even naar de gang?' vroeg ze hardop.

'De gang,' fluisterde Doris terug. Ze zag dat Rutger en Shirley probeerden hen af te luisteren.

'Kom, dan gaan we even naar het kamertje van de visagiste,' zei Claire toen ze de gang inliepen. 'Daar is niemand.'

Het was er piepklein, er stond alleen een kaptafel met twee pluchen krukjes ervoor. Het tafelblad was bezaaid met doosjes make-up en lippenstiften in allerlei kleuren. Om de randen van de spiegel heen zaten allemaal lampen, net zoals Doris weleens in een film had gezien. Er straalde een geheimzinnig licht vanaf.

Claire deed de deur dicht en kwam op het krukje naast Doris zitten. Ze keek haar aan via de spiegel. 'Vertel het maar,' zei ze, 'ik ben benieuwd.'

Doris slikte een paar keer voordat ze begon te praten. Ze had hetzelfde gevoel in haar buik als wanneer ze naar een spannende film zat te kijken.

'Melissa heeft niet eerlijk gewonnen,' zei ze. 'Ze heeft een soort diefstal gepleegd.'

'Dat is niet zo best,' zei Claire. 'Ga verder.'

En toen vertelde Doris alles wat haar dwarszat over Melissa. Dat ze hetzelfde liedje als Laura en zij had gekozen. Dat ze van Laura's moeder had afgekeken hoe je een diamanten topje moest maken. En hoe ze stiekem filmpjes had gemaakt van hun dansjes en er toen snel vandoor was gegaan.

Het bleef een tijdje stil toen Doris klaar was met haar verhaal. Claire staarde naar de lippenstiften op de kaptafel. Toen keek ze Doris aan. 'Maar... dat diamanten topje,' zei ze, 'dat kan ze toch ook helemaal zelf zo hebben bedacht? Misschien was ze er al veel eerder mee bezig dan Laura's moeder.'

'Nee, echt niet! Ik weet heel zeker dat ze pas op het idee is gekomen toen ze met ons zou gaan oefenen bij Laura thuis,' zei Doris. 'Ze probeerde van alles te weten te komen: waar je die diamantjes kon kopen, hoe je aan het patroon kon komen, enzovoort.'

'En die filmpjes dan, weet je echt zeker dat ze die heeft gebruikt?' vroeg Claire. 'Misschien heeft ze er wel niets mee gedaan.'

Doris sprong op. 'Ja, dat heeft ze wel!' riep ze uit. 'Toen je het juryrapport over Melissa voorlas in de grote zaal, was het net alsof je de dansjes van Laura en mij beschreef.'

'Tsja,' zei Claire. 'Het is allemaal heel vervelend wat je me zojuist hebt verteld. Maar toch is het geen reden om haar die prijs af te nemen. Bij de voorronde maakt het na- melijk niet zoveel uit wat voor kleren je aanhebt en welke pasjes je precies doet. Het gaat erom dat je talent hebt en dat heeft Melissa absoluut. '

'O, zit dat zo,' zei Doris teleurgesteld. 'Maar ik vind toch dat ze ook een beetje dankzij mij en Laura heeft gewon- nen. Ze was vast niet zo goed geweest als ze alles zelf had moeten bedenken.'

'Hmm, ik denk echt dat jullie binnenkort een keer met Melissa moeten uitpraten wat er is gebeurd. Anders heb- ben Laura en jij straks helemaal geen leuke herinneringen aan *Swingteens*.'

'Dan gaat ze natuurlijk toch weer zeggen dat het alle- maal gelogen is,' zei Doris somber. 'Zo is ze gewoon.'

'Dat weet je niet, misschien valt het mee. Je moet het al- tijd eerst proberen. Doe dat nou gewoon volgende week en bel me dan nog even, oké? Ik wil heel graag weten hoe het afloopt, want ik heb echt een beetje met jou en Laura te doen.' Claire pakte haar tas, haalde haar visitekaartje eruit en gaf het aan Doris.

Toen stond ze op en keek op haar horloge. 'Lieve help!' zei ze geschrokken. 'Ik had met de cameraploeg afgespro- ken dat we tien minuten geleden al klaar zouden staan voor het interview. We kunnen ze nu echt niet langer la- ten wachten. Kom, we gaan!'

Het kostte Doris moeite om op te staan. Alles aan haar voelde ineens heel zwaar: haar armen, haar benen, haar hoofd. Nu duidelijk was dat Melissa haar prijs niet hoefde in te leveren, was Doris' laatste kans op een plaats in de finale verkeken. *Swingteens* was afgelopen, voorbij. Haar grote droom om later een ster te worden, spatte als een zeepbel uit elkaar.

Het interview met Claire, waar ze eerst zo naar had uitgekeken, kon haar ineens niets meer schelen. Ze wilde naar huis, naar haar moeder en haar eigen spulletjes.

28

Voor de deur van Claires kleedkamer stond Doris' vader te wachten. Toen hij zag hoe verdrietig Doris was, sloeg hij gauw zijn armen om haar heen. Doris begon te huilen, de tranen stroomden over haar wangen. 'Nu word ik geen ster,' snikte ze. 'En dat wilde ik zo graag, dan was ik ook eens de beste.'

'Maar dat ben je toch ook weleens? Zeker de laatste tijd, nu je aan *Swingteens* meedoet,' zei haar vader. 'Vandaag was je het ook al weer twee keer. Sander koos jou uit voor verkering en Claire wees je aan voor de hoofdrol in het tv-programma van *Swingteens*.'

Doris keek haar vader verbaasd aan. 'Dat is waar,' zei ze. 'Zo heb ik het helemaal niet bekeken. Maar toch moet ik nog steeds huilen.'

'Natuurlijk,' zei haar vader. 'Dat is toch logisch? Het is

een hele teleurstelling dat je niet hebt gewonnen. Je hebt er zoveel voor gedaan. En het was ook nog eens je grootste wens. Dat moet je eerst weer verwerken.'

Rob kwam de kleedkamer uitlopen. Hij keek bezorgd naar Doris' betraande gezicht. 'Wil je nog wel meedoen aan het interview?' vroeg hij. 'Je mag ook wel alvast naar huis gaan, hoor. Dan stellen we Melissa gewoon nog wat extra vragen.'

Dat nooit! dacht Doris. Dat gun ik haar niet.

'Nee,' zei ze, nog nasnikkend. 'Het gaat wel weer, ik was mijn gezicht wel even.'

Claire was er ook bij komen staan. 'Ik heb een veel beter idee,' zei ze. 'We gaan even langs de visagiste, dan zijn die tranen zo verdwenen.'

Wat aardig van Claire dat ze daaraan dacht. Doris voelde zich alweer een beetje opgelucht. 'Super!' zei ze en ze stak haar duim op naar Claire. Het liefst was ze haar om de hals gevlogen.

Het kamertje van de visagiste was nu een stuk minder geheimzinnig dan tien minuten geleden. Doris ging weer op hetzelfde krukje zitten.

De visagiste kwam binnen. 'Hallo, ik ben Ilonka,' zei ze vrolijk. 'Ik zal ervoor zorgen dat je er straks super uitziet op tv.'

Ze pakte een grote kwast en poederde Doris' gezicht

eerst helemaal lichtbruin. Daarna deed ze een beetje rouge op haar wangen. De randjes van haar onderste oogleden maakte ze wit met een potloodje. 'Dat doen echte fotomodellen ook,' zei ze, 'dan zie je er meteen een stuk frisser uit.' Ze pakte een roze lipgloss en bracht die dun aan op Doris' lippen. Het rook heerlijk naar aardbei.

Toen Ilonka klaar was, bestudeerde Doris zichzelf eens goed in de spiegel. Het betraande, verdrietige gezicht van daarnet was verdwenen als sneeuw voor de zon. Een nieuwe, knappe Doris keek haar aan, nieuwsgierig en tevreden tegelijk.

Ik zal Melissa zo meteen eens versteld laten staan van hoe goed ik de vragen van Claire kan beantwoorden, dacht ze. Daar heb ík nou toevallig heel veel talent voor!

Het interview met Claire ging nog beter dan Doris had gehoopt. Toen Claire haar vroeg hoe erg het was om te verliezen, bleven de tranen gelukkig weg. En toen het even later over Melissa ging, lukte het heel goed om iets aardigs over haar te zeggen en vriendelijk te blijven kijken. Iedereen in de kleedkamer leefde met haar mee, behalve Melissa. Met een chagrijnig gezicht zat ze op de bank toe te kijken hoe goed Doris het ervan afbracht.

'Petje af,' zei Rob na afloop. 'Zo'n sportieve verliezer hebben we nog niet eerder meegemaakt!'

Meteen daarna kwam Justin op haar aflopen en hij gaf

haar een dikke knuffel. Vanuit haar ooghoeken kon Doris nog net zien dat Melissa bijna ontplofte toen ze dat zag. En Shirley keek ook niet zo vrolijk...

Na Doris was Melissa aan de beurt. 'Hoe ben je toch op het idee gekomen van dat afwisselende dansje?' vroeg Claire. 'Het zat echt heel knap in elkaar. Volgens mij heb je een heel goede dansleraar.' Ze knipoogde naar Doris.

Heel even leek Melissa van haar stuk gebracht. Een beetje betrapt keek ze opzij naar Doris. Maar meteen was ze weer net zo zeker van zichzelf als anders. 'Nee, hoor!' zei ze met een stalen gezicht. 'Ik heb het helemaal zelf bedacht.'

29

Een half uurtje later reden Doris en haar vader de oprit naast hun huis weer op. Meteen zwaaide de voordeur open. 'Fijn dat jullie er weer zijn!' riep Doris' moeder. 'Kom gauw mee naar de keuken, Doris. Koen en ik hebben iets bedacht om je weer een beetje op te vrolijken!'

'Ogen dicht!' riep Koen de gang in.

Met haar handen voor haar ogen schuifelde Doris achter haar moeder aan naar de keuken.

'Surprise!' werd er ineens keihard voor haar neus geroepen.

Doris schrok, ze sperde haar ogen open. Meteen viel haar mond open van verbazing. In een halve kring stonden Sander, Myrthe, Koen en oma voor haar.

'We hebben allemaal cadeautjes voor je, Doris!' riep Koen.

'En je moeder heeft een heleboel pannenkoeken gebak-ken!' riep Myrthe erachteraan. 'Iedereen mag blijven eten!'

Oma kwam naast haar staan en pinkte een traantje weg. 'Ik ben heel erg trots op je, Doris,' zei ze. 'Op de website van *Swingteens* zijn de tien besten van de voorronde net bekendgemaakt en jij bent op de negende plaats geëin-digd!'

Wauw, dacht Doris, dat wist ik nog niet, dat is eigenlijk best goed.

'Er stond ook dat je morgenavond op tv komt,' zei San-der, 'en dat het hele programma bijna alleen maar over jou gaat...' Hij keek haar bewonderend aan.

'Ja, dat klopt,' zei Doris. 'Ik ben de hele dag gevolgd door een cameraploeg, echt supergaaf!'

'Hoe is het eigenlijk met Laura gegaan?' vroeg Doris' moeder toen ze met zijn allen van de pannenkoeken za-ten te smullen. 'Ik heb haar nog gebeld om te vragen of ze ook hierheen wilde komen, maar de telefoon werd niet opgenomen.'

'Ze stond niet bij de top tien op de site,' zei Koen.

'Eigenlijk best vreemd,' zei Doris' moeder. 'Ze deed het toch heel erg goed bij het oefenen?'

Doris en haar vader keken elkaar aan. Ze hadden allebei heel erg met Laura te doen. Hoe moest ze nou straks aan iedereen uitleggen waarom ze het zo slecht had gedaan? Ze kon toch moeilijk zeggen dat het door haar moeder kwam. Wie zou dat nou geloven?

'Ze was geloof ik een beetje zenuwachtig,' zei Doris' vader en toen begon hij maar gauw over een ander onderwerp.

Toen Sander en Myrthe weer naar huis waren, ging Doris languit op de bank liggen. Ze staarde naar het plafond en dacht na over alles wat er was veranderd sinds ze voor de eerste keer van *Swingteens* had gehoord. Eigenlijk had ze er al zeker een week niet meer over gepiekerd dat Koen en Laura alles altijd beter konden. Er waren ook zoveel leuke dingen gebeurd. Misschien waren zij nu wel jaloers op haar.

En mama is ook veranderd door *Swingteens*, dacht ze. Ze besteedt nu veel meer aandacht aan mij dan vroeger... Ik heb zin in morgen, dan kom ik op tv. En in overmorgen, dan zie ik de klas weer en meester Ronald. En dan ga ik na schooltijd lekker met Laura shoppen...

Laura! Doris schoot ineens rechtovereind. Hoe zou het nu met haar zijn?

30

Die nacht sliep Doris slecht. Ze moest de hele tijd aan Laura denken. Zou ze erg verdrietig zijn? Het was heel rot om te verliezen door de zenuwen. Zeker als het de schuld van je moeder was.

Toen het bijna zeven uur was, stond Doris stilletjes op. Ze deed haar badjas aan en sloop de trap af naar de studeerkamer. Daar zette ze de computer aan. Hopelijk was Laura online. Dan konden ze eindelijk weer even met elkaar praten. Ze klikte MSN aan. Even kijken wie er allemaal waren... Ja, gelukkig, Laura was er!

Miss Kiss Dorii zegt:
Heejj Lau! Hoe is het nu met je?
Glamourous Lautje zegt:
Wel goed, hoor... Alleen baal ik wel heel erg☹ En met jou?

Miss Kiss Dorii zegt:

Ja, ook wel goed. Ik denk de hele tijd aan jou. Weet je eigenlijk al wie er door zijn naar de finale?

Glamourous Lautje zegt:

Nee, wie dan?☺

Miss Kiss Dorii zegt:

Rutger de uitslover☹

Glamourous Lautje zegt:

Die was geloof ik voor mij. Hij was toch Eminem?

Miss Kiss Dorii zegt:

Ja☹, en Shirley het poedeltje is ook door☹

Glamourous Lautje zegt:

Whaha;) Was ze zo erg dan?

Miss Kiss Dorii zegt:

Ja, ze was Britney, maar dan in de overdreven versie.

Glamourous Lautje zegt:

En wie nog meer?

Miss Kiss Dorii zegt:

MELISSA!

Glamourous Lautje zegt:

Wat? Melissa uit onze klas??

Miss Kiss Dorii zegt:

Ja, en wat nog het ergste is, ze had alles van ons gejat: het topje, het dansje, het liedje, ALLES!

Glamourous Lautje zegt:

Daar zal m'n moeder blij mee zijn.

Miss Kiss Dorii zegt:

Owja! Je moeder! Hoe is het nu met haar?? Kvond het best wel weird dat ze boos op me werd.

Glamourous Lautje zegt:

Ze is nog steeds boos, ze zegt dat jij geen goede vriendin voor me bent. Alsof ZIJ dat mag bepalen.

Miss Kiss Dorii zegt:

We kunnen wel doen dat je bijvoorbeeld een keer bij Myrthe gaat spelen en dat ik dan meespeel of zo. Dan kan ze het niet doorhebben☺

Glamourous Lautje zegt:

Ja, die is goed!☺ Shit, m'n moeder komt. Ik sluit dit gesprek af en niet meer praten tegen mij, want anders mag ik ook niet meer msnne☹

Miss Kiss Dorii zegt:

Oké... HVA!

Glamourous Lautje zegt:

Ja tuurlijk!☺

Doris zette de computer uit en staarde uit het raam. Waarschijnlijk zag ze Laura nu de hele dag niet. Ze durfde niet te bellen of te sms'en. Misschien zou Laura's moeder het gezoem van het mobieltje horen. En langsgaan om te vragen of ze buiten kwam spelen kon al helemaal niet. Als Laura's moeder haar zag, sprong ze misschien wel uit haar vel. Doris keek op haar horloge. Het was zondag en nog niet eens acht uur. Het duurde nog twaalf lange uren voordat het tv-programma over de voorronde van *Swingteens* werd uitgezonden. Wat zou ze tot die tijd toch eens gaan doen in haar eentje? Het was best moeilijk om iets te bedenken nu oefenen voor *Swingteens* ineens niet meer nodig was. Twee weken lang was ze daar bijna dag en nacht samen met Laura mee bezig geweest.

Doris ging weer terug naar haar kamer en liet zich achterover op bed vallen. Haar ogen gleden langs de posters en de foto's op de muren. Beyoncé, Britney, twee getekende lachende poesjes, Shakira, papa en mama, Laura, oma...

Oma! Yes, daar ga ik even naartoe! dacht Doris. Ze is toch altijd heel vroeg wakker. Ik weet zeker dat ze het heel fijn vindt als ik een keertje helemaal alleen bij haar op bezoek kom. Ik vraag haar of ze koekjes met me gaat bakken!

Doris kleedde zich snel aan en legde in de keuken een briefje neer voor haar ouders dat ze naar haar oma was. Toen ging ze naar buiten en sprong op haar fiets. Het was lekker fris zo vroeg in de ochtend, er was nog niemand op straat. Doris voelde zich helemaal blij worden.

31

Pas tegen een uur of vijf 's middags was Doris weer thuis. Ze liep naar de woonkamer. Haar moeder zat te lezen en Koen was bezig zijn Warhammer-soldaatjes te beschilderen.

Haar moeder keek op van haar boek. 'En? Was het leuk bij oma?'

'Ja, heel erg leuk. We hebben koekjes gebakken. Ze komt straks hiernaartoe om naar mijn tv-programma te kijken.'

'Jóúw tv-programma?' zei Koen. 'Je denkt zeker dat je nu al een BN'er bent!'

'Een BN'er? Wat is dat nou weer?' vroeg Doris' moeder.

'Weet je dat niet?' zei Koen. 'Je loopt echt hopeloos achter als je dat niet weet. Dat is een Bekende Nederlander, zoals Claire.'

'O, op die manier.'

'Volgens mij ben je hartstikke jaloers dat ik op tv kom,' zei Doris tegen Koen. 'Dat is jou lekker nooit gelukt als je een schaatswedstrijd had gewonnen.'

'Doris, doe niet zo onaardig,' zei haar moeder.

Koen zei niets meer, hij ging verder met soldaatjes beschilderen.

Mooi zo, dacht Doris, daar hebben we voorlopig even geen last meer van. Ze liep naar de hoek van de kamer waar de tv stond. 'Hebben we wel een lege dvd om het op te nemen?' vroeg ze aan haar moeder. 'En doet de dvd-recorder het eigenlijk wel?'

'Ja, alles staat al klaar.'

'Gelukkig. Dan ga ik nu nog even MSN'en.'

Doris liep naar haar moeders werkkamer en startte de computer op. Hopelijk is de hele klas online, dacht ze. Dan kan ik tegen ze zeggen dat ik vanavond op tv kom en dat iedereen moet kijken. Ze klikte MSN aan. Bijna iedereen was er!

Eerst nog even haar naam veranderen...

Doris_Queen of Love>> Whoehoee! Vanavond kijken naar Swingteens! Ik kom op tv!☺:
Heehjj allemaal! :{} Kijk even goed naar mijn nieuwe naam!

Sann(|0|) Doortjee!:

Ey Doortje! Iedereen weet al dat je straks op tv komt ☺

Kelly*:

Doris, je vindt jezelf echt heel wat, hè :S

Doris_Queen of Love>> Whoehoee! Vanavond kijken naar Swingteens! Ik kom op tv!☺:

Doe normaal, ben je jaloers ofzo?:S

Amberr:

Hooii!

Jess! Nieuwe Mobiel!:

Hoi iedereen!

Sann(|0|) Doortjee!:

Zet SWT voor in je naam als je zo naar Swingteens gaat kijken!

>SWT<Amberr:

Jaa, goed idee!

Kelly*:

Pfftt, jullie doen echt alsof het heel bijzonder is dat Doris op tv komt...☹

|SWT|Myrtje☺:

Jaa hoor, Kelly, nou effe ophouden anders ben je morgen uit!☹

!SWT! Sann(|0|) Doortjee!:

Maak nou even geen ruzie, doe dat maar na de uitzending☺

Doris_Queen of Love>> Whoehoee! Vanavond kijken naar Swingteens! Ik kom op tv!☺:

Ik ga zo, ik wil geen seconde missen van de uitzending! Doeii:{}

|SWT|Myrtje☺:

Okee, als het is afgelopen wel allemaal terugkomen!

>SWT<Amberr:

Hoe laat is het afgelopen dan??☺ Ik mag niet te lang van m'n ouders☹

|SWT|Jess! Nieuwe Mobiel!:

Ik ook niet. Als ik niet meer kom, tot maandag!

Doris_Queen of Love>> Whoehoee! Vanavond kijken naar Swingteens! Ik kom op tv!☺:

Nou doei! Nu ga ik echt...☺☺☺

32

Eindelijk was het dan acht uur. De hele familie zat gespannen naar de tv te kijken. De dvd-recorder snorde en op het tafeltje voor de bank stond een grote schaal met allemaal lekkere hapjes.

'En dan is het nu tijd voor... *Swingteens*!' schalde een vrolijke stem de kamer in. Meteen daarna klonk het *Swingteens*-deuntje, dat Doris zich nog van de vorige dag herinnerde.

De ingang van de schouwburg kwam in beeld. Prachtig aangeklede deelnemers stroomden samen met hun ouders naar binnen.

'Hé, daar heb je Laura met haar moeder,' zei Koen.

'Wat kijkt ze treurig,' zei Doris' moeder. 'Net alsof ze toen al wist dat ze ging verliezen.'

De camera draaide weer weg. Claire verscheen in beeld, met naast haar... Justin!

'Kijk, dat is nou Justin!' zei Doris enthousiast. 'Hij zat bij mij in de jury, hij is echt heel aardig.'

'Ben je soms verliefd op hem?' zei Koen. 'Ik dacht dat je op Sander was!'

Maar Doris antwoordde niet, ze hoorde niet eens wat hij zei. Ze was weer helemaal terug in de schouwburg.

'Jullie zijn vast heel benieuwd hoe het nou eigenlijk is om aan de voorronde van *Swingteens* mee te doen,' zei Claire, terwijl ze recht in de lens keek. 'Daarom leek het ons een leuk idee om van één deelnemer te laten zien hoe het eraan toegaat op zo'n dag.' Ze keek opzij naar Justin.

'En degene die we daarvoor hebben uitgekozen, heet Doris,' zei Justin. 'Ze stelt zich nú aan jullie voor.'

Toen Doris zichzelf hoorde praten, kromp ze in elkaar. 'Die stem,' kreunde ze. 'Wat klinkt die vreselijk!'

'Dat komt omdat je hem zelf altijd heel anders hoort,' zei haar vader. 'Maar wij vinden hem allemaal heel mooi, hoor.'

Claire kwam weer in beeld. 'Op zo'n dag als vandaag is iedereen altijd superzenuwachtig,' zei ze. 'Maar daar heeft Doris een heel goede oplossing voor... Kijk maar!'

'O nee!' riep Doris. 'Nu komt er iets over mij en Sander. Ik schaam me dood!' Ze sloeg haar handen voor haar ogen.

'Ach, hoor toch eens hoe lief je over hem praat,' zei oma vertederd. 'Echt heel schattig.'

Maar Doris dacht daar heel anders over. Dit is echt verschrikkelijk! zei ze tegen zichzelf. Morgen lacht iedereen me uit op school.

Gelukkig voor Doris ging het programma algauw weer verder met het volgende onderwerp. Verschillende deelnemers werden in de hal geïnterviewd over hun optreden.

'Ik ben helemaal de mist in gegaan,' zei een teleurgestelde Shakira. 'Ik was ineens vergeten hoe mijn dansje ging.'

Daarna kwam een huilende Ali B. aan het woord. 'Ik had helemaal niet door dat de muziek al was begonnen,' snifte hij. 'Toen ik begon te rappen, was de helft al voorbij.'

'Maar mocht je het dan niet even overdoen?' vroeg Claire.

'Jawel, maar toen was ik mijn tekst ineens kwijt. En toen ging het helemaal niet meer.'

'Wat een sukkels, zeg!' zei Koen. 'Zo ga je toch niet op tv!'

De reclame begon. Zoemzoem! ging Doris' mobiel. Een sms'je van Sander. Help, als hij maar niet boos was over wat ze net over hem op tv had gezegd.

Doris, je bent super!
XXX Sander

Pfffff, dacht Doris opgelucht. Als hij normaal doet, gaat het morgen vast ook wel goed met de rest van de klas.

Na de reclame ging het programma verder. Eerst kwamen de optredens van Rutger, Shirley en Melissa. Doris moest toegeven dat ze het heel goed deden, vooral Melissa. Het leek wel alsof het vanzelf ging, zo goed stond ze daar te zingen en te dansen. Net zoals tandenpoetsen, of veters vastmaken... Na Melissa kwam het optreden van Doris. Tevreden keek ze toe hoe ze het deed. Het was ook heel goed, maar toch ging het allemaal net iets minder losjes dan bij de prijswinnaars.

'Nou Doris, wat mij betreft had je ook naar de finale gemogen,' zei haar moeder toen het liedje afgelopen was. 'Echt heel leuk gedaan.'

'Zeker weten,' zei haar vader. 'Je hebt best een beetje talent. Ik ben trouwens benieuwd of ze dat stukje nog laten zien waarin je zegt dat Melissa niet eerlijk heeft gewonnen.'

'Ik ook,' zei Doris. Laten we hopen van wel, dacht ze erachteraan. Dan weet heel Nederland dat ze een bedriegster is.

Maar het gebeurde niet. Wat volgde, was het moment

dat ze na haar optreden uithuilde in haar vaders armen. Doris vond het toch minder erg dan ze gedacht had. Het was eigenlijk heel normaal dat je moest huilen na zo'n spannend optreden.

Het programma eindigde met het interview in de kleedkamer van Claire. Oma zat te glimmen van trots toen het afgelopen was. 'Wat ben je toch een sportief meisje,' zei ze. 'Dat heb je van je opa, die was precies zoals jij!'

Maar Doris luisterde niet naar haar. Ademloos keek ze naar de laatste beelden. In vertraging was te zien hoe Justin zijn armen om haar heen sloeg en haar even dicht tegen zich aan drukte. Het leek wel het einde van een romantische speelfilm!

'Wauw Doris! Morgen is de hele school jaloers op jou!' riep Koen uit toen de aftiteling over het scherm rolde.

Doris grinnikte. 'Kun je dat nog eens herhalen?' vroeg ze.

33

De volgende ochtend liep Doris in haar eentje naar
school. Ze ging Laura maar niet ophalen, haar moeder
zou haar waarschijnlijk toch meteen weer wegsturen. Wel
jammer dat ze nu allebei alleen moesten lopen, er was altijd zoveel te bespreken onderweg. Ruzies met vriendinnen, wie met wie verkering wilde, leuke kleren...

Halverwege zag ze Laura ineens in de verte lopen, aan
de overkant van de weg, samen met haar moeder en haar
zusje. Doris ging voor de zekerheid wat langzamer lopen.

Rond de ingang van het schoolplein krioelde het van de
kinderen toen Doris eraan kwam. Overal hoorde ze haar
naam roepen. Kinderen die ze helemaal niet kende, duwden tegen haar aan met pennen en opschrijfboekjes in hun
hand. Ze vroegen om een handtekening. Doris deed haar
best om in ieder boekje een leuk zinnetje op te schrijven.

Maar even plotseling als de kinderen op haar af waren komen rennen, waren ze ineens ook weer verdwenen. Verbaasd keek Doris om zich heen. Waar waren ze nou zo snel gebleven?

Erg lang hoefde ze daar niet over na te denken. Luid indianengekrijs maakte duidelijk dat Melissa op het schoolplein was aangekomen. Doris zag hoe haar fiets meteen door iemand werd aangepakt en naar het fietsenhok werd gebracht. Enkele jongens uit hun klas tilden haar op en droegen haar op hun schouders over het plein. Als een koningin op haar troon wuifde ze naar de joelende kinderen. Daar had ik ook kunnen zitten, dacht Doris. Ze begon zich een beetje verdrietig te voelen en besloot om maar alvast naar het klaslokaal te gaan.

Net op dat moment zag ze meester Ronald op zich af komen lopen. Leuk, dacht ze, hij wil natuurlijk iets over mijn tv-programma vragen. Ze lachte hem vriendelijk toe. Maar ze had zich vergist... Met een brede lach op zijn gezicht liep hij haar voorbij, hij zag haar niet eens. 'Mag ik je feliciteren?' riep hij naar Melissa. Meteen toen ze hem zag, liet ze zich op de grond zakken en sprong in zijn armen. Hij zoende haar op beide wangen en riep wel drie keer: 'Geweldig, wat een prestatie!' Bijna de hele klas stond eromheen te klappen en te juichen. Doris zag Amber, Myrthe, Hugo, Sander... Sander ook! Ze voelde een steek van jaloezie toen ze hem daar zo vrolijk lachend zag staan. Opeens vroeg Melissa hem iets en ze legde heel even haar hand op zijn schouder. Het was net alsof ze voelde dat Doris naar hen stond te kijken. Doris draaide zich gauw om. Ik moet Laura zien te vinden, dacht ze. Dit moet ik haar onmiddellijk vertellen, Melissa wil Sander vast van me afpikken!

Maar Laura was nergens te bekennen. Doris liep de school in. Misschien was Laura alvast naar de klas gegaan. Het was doodstil in de gangen. Alle kinderen, meesters en juffen stonden buiten bij Melissa. Toen ze bij het lokaal van groep acht aankwam, gluurde ze even door het ruitje in de deur naar binnen. Tot haar schrik keek ze regelrecht in het gezicht van Laura's moeder. Dat was wel de laatste die ze wilde tegenkomen! Meteen trok ze haar hoofd terug, dacht geen seconde langer na en rende onmiddellijk in de richting van de wc's. Daar sloot ze zich op en wachtte met bonzend hart af tot de bel ging en Laura's moeder naar huis zou zijn gegaan. Pas toen alle kinderen in hun klas zaten en het helemaal rustig was in de school, durfde ze haar schuilplaats weer te verlaten. Voorzichtig sloop ze terug naar haar klas. Daar zaten alle kinderen al in de kring. Ademloos luisterden ze naar Melissa's verhaal over hoe ze de voorronde van *Swingteens* had gewonnen...

'In het begin zat ik heel erg te balen,' vertelde ze, 'want Justin zat bij mij in de jury en daar werd ik natuurlijk stikzenuwachtig van.'

Doris keek verbijsterd naar Laura. 'Niks van waar, ze zat bij Mascha!' zeiden hun ogen tegen elkaar.

'Maar die zenuwen waren al heel snel weg, want hij was zó aardig tegen mij. Hij vroeg me van alles,' ging ze verder. 'Waar ik zo goed had leren zingen, hoe ik toch zo cool kon dansen...'

Doris had het liefst op willen staan om tegen iedereen te zeggen dat Melissa alleen maar leugens vertelde, en dat niet voor het eerst. Maar ze hield zich in. Niemand zou haar geloven, iedereen zou denken dat ze het zei omdat ze jaloers was.

34

Toen Melissa klaar was met haar verhaal, zei meester Ronald nog eens dat hij het een geweldige prestatie van haar vond dat ze door de voorronde van *Swingteens* was gekomen. 'Wanneer is de finale eigenlijk?' vroeg hij.

'Aanstaande zaterdag,' zei Melissa, 'en je mag ook fans meenemen. Iedereen die meedoet, mag zijn hele klas meevragen.'

'O, maar dat is geweldig!' riep meester Ronald uit. 'Dan gaan we je met zijn allen aanmoedigen. Of niet jongens?'

Behalve Doris en Laura begon de hele klas te juichen. Toen ze eindelijk weer een beetje rustig waren, nam meester Ronald opnieuw het woord. 'We weten natuurlijk allemaal dat Melissa niet de enige is die aan *Swingteens* heeft meegedaan. Doris en Laura waren ook van de partij. Jammer genoeg hebben ze niet gewonnen, maar we geven ze natuurlijk toch een daverend applaus!'

Iedereen klapte, stampte en juichte. Doris en Laura keken elkaar aan. Ze waren allebei heel blij dat iedereen zo enthousiast was. Maar toch vonden ze het nog steeds niet leuk hoe Melissa door de voorronde was gekomen.

Meester Ronald tikte met een lepeltje tegen zijn koffiekopje en de klas werd weer stil. 'Natuurlijk zijn we allemaal heel benieuwd naar wat zij afgelopen zaterdag bij *Swingteens* hebben beleefd. Maar Laura heeft me net verteld dat ze er liever niet in de klas over wil vertellen.' Heel even was het doodstil. Toen begon iedereen tegen elkaar te fluisteren. 'Wat is er gebeurd?' hoorde Doris Natasja achter haar fluisteren. 'Haar vader heeft haar geslagen toen hij hoorde dat ze verloren had,' antwoordde iemand.

'Niet waar! Ze durfde op het laatste moment niet meer, ze was bang dat Justin haar niet goed zou vinden,' zei weer iemand anders.

'Ssst!' zei meester Ronald streng. 'Hier wordt verder niet over gepraat. Dat is niet leuk voor Laura. Het is al rot genoeg voor haar dat ze niet door de voorronde is gekomen.' Hij zag dat Laura tranen in haar ogen had gekregen.

'Dan gaan we het nu over Doris hebben,' zei hij. 'Heeft iedereen gisteren de tv-uitzending van *Swingteens* gezien, waar Doris de hoofdrol in speelde?'

'Jaaaaaa,' riepen alle kinderen.

'Je was hartstikke cool, Doris!' schreeuwde Hugo door de klas. 'Vooral aan het eind!'

'Ja, alle jongens uit de klas zijn verliefd op je,' riep Myrthe. Doris werd er verlegen van.

'Kom maar voor de klas, Doris. We willen allemaal graag weten hoe dat gaat als je de hele dag een cameraploeg achter je aan hebt,' zei meester Ronald.

Doris sprong op. Toen ze eenmaal voor de klas stond, naast het bureau van meester Ronald, was het best eng om te beginnen. Dertig paar ogen keken haar nieuwsgierig aan, het was doodstil in de klas. Ze begon haar verhaal bij het moment dat ze in de regenplas viel, waardoor haar kleren helemaal vies werden. Daarna vertelde ze over de ontmoeting met Claire in de hal, over Rob en het meisje met de microfoon aan een stok en natuurlijk ook over Justin... Algauw was ze helemaal vergeten dat ze voor de klas stond te vertellen. Ze was weer terug in de schouwburg: de hele dag ontrolde zich opnieuw voor haar ogen.

Toen de bel voor de kleine pauze ging, was ze net aangekomen bij het moment dat ze in de auto stapte om weer naar huis te gaan.

Alle kinderen hadden de hele tijd ademloos zitten luisteren. Alleen Melissa had van het begin tot het eind haar uiterste best gedaan om zo ongeïnteresseerd mogelijk over te komen. Toen Doris vertelde hoe Rob haar vroeg of ze de hele dag gefilmd wilde worden, begon ze haar nagels schoon te maken. En toen ze over Justin vertelde, ging Melissa zitten zuchten. Maar gelukkig merkte niemand het op, ook meester Ronald niet. Allemaal vonden ze het veel te interessant wat Doris te vertellen had.

'Doris, heel erg bedankt,' zei meester Ronald. 'Na de pauze moeten we helaas weer rekenen!'

Iedereen sprong op en rende naar de gang om jassen, pauzehapjes en drinken te pakken. Een minuut later was de hele klas buiten op het plein.

Doris stond midden in een groepje meisjes uit haar klas. De ene na de andere vraag vuurden ze op haar af.

'Heeft Justin je verkering gevraagd?'

'Heb je ook geld gekregen voor die tv-opnamen?'

'Ben je écht gevraagd voor GTST?'

Doris deed haar best om alle vragen zo goed mogelijk te beantwoorden. Ondertussen speurde ze het plein af naar Laura. Waar is ze nou toch? vroeg ze zich af. Ik wil zo graag even met haar samen zijn, net als vroeger.

Haar ogen bleven rusten op het toegangshek. Daar stond Laura, samen met haar moeder. Doris voelde haar oren suizen. Ze hoorde niet meer wat de kinderen om haar heen zeiden. Ze was alleen nog maar verschrikkelijk verdrietig. Het was net alsof Laura er niet meer was, alsof ze plotseling verhuisd was naar een ander land en nooit meer terug zou komen.

De bel ging en Doris sjokte weer naar de klas. Plotseling tikte er iemand op haar schouder. Het was Kelly. 'Ik moet je even wat vertellen,' zei ze. 'Melissa zit achter Sander aan. Hij gaat je dumpen, zeker weten!'

Doris bleef stokstijf staan. Melissa kan het natuurlijk niet hebben dat Sander mij leuk vindt, dacht ze. Daarom probeert ze hem van mij af te pikken. Echt weer zo'n gemene Melissa-streek. Maar dat gaat haar niet lukken!

35

Na school fietste Doris stiekem achter Melissa aan. Ze ging haar eens flink de waarheid zeggen over wat ze met Sander van plan was, zonder dat er andere kinderen bij waren. Anders gaven ze Melissa natuurlijk weer gelijk, die angsthazen.

Toen Melissa bij haar huis was aangekomen en afstapte om het hek open te doen, tikte Doris op haar schouder. Verbaasd draaide ze zich om.

'Ik moet jou even wat zeggen, Melissa! Jij blijft voortaan met je vingers van Sander af! Hij is met mij, als je dat maar weet!' zei Doris boos.

Even was Melissa stil. Ze verwachtte natuurlijk niet dat er eindelijk eens iemand was die tegen haar in durfde te gaan. Maar toen trok ze haar mond open. 'Hoe kom je er-bij dat ik met Sander wil?' snauwde ze. 'Je kunt het natuurlijk niet hebben dat ik naar de finale van *Swingteens* ga en jij niet.'

Toen floot ze op haar vingers. Haar honden kwamen onmiddellijk aangerend. Vanachter het hek gromden ze dreigend naar Doris, met half ontblote tanden. Van schrik deed ze een stapje achteruit.

BENG! Voordat Doris er erg in had, klapte het hek dicht en liep Melissa met haar neus in de wind het tuinpad af naar de voordeur. Ze keek niet meer op of om, ook niet toen Doris riep dat ze terug moest komen.

Help! dacht Doris. Nu gaat ze natuurlijk nog veel meer haar best doen om Sander te krijgen! Wat moet ik nou doen?

Ze fietste naar huis en liep meteen door naar haar kamer. Ze begon te ijsberen. En na een tijdje wist ze het! Ik ga Claire bellen om te vragen of zij met Melissa wil praten, dacht ze. Ze is zo beroemd, Melissa luistert vast wel naar haar.

Ze viste haar kistje met geheime dingen onder haar bed vandaan en haalde het visitekaartje van Claire eruit. Ze trilde toen ze het nummer van haar mobiele telefoon intoetste. Het was best eng om zo'n grote ster zomaar te bellen. Misschien zat ze wel in een studio om de liedjes van haar laatste musical op te nemen, of was ze bezig om kleren uit te zoeken voor de presentatie van de *Swingteens*-finale.

'Met Claire,' hoorde ze ineens een heldere stem aan de andere kant van de lijn zeggen. Oeps, het was haar echt! Nu moest Doris haar eigen naam zeggen en Claire uitleggen waarom ze graag wilde dat ze met Melissa ging praten. Hoe zal ik nou beginnen? dacht ze. Had ik het van tevoren maar even geoefend. Wat ben ik toch een sukkel dat ik dat niet heb gedaan!

'Hallo, wie is daar?' hoorde ze Claire vragen.

'O... eh... met Doris, van *Swingteens* van zaterdag, weet je nog?' hakkelde Doris.

'Hé Doris! Natuurlijk weet ik nog wie je bent. Hoe is-ie? Hebben de kinderen uit je klas nog leuk gereageerd op de tv-uitzending van gisteravond?'

'J-ja! Heel erg leuk! Ik mocht vanmorgen voor de klas komen om te vertellen wat er gebeurt als je de hele dag door een cameraploeg wordt gevolgd. Alle kinderen vonden het heel interessant en de meester ook. Maarre...' Doris zweeg. Ze wist niet goed hoe ze nu over Melissa moest beginnen.

'Zeg het maar,' klonk het vriendelijk.

'Nou eh... het gaat over Melissa. Je had toch gezegd dat Laura en ik met haar moesten gaan praten?'

'Klopt! Is het gelukt?'

'Nee! En het gaat ook niet meer lukken. Ze probeert Sander van me af te pikken, mijn vriendje.'

'Maar dan zeg je er toch meteen iets van?'

'Dat heb ik ook gedaan, maar toen zei ze dat het niet waar was en dat ik jaloers op haar ben. En toen liep ze weg.'

'Hmm. Ze is wel hopeloos, zeg! Hoe komt het toch dat ze allemaal van die vervelende dingen doet?' vroeg Claire.

'Onze meester zegt dat het komt omdat ze geen moeder meer heeft. En haar vader ziet ze bijna nooit, die zit altijd in het buitenland. Ze woont samen met haar au pair in een heel groot, eng huis.'

'Dat is wel heel erg rot voor haar.'

'Ja, dat vind ik ook. Maar toch vind ik het niet leuk dat ze steeds zo gemeen tegen me doet.'

'Nee, daar heb je gelijk in,' moest Claire toegeven. 'Maar dat doet ze waarschijnlijk omdat ze jaloers op je is. Jij hebt thuis een vader, een moeder en een broer. Heel gezellig allemaal. Dat wil Melissa ook graag hebben.'

'Een grote broer is heus niet altijd zo gezellig, hoor!' riep Doris uit.

'Nee, dat zal best. Maar de meeste tijd is het denk ik wél leuk, of niet?' vroeg Claire.

'Dat is waar,' zei Doris.

'Maar goed,' ging Claire verder, 'toch moet Melissa stoppen met gemeen doen. En ik vind ook dat ze haar excuses moet aanbieden voor wat ze bij *Swingteens* heeft gedaan met dat topje en zo. Dat was echt niet leuk voor jou en Laura.'

'Maar hoe krijg ik dat voor elkaar?' riep Doris vertwijfeld.

'Weet je wat?' zei Claire. 'Ik kom binnenkort wel een keertje langs, want ik heb met jullie alle drie een beetje te doen. Dan gaan we met zijn vieren om de tafel zitten om alles uit te praten. Misschien kan het wel bij jullie op school. Hoe heet die?'

'De Rozenhof.'

'En jullie meester?'

'Meester Ronald,' zei Doris. 'Hij is echt heel aardig.'

'Staat genoteerd,' zei Claire. 'Het telefoonnummer vind ik wel op internet. Nou Doris, dan zie ik je binnenkort.'

'Bedankt Claire,' zei Doris. 'Ik ben heel blij dat je dit wilt doen.'

'Is goed,' zei Claire. 'Bye bye!' En ze verbrak de verbinding.

36

Doris liep naar beneden om iets te eten en te drinken te pakken. Haar vader zat aan de keukentafel de krant te lezen.

'Heb je niet met Laura afgesproken?' vroeg hij.

'Eh... nee... Laura kan niet,' antwoordde Doris.

'Kan ze niet of mag ze niet?'

'Ze mag niet. Haar moeder vindt mij geen goede vriendin voor haar. Ze zegt dat het mijn schuld is dat Laura de voorronde van *Swingteens* niet heeft gehaald. Volgens haar heb ik Laura heel onzeker gemaakt.'

'Wat? Hoe haalt ze het in haar hoofd! Ik herinner me alleen die onaardige opmerking van jou in de auto, maar daar heeft ze toen meteen iets van gezegd. Of is er nog meer gebeurd tussen jou en Laura, dingen die ik niet weet?'

'Nee, helemaal niets! Alleen vond ik het in het begin niet leuk dat we hetzelfde liedje deden. Maar dat hebben we toen meteen uitgepraat.'

'Maar waarom zegt haar moeder dan dat Laura door jou heeft verloren?'

'Dat snap ik ook niet,' zuchtte Doris. 'Laura heeft me zelf verteld dat ze juist helemaal gek werd van haar moeder, omdat die de hele tijd zat te zeuren dat ze moest winnen.'

'O, nou snap ik het!' riep haar vader uit. 'Ze probeert de schuld op jou af te schuiven! Maar daar zal ik een stokje voor steken, ik ga haar meteen bellen.'

'Nee!' riep Doris. 'Niet doen, dan wordt ze misschien nóg bozer op mij!'

'Wees maar niet bang,' zei haar vader. 'Als ik haar uitleg waarom ze jou en Laura niet uit elkaar mag halen, begrijpt ze het vast. Dan gaat ze heus wel weer normaal doen.'

'En als dat niet zo is?' vroeg Doris met een klein stemmetje.

'Dan haal ik meester Ronald erbij.'

'Oké,' zei Doris opgelucht. 'Dan weet ik zeker dat het goed komt!'

Terwijl Doris' vader met de moeder van Laura zat te bellen, poetste Doris haar laarzen in de schuur. Ze durfde niet te luisteren naar wat er gezegd werd. Dat vond ze eng. Liever hoorde ze als het gesprek was afgelopen of ze weer met Laura mocht omgaan of niet.

Elke keer als ze ergens geluid hoorde, liep ze naar de deur, om te kijken of ze haar vader al door de kamer zag lopen. Maar het was het kattenluikje dat klepperde in de achterdeur, of een vogel die in de dakgoot heen en weer trippelde.

Wat duurt dat gesprek toch lang! dacht Doris. Het komt vast nooit meer goed.

Eindelijk ging de achterdeur open en kwam Doris' vader naar buiten lopen. Het leek wel alsof er uren verstreken waren. Doris smeet haar poetslap op de grond en rende over het tuinpad naar hem toe. 'Hoe ging het?' vroeg ze. 'Mogen we elkaar weer zien?' Gespannen keek ze haar vader aan.

Hij glimlachte naar haar. 'Morgen ga je uit school gewoon weer met Laura afspreken, net als altijd.'

'Is het dan weer helemaal goed? En is Laura's moeder niet meer boos op mij?'

'Nee, ze is niet meer boos. Het is echt weer helemaal goed. Laura's moeder heeft me verteld hoe het allemaal zo vervelend is gelopen. Kom maar even mee naar de kamer, dan vertel ik je het hele verhaal.'

Een paar minuten later zaten ze samen op de bank in de

kamer, met de koektrommel tussen hen in. Doris' vader schraapte zijn keel en begon te vertellen.

'Toen Laura's moeder een meisje was, net zo oud als jij ongeveer, kon ze heel goed schaken. Als ze aan een toernooi meedeed, wilde ze altijd winnen, want verliezen vond ze verschrikkelijk! Ze deed ontzettend haar best en uiteindelijk werd ze een echte superkampioen. Later, toen ze wat ouder werd, kreeg ze het druk met andere dingen. Ze vergat het schaken een beetje. Tot een paar weken geleden, toen Laura haar kwam vertellen dat ze graag aan *Swingteens* mee wilde doen.

Plotseling voelde Laura's moeder haar oude verlangen om te winnen weer opkomen. Alleen was zij zelf nu niet meer degene die moest winnen, maar Laura. Hoe dichterbij de voorronde kwam, hoe vaker ze tegen Laura ging zeggen dat ze beter haar best moest doen en nog vaker moest oefenen. Ze kon gewoon de gedachte niet verdragen dat Laura misschien wel zou verliezen, net zoals ze zelf vroeger bij het schaken ook niet tegen haar verlies kon. Het werd zelfs zo erg dat ze op de laatste avond voor de voorronde zei dat ze niet meer van Laura kon houden als ze niet naar de finale zou gaan.'

'Wat verschrikkelijk,' fluisterde Doris. 'Arme Lautje...' Ze kreeg tranen in haar ogen.

Haar vader stopte even met vertellen. Hij vond het zelf

ook heel zielig voor Laura. Na een diepe zucht ging hij verder.

'Pas toen we afgelopen zaterdag in de auto zaten om naar de voorronde te gaan, merkte Laura's moeder dat Laura heel zenuwachtig was. Het was net alsof ze wakker schrok uit een nare droom. Ze wist dat het háár schuld was dat Laura zo angstig was. Plotseling had ze spijt dat ze haar zo had lopen opjutten. Toen jij die vervelende opmerking tegen Laura maakte, reageerde ze dat op jou af. En daarna deed ze dat telkens weer. Als ze weer spijt kreeg over hoe ze tegen Laura had gedaan, dan gaf ze jou de schuld. Daardoor voelde ze zich wat minder ellendig.'

'Ik vind grote mensen vaak maar raar,' zei Doris. 'Ze doen altijd zo moeilijk!'

'Tsja! Ik denk dat je daar in dit geval wel een beetje gelijk in hebt.'

'Gaat Laura's moeder dit verhaal nou ook aan Laura vertellen? Zij moet het toch ook weten?'

'Ja, zij zitten nu ook samen op de bank, net als wij. En straks komen ze nog even bij ons langs. Laura's moeder wil graag haar excuses aan jou aanbieden.'

'Dat vind ik best eng.'

'Ja, dat is het misschien ook, maar zo is het toch het beste. Dan is die vervelende ruzie helemaal tot een goed einde gebracht.'

37

Toen Laura en haar moeder weer naar huis waren, ging Doris naar haar moeders werkkamer om een mailtje naar Sander te sturen. Ze wilde weten of het waar was dat hij de verkering met haar ging uitmaken. Aan de ene kant kon ze het zich niet voorstellen; het was nog maar net aan. Maar aan de andere kant was het misschien toch wel waar. Als ze terugdacht aan vanochtend, toen hij zo vrolijk naast Melissa stond en zij haar arm op zijn schouder legde...

Van: Doris_KissCool@hotmail.com
Naar: Sander_Post@hotmail.com
Onderwerp: <>

Hoi
Ik hoorde van Kelly dat je me gaat dumpen...

Mail me terug,

Doris

Nadat Doris het mailtje had verstuurd, ging ze meteen naar MSN om te kijken of Sander online was. Dan zou hij vast snel zien dat hij een mailtje had gekregen en kreeg ze er waarschijnlijk ook wel gauw eentje terug.

Toen ze Sanders naam zag tussen het rijtje namen van kinderen die online waren, kreeg Doris kippenvel. Ze beet op haar nagels. Sander was toch wel heel erg leuk... Stel je voor dat ze zo meteen te horen kreeg dat het uit was en dat hij nu met Melissa ging. Nee! Vreselijk!

Gelukkig duurde het maar even of er verscheen een klein envelopje rechtsonder op het scherm. Doris ging snel naar haar mailbox. Er was inderdaad een mailtje van Sander. Ze opende het en las het snel door.

Van: Sander_Post@hotmail.com

Naar: Doris_KissCool@hotmail.com

Onderwerp: Huh??

Huh?? Heeft Kelly dat gezegd?? Ik snap het niet, ga jij me nu dumpen of heeft Kelly gezegd dat ik jou ga dumpen?? Mail me effe terug.

Toen ze het uit had, las ze het voor de zekerheid nog een keer. Zie je wel, dacht ze, Kelly heeft gewoon gelogen. Sander weet helemaal nergens van. Pffff, gelukkig maar. Ze mailde hem meteen terug.

Van: Doris_KissCool@hotmail.com
Naar: Sander_Post@hotmail.com
Onderwerp: Ik snap het ook niet

Kelly heeft tegen mij gezegd dat Melissa jou heel erg leuk vindt en dat jij me nu gaat dumpen.

Er kwam meteen een mailtje terug.

Van: Sander_Post@hotmail.com
Naar: Doris_KissCool@hotmail.com
Onderwerp: Waaat??

Heeft Kelly dat gezegd?? Ik vind jou veel leuker dan Melissa, en dat jij toevallig niet door de voorronde bent gekomen maakt echt niet uit, hoor! ☺☺☺

Van: Doris_KissCool@hotmail.com
Naar: Sander_Post@hotmail.com
Onderwerp: Ow☺

Pffft, wat zijn die Melissa en Kelly trutten zeg... Dus je maakt het niet uit??

Van: Sander_Post@hotmail.com
Naar: Doris_KissCool@hotmail.com
Onderwerp: Nee☺

Nee, tuurlijk maak ik het niet uit! Wat dacht je dan??
Zullen we binnenkort afspreken?? Wat wil je doen??
Mij lijkt het leuk om:
• Naar de bios te gaan☺
• Als het mooi weer is, te picknicken
• Gewoon dat ik bij jou langskom, of jij bij mij☺

Van: Doris_KissCool@hotmail.com
Naar: Sander_Post@hotmail.com
Onderwerp: Oké☺

Oké, ik weet niet wanneer ik kan, maar het lijkt me wel leuk om naar de bios te gaan. Ik sms je dan wel even☺

'Doris!' riep haar moeder. 'Tandenpoetsen, je moet zo naar bed!'

Met een zucht zette Doris de computer uit. Wat fijn dat het allemaal goed was met haar en Sander. En nu ging ze binnenkort ook nog met hem naar de bioscoop. Misschien wil hij wel met me zoenen, schoot het ineens door haar hoofd. Hugo heeft vorige week ook met Myrthe gezoend. En zelf wil ik het eigenlijk ook wel met Sander. Super spannend!

Als ik het nou maar niet verkeerd doe. Ik moet dat tijdschrift met die zoenwijzer zien te vinden, daar stond precies in wat je allemaal kon doen en hoe het moest. Hopelijk ligt het blad nog ergens onder mijn bed.

Doris rende naar de badkamer en poetste snel haar tanden. Ze riep nog even 'welterusten' door het trapgat naar beneden en schoot toen haar kamer in. Voor de zekerheid deed ze de deur op slot. Stel je voor dat Koen binnen kwam stormen terwijl zij net voor de spiegel zat te oefenen met de zoenwijzer naast zich!

Doris graaide onder haar bed. Ze kwam dezelfde rommel tegen als twee weken geleden, toen ze op zoek was naar ideeën voor haar *Swingteens*-outfit. Morgen maar eens opruimen, dacht ze, straks komen er nog muizen op die lege chipszakjes af.

Maar toen ze echt alle tijdschriften onder het bed vandaan had gehaald en keurig op een stapeltje had gelegd, bleek dat met de zoenwijzer verdwenen. Hoe kan dat nou, dacht Doris. Ik heb dat blad een paar dagen geleden nog gezien, dat weet ik zeker. Zou Koen het misschien hebben ingepikt? Hij wil vast met Eline zoenen en nu weet hij natuurlijk niet hoe het moet. Nerds kunnen niet zoenen, dat weet iedereen.

Doris aarzelde niet en sloop naar zijn kamer. Gelukkig zat hij nog beneden tv te kijken, anders was het haar nooit gelukt om zomaar binnen te komen. Ze keek zijn kamer rond. Het was er een puinhoop. Overal lagen computertijdschriften, snoeppapiertjes, vuile sokken en sportkleren. Waar zal ik eens beginnen? dacht Doris. Vast onder zijn kussen. Hij leest de zoenwijzer natuurlijk voordat hij gaat slapen. Dan kan hij er lekker over dromen!

Doris deed een greep... Mis! Onder zijn bed dan... Weer niet! Laatste kans nu, onder zijn matras... Hebbes!

38

Op haar tenen sloop Doris Koens kamer uit en liep toen snel terug naar haar eigen kamer. Ze deed de gordijnen dicht en trok haar pyjama aan. Toen pakte ze het zoentijdschrift en bladerde naar de middenpagina. Ze maakte de nietjes los en haalde de zoenwijzer eruit. Daarna kroop ze onder de dekens en begon te lezen.

OM TE BEGINNEN: DE VOORBEREIDING

Van tevoren NIET doen:

- Haring met uitjes eten (hij komt niet eens bij jou in de buurt!)
- Bruinebonensoep eten (geen commentaar, rennen!)
- Roken (wandelende asbakken zijn UIT!)
- Lipgloss opdoen (de meeste plakken!)
- Je (zonne)bril ophouden

Van tevoren WEL doen:

- Je tanden poetsen
- Een handje aardbeien eten (hij denkt aan zijn favoriete ijsje en wil alleen nog maar meer!)
- Een ijsklontje in je mond doen (cooooool!)
- Je neus...

'Wie is er op mijn kamer geweest?' brulde Koen ineens op de overloop. Hij stormde Doris' kamer binnen. Stom, ze was vergeten haar deur weer op slot te doen. 'Doris! Je hebt mijn kamer doorzocht! Geef alles terug wat je gepikt hebt!'

Doris kon de zoenwijzer nog net op tijd onder de dekens in veiligheid brengen.

Koen begon de laatjes van Doris' bureau open te trekken en gooide de inhoud ervan op de grond.

'Mamaaaa!' schreeuwde Doris. 'Koen sloopt mijn kamer!' Ze duwde de zoenwijzer naar het voeteneind en sprong uit bed. 'Wegwezen!' gilde ze en ze trok Koens hoofd met een ruk aan zijn haren naar achteren.

'Au, rotmeid! Laat me los en geef me mijn spullen terug!'

'Wat is er aan de hand? Kunnen jullie nou nooit eens normaal tegen elkaar doen?'

Doris' moeder was binnengekomen. Ze was boos.

'Doris, heb je echt iets uit Koens kamer meegenomen?' vroeg ze.

'Nee, ik heb alleen een tijdschrift teruggehaald dat van mij is.' Ze keek Koen triomfantelijk aan. Hij durfde niets meer te zeggen, hij was natuurlijk bang dat ze over de zoenwijzer ging beginnen. Voordat hij naar zijn kamer afdroop, wierp hij Doris nog even een woedende blik toe.

'Nu moet je gaan slapen, Doris,' zei haar moeder. 'Je hebt een paar heel drukke dagen achter de rug.' Ze wilde nog meer zeggen, maar beneden ging de telefoon. Ze keek Doris nog even streng aan, deed het licht uit, draaide zich toen om en liep de trap af.

Natuurlijk ging Doris helemaal niet meteen slapen! Ze viste de zoenwijzer onder de dekens vandaan met haar rechtervoet en knipte haar bedlampje aan. Ze keek naar de foto's. Op een ervan zaten een jongen en een meisje in een donkere bioscoopzaal met elkaar te zoenen. Ze leken in de verte wel een beetje op haar en Sander. Doris droomde erbij weg. Op het grote witte doek galoppeerde een paard door een ijskoude bergbeek. Aan zijn nek hing een indianenmeisje dat zojuist haar hoofd tegen een bergwand had gestoten. Er stroomde bloed langs haar wang. Als ze los zou laten, zou haar lichaam door de woeste rivier worden meegesleurd. Even verderop stonden twee hongerige grizzlyberen toe te kijken.

Plotseling voelde Doris Sanders hand op haar schouder. Hij blies tegen haar wang. Ze draaide haar hoofd opzij en keek hem even aan. Ineens waren zijn ogen heel dicht bij haar. Meteen daarna voelde ze zijn lippen op haar mond.

Shit, ik heb popcorn gegeten, geen handje aardbeien zoals in de zoenwijzer stond, dacht ze nog. Maar toen legde ze gauw haar hand op zijn knie en deed haar ogen dicht...

'Doris, slaap je al?' Doris schrok wakker.

Haar moeder stond naast haar bed. 'Claire heeft net gebeld, ze komt morgen tussen de middag op school om te praten over dat gedoe met Melissa bij *Swingteens*.'

'Huh? Claire?' zei Doris slaperig. 'O ja, Claire! Wat goed dat ze heeft gebeld!'

'Eigenlijk best vreemd dat ze langskomt.'

'Hoezo?'

'Nou, zo'n grote ster als zij heeft het toch heel erg druk? Zeker nu ze zaterdag ook nog eens de finale van *Swingteens* moet presenteren.'

Doris zei niets terug. Ze zag dat de zoenwijzer naast haar bed op de grond was gevallen. Snel pakte ze hem op en duwde hem onder haar kussen. Haar moeder hoefde niet te zien dat ze alles over zoenen wilde weten. Ze zou zich helemaal lam schrikken!

39

'Waarom moet ik eigenlijk met jullie en Claire gaan praten?' vroeg Melissa aan Doris en Laura toen ze de volgende ochtend het schoolplein opliepen.

'Dat weet je best, Melissa,' zei Doris. 'Wij vinden het gewoon niet leuk dat jij een heleboel ideeën van ons hebt gepikt voor *Swingteens*.' En dat is niet het enige, dacht ze erachteraan.

'Pardon?' zei Melissa. 'Ideeën gepikt? Hoe kom je erbij, belachelijk!'

'Claire komt heus niet zomaar langs, daar heeft ze het veel te druk voor,' zei Laura.

'Puh!' was het enige antwoord van Melissa.

Toen de bel om kwart over twaalf ging, was het algauw een gekrijs van jewelste in de gangen en op het schoolplein. Melissa had overal rondverteld dat Claire om half een op school zou komen om haar te interviewen.

Precies op de afgesproken tijd kwam Claire aanrijden in een rode Morris Mini met een wit dak. Toen ze uitstapte, werd ze besprongen door allemaal gillende kinderen die met pennen en opschrijfboekjes in hun hand om een handtekening vroegen. 'Sorry jongens, daar heb ik nu geen tijd voor,' zei ze vriendelijk. Daarna liep ze snel door naar de hoofdingang, waar ze werd opgewacht door meester Ronald, Doris en Laura. 'Hallo Doris! Leuk om je weer te zien,' zei ze toen ze de hal binnenstapte en ze gaf haar op elke wang een dikke zoen. Daarna gaf ze meester Ronald en Laura een hand. Even keek ze zoekend om zich heen. 'Is Melissa er niet?' vroeg ze toen.

Meester Ronald keek vertwijfeld naar Doris en Laura. 'Lieve help!' zei hij. 'Ik dacht dat ze met ons mee was gelopen. Waar kan ze nou zijn, ze weet toch dat we nu een afspraak hebben?'

'Tsja, echte sterren komen nou eenmaal altijd te laat op afspraken,' zei Doris. 'Misschien moet ze haar make-up nog even bijwerken.'

Achter in de gang werd een deur hard dichtgeslagen, even later gevolgd door het getik van hoge hakken. 'Daar zul je haar hebben,' zei meester Ronald opgelucht.

'Hoi Claire!' riep Melissa overdreven toen ze aan kwam lopen. 'Ben ik te laat?'

'Nee, dat lijkt alleen maar zo,' zei Doris, terwijl ze Laura veelbetekenend aankeek.

Melissa zag eruit als een mislukte etalagepop. Ze had een dikke laag lichtblauwe oogschaduw op haar oogleden gesmeerd en haar lippen knalrood gestift.

'Waar kunnen we even rustig zitten?' vroeg Claire.

'Huh? O... eh... in mijn kantoortje,' hakkelde meester Ronald. Hij bloosde tot achter zijn oren. Doris en Laura keken elkaar aan en dachten allebei hetzelfde. Hij vond Claire wel heel erg leuk zo te zien en te horen!

'Hij is verliefd,' fluisterde Doris giechelend.

'Zeker weten,' fluisterde Laura terug. 'Daar gaan we een spandoek over maken voor bij de finale. Lachen!'

40

'Zal ik dan maar beginnen?' zei Claire toen ze met zijn vieren om het bureau van meester Ronald heen zaten.

'Graag,' zeiden Doris en Laura zachtjes.

Claire draaide haar hoofd naar Melissa en keek haar ernstig aan. 'Doris en Laura zitten ergens heel erg mee, Melissa,' zei ze. 'Ze vermoeden dat jij een aantal dingen van hen hebt nageaapt bij de voorronde van *Swingteens*.'

Melissa's ogen werden zo groot als schoteltjes toen ze dat hoorde. 'Hoezo?' zei ze. 'Wat dan?'

Claire noemde een aantal dingen die Doris haar eerder had verteld. Dat Melissa hetzelfde diamanten topje als Laura aanhad bij de voorronde, nadat ze eerst had uitgevist hoe je het moest maken. En dat er in haar dansje allemaal dingen zaten die uit de dansjes van Doris en Laura kwamen.

Toen Claire uitgesproken was, keek Melissa met een boos gezicht de tafel rond. 'Er klopt helemaal niets van,' zei ze. 'Hoe komen jullie erbij? Ik heb alles zelf bedacht!'

'Dat is niet waar, dat lieg je!' riepen Doris en Laura in koor.

'Weet je echt heel zeker dat je je niet vergist, Melissa?' vroeg Claire.

'Nee, natuurlijk niet!' zei Melissa. 'Vraag maar aan Kelly, die heeft me overal bij geholpen.'

'Tsja Melissa, dan heb ik nu toch echt een vervelende mededeling voor je,' zei Claire. 'Ik heb namelijk iets ontdekt.'

Ze pakte haar handtas en haalde er een paar foto's uit.

'Hier is een foto van Beyoncé in haar diamanten topje,' zei ze en ze hield hem omhoog. 'Zoals jullie zien hebben alle diamantjes dezelfde kleur.'

'Klopt!' zei Laura.

'En dan heb ik hier twee foto's die afgelopen zaterdag in de schouwburg zijn gemaakt. Eentje van Laura en eentje van Melissa. Jullie herinneren je vast nog wel dat alle *Swingteens*-deelnemers bij binnenkomst op de foto werden gezet.' Ze legde de foto's naast elkaar op het bureau van meester Ronald.

'Kijk nu eens goed naar de topjes,' zei Claire. 'Wat valt jullie op?'

Doris en Laura bogen zich allebei nieuwsgierig voorover, maar Melissa deed net alsof ze de vraag van Claire niet eens had gehoord. Met een verveeld gezicht ging ze uit het raam zitten kijken.

'Ik zie het!' riep Doris uit. 'Die van Laura en Melissa zijn anders dan die van Beyoncé. Er zitten roze diamantjes in de schouderbandjes.'

'Precies!' zei Claire. 'Ik heb de foto's met een vergrootglas bestudeerd. Het zijn er precies evenveel en ze zitten ook nog eens op precies dezelfde plaats. Dat kan geen toeval zijn. Of Laura heeft Melissa nageaapt, óf andersom.'

'Nou, dat lijkt me duidelijk,' zei Melissa. 'Laura heeft mij nageaapt, zo is ze gewoon. Dat doet ze met al haar kleren. Als iemand in de klas iets nieuws aanheeft, dan loopt zij er de volgende dag ook in.'

Claire stond op, ze keek boos. 'Nu is het genoeg, Melissa,' zei ze. 'Je zit keihard te liegen en dat zal ik nu bewijzen. Vanochtend is mijn assistente Paola bij Laura's moeder op bezoek geweest. Ze heeft haar gevraagd wanneer ze de diamantjes voor dat topje had gekocht. Dat was de maandag na de dag dat Doris en Laura zich voor *Swingteens* hadden ingeschreven. Ze kon het bonnetje met de datum nog laten zien. Daarna is Paola naar de winkel gegaan waar de diamantjes waren gekocht. Ze vroeg of er na die maandag misschien nog iemand anders was geweest om precies dezelfde diamantjes te kopen. Dat bleek inderdaad zo te zijn. Er waren alleen niet meer genoeg diamantjes en dus moesten ze worden bijbesteld. En die bestelling... stond op jouw naam, Melissa! Hier is de kopie van de bestelbon!' Claire bukte zich naar haar handtas, haalde de bon eruit en stak hem in de lucht.

'Als ik jou was, zou ik maar gauw mijn excuses aanbieden aan Doris en Laura,' zei ze. 'Je hebt het ook een beetje aan hen te danken dat je nu in de finale van *Swingteens* zit.'

Goed zo, dacht Doris. Ik wist wel dat we gelijk hadden. Eindelijk wordt die vreselijke Melissa eens goed aangepakt.

Met gebogen hoofd zat Melissa een tijdlang in elkaar gedoken aan het bureau. Ze zei helemaal niets. Toen ineens begon ze te huilen.

'Het spijt me,' snikte ze. 'Ik deed het omdat ik heel graag wilde winnen. Dan zou ik ook eens leuk worden gevonden. Alle kinderen vinden mij altijd maar stom.'

'Maar hoe komt dat dan?' vroeg Claire. 'Doe je misschien niet zo aardig tegen ze?'

'Nee, dat klopt,' zei Melissa. 'Ik ben heel vaak boos op ze. Want zij hebben alles en ik niks.'

'Maar wat hebben ze dan? En waarom heb jij dat niet?'

'Zij hebben een vader en een moeder en broertjes en

zusjes,' snifte Melissa. 'En ik heb alleen maar een au pair en een vader die er bijna nooit is!'

'Ik snap het,' zei Claire. 'Toch moet je dan juist niet onaardig doen, want je schiet er niets mee op. Niemand vindt je nog aardig. Ze vragen je nooit meer voor een feestje, of om gewoon te komen spelen. Ik weet het allemaal zo goed, omdat ik vroeger precies hetzelfde heb meegemaakt als jij. Ik was echt een vreselijke pestkop, iedereen haatte mij.'

Melissa stopte met huilen. 'Ik dacht altijd dat ik de enige was die dit is overkomen,' zei ze. 'Maar dat is dus niet zo!'

'Juist! En daarom ben ik hier ook helemaal naartoe gekomen,' zei Claire. 'Doris heeft me laatst namelijk verteld over je moeder en zo. En toen wist ik precies hoe rot jij je vaak voelt. Ik wilde je heel graag helpen. En daarmee zouden Doris en Laura ook meteen geholpen zijn, omdat je dan voortaan niet meer zo onaardig tegen ze doet.'

Melissa keek opgelucht. 'Ik ga voortaan heel erg mijn best doen om niet meer gemeen te doen als ik me weer eens jaloers en verdrietig voel,' zei ze.

'En ik ga vragen of je af en toe bij mij mag logeren,' zei Doris.

'Ja, ik ook,' zei Laura. 'En dan maken we het stikgezellig als je er bent.'

'Super!' zei Claire. 'Die ruzie tussen jullie is dus niet voor niets geweest.'

De bel ging. De lessen gingen weer beginnen en Claire moest naar een volgende afspraak. 'Nou dames,' zei ze, 'ik zie jullie in ieder geval zaterdag weer. Melissa, heel veel succes met je optreden, je hebt echt talent. En Doris en Laura, veel plezier met spandoeken maken!'

Dat zal wel lukken! gniffelde Doris in zichzelf.

Claire pakte haar tas en haar autosleutels en stond op. 'Doe de groetjes aan meester Ronald,' zei ze, 'en zeg maar dat ik hem nog wel even bel.'

Met zijn drietjes zwaaiden ze haar vrolijk uit vanachter het raam.

Net toen ze met haar Morris Mini de hoek om draaide en uit het zicht verdween, kwam meester Ronald zijn kantoor weer binnenlopen. 'Is ze al weg?' vroeg hij teleurgesteld.

'Ja, ze had haast,' zei Doris, 'maar ze belt je nog.'

Meester Ronald draaide zich snel om toen ze dat zei. Zijn hoofd begon steeds meer op een tomaat te lijken...

41

De volgende ochtend begon de les met een klassenverga-
dering. Melissa had de rest van de week vrij om te oefenen
voor de *Swingteens*-finale en dus konden ze in het geheim
bespreken hoe ze haar zaterdag gingen aanmoedigen. Het
moest wel een verrassing blijven!

'Zaterdagmiddag vertrekken we om vier uur met een
grote bus naar Ahoy in Rotterdam,' was het eerste wat
meester Ronald zei. Alle kinderen begonnen te juichen.
Het leek wel alsof ze op schoolreisje gingen!

Daarna pakte hij een krijtje en ging voor het bord staan.
'Wie een leuk idee heeft hoe we Melissa kunnen aanmoedigen, mag het zeggen. Ik schrijf alles op en dan gaan we
daar straks een aantal dingen uit kiezen. Roept u maar,
niet allemaal tegelijk!'

'Spandoeken maken!'

'Vlaggetjes knutselen met "Hup Melissa" erop!'

'Allemaal dezelfde petjes op!'

'T-shirts met letters erop die samen een woord vormen, of een zin!'

'Alle meisjes verkleed als Beyoncé!'

'Jaaaaa! En de jongens als Jay-Z!'

'Confetti gooien als ze klaar is met zingen.'

'En dan ballonnen loslaten die de lucht in kunnen gaan!'

'Een yell bedenken.'

'Een yell? Wat is dat nou weer?' vroeg Thomas.

'Een yell is een aanmoediging die alle kinderen tegelijk moeten roepen,' legde meester Ronald uit. 'Zoals "Hup, Holland, hup" bij voetballen.'

'Dat is leuk!' riep Natasja. 'En dan sterretjes aansteken als ze gewonnen heeft.'

'Nee, rotjes gooien!' riep Jim.

'Stop maar, voorlopig hebben we wel even genoeg,' zei meester Ronald.

Na lang overleggen waren ze het eindelijk allemaal eens. Ze gingen spandoeken maken, een yell bedenken en iedereen ging zich verkleden: de meisjes als Beyoncé en de jongens als Jay-Z. Meester Ronald zou zijn smoking aantrekken.

'Dat zal Claire vast wel heel mooi vinden,' zei Doris hardop door de klas.

'Hoe bedoel je?' vroeg meester Ronald. Van schrik liet hij zijn krijtje vallen. Snel pakte hij het op en begon gauw op het bord te schrijven.

'Hij is nog steeds verliefd,' fluisterde Doris tegen Laura. 'Dat spandoek over Claire en hem moeten we echt maken!'

'Ja, maar wel in het geheim,' fluisterde Laura terug. 'En als de camera's straks op onze klas gericht staan, houden we het snel omhoog. Dan komt het op tv, lachen!'

Meester Ronald draaide zich weer om naar de klas. 'En dan nu de yell,' zei hij. 'Laten we weer met zijn allen proberen om iets te bedenken. Jullie mogen om de beurt roepen wat er in je hoofd opkomt, dan schrijf ik het op het bord.'

Hij had bijna een heel krijtje nodig. Maar toen stond het bord dan ook helemaal vol.

'Goed, dan gaan we nu proberen om met deze woorden een yell te maken. Wie iets weet, mag het zeggen,' zei meester Ronald.

Het werd doodstil in de klas; alle kinderen staarden naar het bord en dachten heel hard na.

'Ik heb er een!' riep Amber ineens. 'Melissa, ja ja ja, jij wint de eerste prijs!'

'Nee, die is heel dom, die doen we niet!' riep Kelly.

'Nou, zeg!' zei Amber boos. 'Bedenk zelf dan iets!'

'Ik weet er weer eentje,' riep Sander even later. 'Zet hem op, miss Melis! Jij komt in de showbusiness!'

'Ja, die doen we, dat is een goeie!' riepen Jim en Doris tegelijk.

'Heel leuk bedacht, Sander,' zei meester Ronald. 'Miss Melis, show-bis-nis, dat rijmt! Is iedereen het ermee eens dat we deze gaan doen?'

Behalve Amber staken alle kinderen hun hand omhoog.

Na schooltijd liep Doris met Laura op naar huis. Ze kletsten over van alles en nog wat: de *Swingteens*-finale, Sander, Claire en nog veel meer. 'Hé Doris!' hoorden ze ineens roepen. Het was Sander. 'Ik heb nog geen sms'je van je gehad. Gaan we nog iets leuks doen binnenkort?'

Wat lief, hij is me helemaal achternagelopen, dacht Doris. Dan is hij echt nog smoorverliefd op me, anders deed hij dat niet.

'De bios!' riep ze terug. 'Maar het kan pas volgende week, eerst gaan we nog naar Ahoy!'

'Leuk! Afgesproken!' riep hij terug. Hij maakte een sprongetje in de lucht en rende toen terug naar het schoolplein om te voetballen.

42

Het was geen gewone bus waarmee ze die zaterdagmiddag naar Ahoy vertrokken. 'Luxe touringcar' stond erop. Er was een bar met drankjes en zakjes chips aan boord en zelfs een wc.

Alle ouders en een heleboel broertjes en zusjes hadden hen uitgezwaaid. Zelfs Koen was erbij. Met tevreden gezichten zaten Doris en Laura naast elkaar, Doris in haar *Swingteens*-bunny-T-shirt en Laura in haar diamanten topje. Onder hun stoelen lag het geheime spandoek over Claire en meester Ronald.

'Joehoe Claire! Meester Ronald wil graag een keertje met je uit!' stond erop.

De stemming zat er meteen al goed in. Voor in de bus was een microfoon, waar de kinderen om beurten liedjes in mochten zingen (dat deden de meisjes!) of moppen vertellen (dat deden de jongens!). Voordat ze er erg in hadden, was de reis voorbij en reed de bus de enorme parkeerplaats voor Ahoy op.

'Dames, denk eraan, niet struikelen met die hoge hakken!' riep meester Ronald door de microfoon toen iedereen opstond om uit te stappen. 'Denk aan wat er met Kelly gebeurde bij de playbackshow!' Maar het was al te laat. Amber bleef met haar hak in het hengsel van haar tas steken en viel voorover in het gangetje tussen de stoelen. Myrthe, die achter haar liep, viel pardoes over haar heen. En daarna kwamen Natasja, Doris en Laura. Gelukkig waren alle kleren, panty's en schoenen nog heel. Maar behalve armen en benen stak er nog iets anders omhoog uit de berg krioelende meiden die daar op de grond lag: het geheime spandoek.

'Hé, hoe kan dat nou?' riep meester Ronald, terwijl hij de meisjes een voor een weer omhoogtrok. 'We hadden alle spandoeken toch in de bagageruimte onder in de bus gelegd?' Hij pakte het spandoek op. Gelukkig zat het nog steeds stevig opgerold.

'O, dat is van ons, geintje voor Claire,' zei Doris en ze pakte het spandoek snel uit zijn handen, alsof het de gewoonste zaak van de wereld was.

'Ja ja,' zei meester Ronald met een frons op zijn voorhoofd.

Laura trok Doris aan haar arm. 'Wegwezen!' fluisterde ze. 'Als hij het leest, pikt hij het in!'

Struikelend op hun hoge hakken en giebelend van de slappe lach bereikten ze de ingang van Ahoy.

Eenmaal binnen in de hal was het een chaos. Overal liepen joelende schoolklassen rond die zwaaiden met vlaggetjes en lawaai maakten met toeters en ratels. Meesters en juffen met verhitte gezichten deden hun uiterste best om iedereen weer rustig te krijgen.

Na lang wachten voor de kaartjescontrole mochten ze dan eindelijk naar de grote zaal.

'Voor welke kandidaat komen jullie?' vroeg een jongen van Ahoy die bij de ingang van de zaal stond.

'Voor Melissa,' zei Doris.

'Dan mogen jullie in het rode vak een plaatsje uitzoeken,' zei de jongen. 'Dat is voor alle Melissa-fans.'

'Waarom moeten we nou weer in een speciaal vak? Ik wil veel liever zelf een plaatsje uitzoeken,' zei Doris tegen meester Ronald.

'Tsja, misschien zijn ze wel bang dat de verschillende fans anders met elkaar gaan vechten, net als bij voetbal,' zei meester Ronald lachend.

'Zullen we hier gaan zitten?' vroeg Doris aan Laura. Ze stonden in het midden van het vak dat hun was aangewezen.

'Is goed,' zei Laura.

Snel schoven ze het geheime spandoek onder hun stoelen.

'Dit is echt een heel goede plek, moet je kijken!' zei Laura en ze wees naar een camera die precies boven hun hoofd aan een kabel aan het plafond hing.

'Die had ik nog niet eens gezien,' zei Doris. 'Dat is helemaal mooi! Nu weet heel Nederland binnenkort dat meester Ronald op Claire is!'

'Hèhè, ik zit,' zei een bekende stem ineens naast Doris. Ze draaide haar hoofd naar links. Sander!

'Dat is toevallig,' zei hij met een knipoog.

'O ja?' lachte ze schaapachtig terug. Hij moest eens weten van de zoenwijzer en wat ze allemaal over hem droomde!

Gelukkig gingen net op dat moment de lichten uit en begon de hele zaal te stampen en te juichen. Claire kwam het podium oplopen.

'Claire! Claire!' gilden alle kinderen uit volle borst. Maar Doris deed er niet aan mee. Ze zat met haar hoofd over haar tas gebogen. Ze zocht de zoenwijzer.

Ik had hem er toch in gestopt? dacht ze. Stom, glad vergeten! Nou ja, misschien gaan we wel helemaal niet zoenen. En anders maar zonder zoenwijzer. Misschien is dat trouwens nog wel beter. Als je onder het zoenen de hele tijd aan allerlei regels moet denken, wat is er dan eigenlijk aan?

43

Het was weer rustig geworden in de zaal. Een voor een stelde Claire de twaalf finalisten aan het publiek voor.

'Kijk,' zei Doris tegen Laura, 'daar heb je Shirley en Rutger. Die hebben bij onze voorronde gewonnen, weet je nog?'

'Help, ze zien er inderdaad vreselijk uit, ik kan me niet voorstellen dat ze gaan winnen.'

'Nee, ik hoop echt dat Melis wint, en jij?'

'Ik ook. Wij hadden daar trouwens ook kunnen staan, als we de voorronde hadden gewonnen.'

'Ja, maar ik vind het niet meer erg. Ik wilde eigenlijk alleen maar winnen omdat ik beter wilde zijn dan jij en Koen. En jij, vind jij het erg dat je nu niet op het podium staat?'

'Nee, ook niet. Dan had ik weer twee weken lang superveel moeten oefenen. En dan had ik ook niet mee kunnen doen met alle leuke dingen die we in de klas voor Melissa hebben gedaan.'

Toen Claire klaar was met haar voorstelrondje kwamen de juryleden het podium oplopen. Het waren er drie. De eerste heette Pedro. Volgens Claire was hij een bekende platenbaas. Hij zat in de jury om een cijfer te geven voor het zingen. Pedro was iets te dik en droeg zijn vettige haar strak naar achteren gekamd. Boven op zijn hoofd zat een zonnebril geklemd. Af en toe liet hij die op zijn neus zakken en duwde hem dan weer terug omhoog.

'Wat een engerd,' fluisterde Doris.

'Ja, echt zo iemand die heel gemene dingen zegt als je net hebt opgetreden,' fluisterde Laura terug.

Naast Pedro zat Priscilla, een bekende soapster.

'Priscilla gaat cijfers geven voor uitstraling,' zei Claire. 'Dat betekent dat ze oplet of de kandidaten er leuk uitzien en of ze ook een beetje als een echte ster overkomen.'

Terwijl Claire aan het praten was, keek Priscilla met een grote smile op haar gezicht de zaal in. Ondertussen hield ze de cameraman die een paar meter verderop stond te filmen goed in de gaten. Ze hoopte natuurlijk dat ze veel in beeld zou komen.

'Die Priscilla is echt nep,' zei Doris.

'Ja, heel erg,' antwoordde Laura, 'ze denkt zeker dat ze een ster is.'

'Echt niet!' zei Doris.

En wie zat daar naast Priscilla? Justin! Hij moest de dansjes beoordelen.

'Wauw,' zei Doris. 'Dat zal Melissa leuk vinden!'

'Of juist niet. Als je verliefd bent, is dat juist eng,' zei Laura.

'Is ze dan verliefd op Justin? Ik dacht dat ze hem alleen maar heel erg leuk vond.'

'Nee, ze is echt verliefd. Dat zegt Kelly tenminste. Haar kamer hangt vol met posters van hem. Sommige heeft ze zelfs dubbel opgehangen.'

'En dan moeten we nu heel even wachten tot we kunnen gaan beginnen met de eerste kandidaat,' zei Claire. 'Er is een klein technisch probleempje met een van de camera's.'

Maar tien minuten later was het probleem nog steeds niet opgelost. En na twintig minuten ook niet. Het werd rumoerig in de zaal. In het vak van Rutger smeten de jongens halfvolle blikjes frisdrank naar elkaars hoofd. En in het vak van Shirley brak ruzie uit.

'Ik moet naar de wc!' hoorde Doris iemand achter zich zeggen. 'Ik ook!' riep iemand anders.

'Ik hoop dat het zo meteen eindelijk gaat beginnen,' zuchtte Doris. 'Het duurt zo lang!'

Gelukkig kwam Claire even later het podium weer oplopen met de mededeling dat de finale dan toch eindelijk echt kon beginnen.

Er klonk muziek, de spotlights sprongen aan. 'En dan krijgen we nu de eerste kandidaat: Mandy als Beyoncé, met *Crazy In Love*!' riep Claire.

'Jammer voor Melissa. Nu is ze niet de enige die dat doet,' zei Laura.

Maar gelukkig voor Melissa klonk Mandy af en toe vals en ook zong ze niet altijd gelijk met de band mee. Toen ze klaar was, ging Pedro haar als eerste beoordelen.

'Tsja Mandy, ik ben niet echt onder de indruk van je zangkwaliteiten,' zei hij en hij schoof zijn zonnebril zo ver naar achteren dat hij van zijn hoofd viel. In de zaal begonnen kinderen te lachen, maar Pedro deed net alsof er niets aan de hand was. 'Een concert in de badkamer is waarschijnlijk het hoogste dat jij kunt bereiken,' ging hij verder. 'Ik kom helaas niet hoger dan het cijfer vier.'

Het werd doodstil in de zaal, je kon een speld horen vallen. Iedereen had medelijden met Mandy, die met gebogen hoofd naar de grond staarde.

'Hoe durft hij!' hoorde Doris een juf even verderop roepen. 'Het zijn kinderen die hier optreden, geen volwassenen!'

'Nou, van mij krijg je een zes, hoor!' zei Priscilla. 'Dat glimmende topje staat je erg leuk, Mandy. Alleen jammer dat het niet van diamantjes is gemaakt, zoals dat van Beyoncé, anders was het een zeven geworden.'

Ze begon te klappen, maar uit de zaal deed niemand met haar mee. 'Boe!' riep iedereen in Mandy's vak. Priscilla keek eerst heel beledigd voor zich uit en begon toen druk met Pedro te fluisteren.

Ten slotte was Justin aan de beurt om een cijfer te geven.

'Ik wil beginnen met te zeggen dat je heel goed je best hebt gedaan, Mandy,' zei hij.

Er klonk een klein applausje op uit de zaal. De kinderen uit haar klas staken even hun spandoeken omhoog.

Justin ging verder. 'Het dansje dat je hebt gedaan, was heel apart en best moeilijk. Omdat je een beetje gespannen was – en wie is dat niet vandaag? – lukte het niet zo goed als bij de voorronde. Toch krijg je van mij een zeven!'

De zaal barstte uit in gejuich. Niet alleen voor Mandy, maar ook voor Justin, omdat hij zo aardig zei wat hij van Mandy vond.

'Justin krijgt van mij een tien!' riep Doris door al het lawaai heen naar Laura.

'En van mij een tien plus!' riep Laura terug.

'En ik dan?' zei Sander ineens. Hij pakte Doris bij haar arm. 'Wat voor cijfer geef je mij?'

Doris lachte naar hem. 'Een twaalf,' zei ze. 'Of nee, een honderd!'

44

Melissa was de laatste kandidaat. De meeste kinderen die vóór haar hadden opgetreden, hadden het niet zo goed gedaan. Allemaal waren ze bang voor Pedro, omdat hij niet alleen lage cijfers gaf, maar ook nog eens heel valse dingen zei. Rutger bijvoorbeeld was huilend weggelopen toen Pedro hem een drie had gegeven. 'Je kunt beter in Artis voor de stekelvarkens gaan zingen,' had hij hem achternageroepen. En Shirley was het al niet beter vergaan. 'Zingende barbiepop' had hij haar genoemd. Ook zij had met tranen in haar ogen het podium verlaten. Deze keer had ze geen kushandjes naar het publiek geworpen, zoals bij de voorronde. Alleen een meisje dat Kim heette, had als Jennifer Lopez allemaal negens gekregen.

'En dan nu tot slot: Melissa als Beyoncé, net als Mandy

met het nummer *Crazy In Love*!' riep Claire. Vanuit het donker liep Melissa de spotlight in. Het was net alsof er ineens een echte ster op het podium was neergedaald. Dat kwam door de diamantjes van haar topje. Het felle licht van de spotlight maakte er allemaal kleine lichtjes van. Ze zag er fantastisch uit. Van angst of zenuwen was geen spoortje te bekennen. 'Wauw,' zei Doris. 'Als ze gaat winnen, is ze een dubbele ster!'

Op een teken van meester Ronald begonnen alle kinderen uit zijn klas tegelijk de yell te roepen. Bij de tweede keer begon de zaal mee te klappen en bij de tiende klonk hij uit een paar duizend kelen tegelijk. Melissa zwaaide hen vanaf het podium toe, ze keek heel blij.

'Tsjonge Melissa!' riep Claire toen het weer een beetje rustig was. 'Wat een enthousiaste fans heb jij! Daar zouden een heleboel sterren jaloers op zijn.' Ze zwaaide naar het gedeelte waar Melissa's klas zat. Precies op dat moment staken Doris en Laura het geheime spandoek omhoog. Ze zagen hoe Claire er eerst een tijdje naar stond te turen en toen begon te glimlachen. 'Nou Ronald, dat lijkt mij wel wat!' zei ze. Meteen daarna ging ze verder met de show.

'Hè? Wat is er aan de hand?' zei meester Ronald. Hij keek een beetje hulpeloos om zich heen. Overal zag hij lachende gezichten. Toen viel zijn oog op de tekst van het spandoek. 'O nee! Doris en Laura, wat doen jullie me aan?' zei hij. Maar ondertussen keek hij er heel vrolijk bij!

Melissa's optreden ging super. Het was net Beyoncé zelf die daar op het podium stond. Ineens begreep Doris precies wat Claire bedoelde op de dag van de voorronde, toen ze zei dat Melissa talent had. Het was net alsof ze helemaal vanzelf zo mooi zong en zo goed danste. Toen het liedje afgelopen was, sprong Pedro op uit zijn stoel. Hij klapte in zijn handen. 'Geweldig!' juichte hij. 'Je bent een talent! Ik heb genóóóten!'

De spandoeken in de zaal gingen omhoog en iedereen schreeuwde de yell weer. Het verbaasde niemand dat Melissa een tien van Pedro kreeg.

Ook Priscilla was laaiend enthousiast. 'Je ziet er top uit met dat glimmende bling-bling-topje, Melissa,' zei ze. 'Beyoncé mocht willen dat ze er zelf zo mooi uitzag. Van mij krijg je ook een tien!'

Daarna was Justin aan de beurt om een cijfer voor Melissa's dansje te geven.

'Het begint een beetje saai te worden wat ik nu ga zeggen,' begon hij, 'maar je hebt het echt megagoed gedaan.'

Verlegen draaide Melissa met de punt van haar schoen rondjes op de vloer. Ze durfde Justin niet aan te kijken. Hij ging verder. 'Vanmorgen heb ik nog naar een videoband gekeken van je optreden bij de voorronde en ik

moet zeggen dat je de afgelopen week enorm bent voor-
uitgegaan. Je hebt duidelijk heel veel geoefend. Als je de
komende jaren zo doorgaat, word jij een echte superster!
Toch geef ik jou geen tien, maar een acht. Anders lijkt het
net alsof je niets meer hoeft te leren!'

Melissa kreeg een oorverdovend applaus. Het hield pas
op toen de lichten in de zaal aangingen.

'Het is pauze!' riep Claire. 'In de hal is er voor iedereen
een drankje met wat lekkers erbij. Over twintig minuten
moeten jullie hier weer terug zijn. Dan krijgen jullie allemaal een klein kastje, waarmee je op je favoriete kandidaat kunt stemmen. En daarna volgt de prijsuitreiking.'

45

Na de pauze, die veel langer duurde dan was aangekondigd, kwamen alle finalisten eindelijk onder luid tromgeroffel het podium oplopen. Daar stond een supergrote bank voor hen klaar waar ze zich samen met Claire in lieten vallen.

'En dan zijn we nu aangekomen bij het laatste gedeelte van *Swingteens*!' zei Claire. 'Nu is het moment aangebroken dat jullie allemaal zelf mogen stemmen op een *Swingteens*-kandidaat. Pak het zwarte kastje dat in de pauze onder je stoel is gelegd!'

Even was het rumoerig in de zaal. Maar toen iedereen weer recht zat, kon je een speld horen vallen. Het was allemaal reuzespannend. Melissa had dan wel de hoogste cijfers van de jury gekregen, het betekende niet automatisch dat ze ook de eerste prijs zou winnen. Kim 'Jennifer Lopez' zat haar vlak op de hielen.

Claire ging uitleggen hoe er gestemd kon worden. 'Ik tel zo meteen tot tien en dan toets je het nummer in van de kandidaat die je vanavond het allerbeste vond.' Ze wees op de grote borden achter haar, waar de namen van de kandidaten en hun nummers op stonden. 'Helaas mag je niet op de kandidaat stemmen waar je voor gekomen bent. Anders stemt iedereen op zijn eigen kandidaat en daar schieten we niks mee op! Daarom zitten alle fans van dezelfde kandidaat ook bij elkaar in één vak. Als je bijvoorbeeld in het vak van Melissa zit, dan kun je op jouw kastje niet haar nummer intoetsen.'

'Nou snap ik waarom we niet zelf een plaatsje uit mochten zoeken!' riep Doris. 'Wat jammer, nou kan ik niet op Melissa stemmen.'

Claire was ondertussen verdergegaan met uitleggen. 'De kandidaat met de meeste stemmen van het publiek krijgt twaalf punten. Degene die daarna komt, krijgt er elf, enzovoort. Die punten worden opgeteld bij de cijfers die de jury heeft gegeven. Wie dan het hoogste aantal punten heeft, is de winnaar of winnares van *Swingteens*!' Ze zweeg even. 'Snappen jullie het allemaal?' riep ze toen.

'Jaaaaaaa!' joelde de zaal terug.

'Dan krijgen jullie nu nog een paar minuten de tijd om te bedenken op wie je wilt gaan stemmen,' zei Claire.

'Niet op Shirley stemmen, hè!' fluisterde Doris tegen Sander.

'Hoezo? Daar zat ik nou juist aan te denken,' fluisterde hij plagerig terug.

'Nee!'

'Doris, niet kietelen, daar kan ik niet tegen!'

Claire begon te tellen. 'Acht... negen... tien!' riep ze.

Toen iedereen het nummer van zijn favoriete kandidaat had ingetoetst, klonk er luid geroezemoes op uit de zaal. Alle kinderen begonnen druk met elkaar te fluisteren over wie er volgens hen ging winnen.

'Nu is het alleen nog wachten tot de computer het aantal stemmen van elke kandidaat heeft berekend,' zei Claire. 'Tot het zover is, wil ik nog even van de twee grootste kanshebbers horen wat hun plannen zijn als ze *Swingteens* zouden winnen. Kim, vertel eens!'

'Eh... dat weet ik nog niet!' stamelde Kim. 'Ik had nooit verwacht dat ik zover zou komen!'

Claire trok haar wenkbrauwen op. 'Oké. En jij, Melissa?'

'Als ik win, dan wil ik graag in musicals optreden, over de hele wereld. Altijd mooie jurken aan en elke avond applaus. Dat is mijn grootste wens!'

Heel even begon er iets aan Doris te knagen toen Melissa dat zei. Een tijdlang was het ook háár grootste wens geweest... Maar vlak daarna was het gevoel gelukkig weer weg.

Claire kreeg een seintje van een cameraman dat de uitslag binnen was. Ze sprong op van de bank en liep naar de rechterkant van het podium. Daar stond een groot scherm met de namen van alle kandidaten erop.

'Alle stemmen zijn geteld!' riep ze. 'De uitslag verschijnt nú op het scherm!'

Iedereen in de zaal rekte zich uit om te kijken wie de meeste stemmen had gekregen.

'En de winnaar is...' riep Claire, 'Melissa!'

Melissa schoot omhoog van de bank en sprong een paar keer achter elkaar in de lucht van blijdschap. Heel Ahoy ging uit zijn dak. Minutenlang werd er gejuicht en geklapt. Het stopte pas toen Melissa met haar enorme prijsbeker naast zich nog eenmaal haar liedje van Beyoncé ging doen.

Toen het afgelopen was, stootte Sander Doris aan. 'Weet je wel dat er ook nog een hoofdprijs is?' vroeg hij, terwijl hij haar ondeugend aankeek.

'Hè? Nee, dat wist ik niet. Wie krijgt die dan?' vroeg Doris verbaasd.

'Ik!' zei Sander. 'De hoofdprijs, dat ben jij!'

Helemaal verliefd keek Doris hem aan. Ze kon geen woord meer uitbrengen, zo blij voelde ze zich ineens. Sander boog zich naar haar toe. Voor een handje aardbeien was het te laat!

Naar de top!

Voor Eline Laura

1

'Wow, Melissa, ik kan nog steeds niet geloven dat je echt hebt gewonnen!' zei Doris, toen ze na afloop van de *Swingteens*-finale met de hele klas in de bus terug naar huis reden. 'Als de finale vanavond op tv is uitgezonden, kent heel Nederland je. Dan ben je beroemd!'

'Ik moet er zelf ook nog een beetje aan wennen,' antwoordde Melissa zachtjes, terwijl ze dromerig naar de grote prijsbeker staarde die op het uitklaptafeltje voor haar stond. 'Het voelt alsof er binnenkort een heleboel spannende dingen gaan gebeuren…'

'Misschien word je wel voor een musical gevraagd, of voor een film,' zei Doris. 'Dat zou gaaf zijn!'

'Weet je vader eigenlijk al dat je hebt gewonnen?' vroeg Laura vanaf het bankje aan de andere kant van het gangpad.

'Nee, ik kon hem niet bereiken, zijn telefoon stond uit,'

antwoordde Melissa. 'Hij zit nu ergens in het Midden-Oosten voor zijn werk. Waarschijnlijk is het daar nu nacht en ligt hij te slapen.'

'Maar is er dan helemaal niemand die je straks komt ophalen, als we weer bij school aankomen?' vroeg Laura.

'Jawel, Florine is er, mijn au pair. Die is heel aardig, hoor. Vanavond gaan we samen naar de tv-uitzending van *Swingteens* kijken.'

'Hopelijk zijn we op tijd thuis,' zei Laura, terwijl ze op haar horloge keek. 'Het begint al over drie kwartier.'

'Hoe lang duurt het nog voordat we bij school zijn?' riep Doris naar meester Ronald, die voor in de bus zat.

'Tien minuten ongeveer. Bij de eerstvolgende afslag gaan we van de snelweg af.'

Even later draaide de bus de straat van de school in. Het plein stond vol met wachtende familie. 'Kijk, Melis, ze hebben een spandoek voor je gemaakt met GEFELICITEERD erop!' riep Doris enthousiast, terwijl ze haar klasgenootje bij haar arm greep. Maar Melissa reageerde niet op wat Doris zei. Met grote ogen staarde ze door het raam naar een man die een beetje afzijdig stond van de rest. Zijn gezicht was zongebruind en zijn kleren waren veel te dun voor de tijd van het jaar. Zou het haar vader zijn? Nee, dat kon niet. Hij zou pas over twee weken terugkomen. Dat had hij kortgeleden nog gezegd over de telefoon, toen ze hem had verteld dat ze aan de *Swingteens*-finale ging meedoen. Toch: die brede schouders, dat achterovergekamde springerige haar… dat had haar vader ook. Melissa keek nog eens goed. Geen twijfel mogelijk: het was hem! Nog voor de bus stilstond, sprong ze op en in een mum van tijd stond ze bij de uitgang.

'Melis, je beker!' riep Doris, maar Melissa hoorde het niet. Haar oren suisden. Ze kon bijna niet geloven dat het echt haar vader was die daar stond te wachten. Een warm geluksgevoel trok door haar hele lichaam. Zodra de deuren van de bus opengingen, sprong ze naar buiten en rende op hem af.

'Wat fijn dat je bent gekomen,' zei ze toen ze in zijn armen lag. 'Dat had ik echt niet verwacht!'

'Ik wist zeker dat je zou gaan winnen,' antwoordde haar vader glimlachend, 'en daarom heb ik lekker een paar dagen vrij genomen om dat samen met jou te vieren.'

'Melissa!' werd er ineens een paar keer achter elkaar geroepen. Melissa keek op. In de deuropening van de bus stond Doris met de prijsbeker hoog boven haar hoofd. Snel maakte Melissa zich uit de omhelzing met haar vader los om hem op te halen. Terwijl ze terugliep naar de bus, werd ze van alle kanten bestormd door enthousiaste ouders en kinderen. 'Gefeliciteerd!' riepen ze, terwijl ze haar even vastpakten bij haar arm of een aai over haar haren gaven. 'Supergoed gedaan!' Melissa werd er bijna verlegen van.

2

Eenmaal thuis zette Melissa meteen de televisie aan. Nog vijf minuten, dan begon de uitzending van de *Swingteens*-finale. Vanuit de keuken kwam een heerlijke pizzageur de kamer binnen. Florine had er zojuist drie in de oven gezet.

Het is gezellig in huis, dacht Melissa, net alsof ik weer gewoon een moeder heb…

'Wie is die knappe blonde dame?' vroeg haar vader, terwijl hij naar het scherm wees en vervolgens naast zijn dochter op de bank neerplofte. 'Dat is Claire,' antwoordde Melissa, 'de presentatrice van *Swingteens*. Ze is een beroemde musicalster en ze is heel aardig!'

'Hallo allemaal, welkom bij *Swingteens*, de superspannende zangwedstrijd voor kinderen van tien tot en met vijftien jaar!' begon Claire ondertussen haar inleidende praatje. 'Onze kandidaten van vanavond komen overal vandaan: Den Haag, Groningen, Maastricht…'

'Kijk, daar sta ik!' riep Melissa plotseling enthousiast door het verhaal van Claire heen.

'Florine, kom je er ook bij zitten? De uitzending is net begonnen en ik ben nu in beeld!'

Meteen kwam haar au pair op een holletje vanuit de keuken aanrennen. 'Waar sta je dan?' vroeg ze, terwijl ze naast Melissa kwam staan. 'Aha, ik zie het al, jij bent de derde van rechts in dat rijtje kinderen aan de zijkant van het podium. Je valt wel op met al die glimmende diamantjes in je topje, zeg! Wanneer ben je eigenlijk aan de beurt?'

'Dat duurt nog wel even,' antwoordde Melissa, 'ik was de laatste kandidaat. Eerst gaat er een meisje zingen dat bijna net zo goed was als ik. Ze heet Kim en gaat een liedje van Jennifer Lopez doen.' Toen Kim even later opkwam kreeg ze bijna kippenvel, zo spannend was het om naar te kijken.

'En hierna komt Shirley!' zei Melissa, toen het liedje van Kim was afgelopen. 'Die werd door de jury voor "zingende barbiepop" uitgemaakt, echt lachen. Ze kan er helemaal niets van, let maar op.'

Op datzelfde moment begon Florines mobiele telefoon te rinkelen. 'Ik neem niet op, hoor!' zei ze. 'Daar heb ik nu even helemaal geen zin in!' Maar toen ze hem na een korte stop opnieuw hoorde, nam ze toch maar op en liep daarna meteen de kamer uit.

Na Kims optreden keken Melissa en haar vader nog naar dat van vier andere kandidaten en toen was het pauze. De camera draaide naar de zaal en zoemde in op het publiek. Melissa tuurde ingespannen naar het scherm om te kijken of ze haar klasgenoten ook ergens kon ontdekken.

'Wat ruikt het hier toch vreemd,' merkte haar vader ineens op. 'Het lijkt wel alsof er ergens brand is...'

Hij was nog niet uitgesproken, of Florine kwam schoorvoetend de kamer binnen lopen met een bord verbrande pizzaresten. 'Niets meer van over,' zei ze sip, 'nu hebben we geen eten...'

'Geeft niks,' zei Melissa's vader. 'Als *Swingteens* afgelopen is, gaan we lekker met zijn drietjes naar de chinees. Eigenlijk heb ik daar nog veel meer zin in dan in pizza. En bovendien, we moeten toch ook vieren dat Melissa vandaag heeft gewonnen!'

'Wat zal ik eens nemen...' mompelde Melissa, terwijl ze de menukaart zat te bestuderen. 'Babi pangang, gegrilde pekingeend, rijsttafel... moeilijk hoor!' Ze keek op. 'Weten jullie het al?' vroeg ze. Vreemd, de menukaart van Florine lag nog steeds ongeopend voor haar. Met grote ogen staarde ze afwezig voor zich uit, terwijl ze af en toe een klein slokje van haar cola nam. 'Gaat het, Florine?' vroeg Melissa's vader. 'Het was niet erg van die pizza's, hoor. Dat hoef je je echt niet aan te trekken. Het had mij ook kunnen overkomen.'

Florine pakte haar servet en begon er zenuwachtig aan te frunniken. 'Het zijn die pizza's niet,' zei ze toen. 'Toen jullie net tv zaten te kijken, kreeg ik toch een telefoontje? Dat was mijn vader. Hij vertelde dat mijn moeder gisterenavond onverwachts in het ziekenhuis is opgenomen. Vanochtend is ze aan haar blindedarm geopereerd.'

'Is dat erg?' vroeg Melissa.

'Het valt mee, het is geen zware operatie,' antwoordde haar vader. 'Meestal ben je na een week weer thuis. Maar het is natuurlijk best schrikken als je zoiets te horen krijgt over je moeder.'

'Precies,' fluisterde Florine, bijna onhoorbaar. Melissa zag dat ze moeite moest doen om haar tranen tegen te houden.

Het bleef een tijdje stil aan tafel. 'Weet je wat?' zei Melissa's vader toen tegen Florine. 'Morgenochtend breng ik je naar het station en dan ga je lekker een paar dagen naar huis. Ik vertrek pas dinsdagochtend, dus als jij hier 's middags weer terug bent, is dat vroeg genoeg.'

Florine slaakte een zucht van verlichting. 'Heel erg bedankt,' zei ze. 'Ik wilde eigenlijk niet over dat telefoon-gesprek beginnen, omdat ik ons etentje niet wilde verpes-ten. Maar het lukte me gewoon niet om vrolijk te doen.'

'Dat snap ik heel goed, hoor,' zei Melissa's vader. 'Melis-sa was vroeger ook altijd heel verdrietig als haar moeder weer eens naar het ziekenhuis moest. Dan zat ze uren achter elkaar stilletjes op de bank voor zich uit te kijken.'

'Ja, dat is waar,' zei Melissa. 'Het is al best lang geleden, maar ik herinner het me nog heel goed.'

'Als ik over een paar weken weer in Nederland ben, gaan we dit etentje overdoen, goed?' zei Melissa's vader. Hij legde zijn hand even troostend op Florines schouder. 'Zeker weten dat je je dan weer een stuk gelukkiger voelt dan nu, en dan kun je er vast ook meer van genieten.'

'Denk je echt dat Florine dinsdag weer bij ons terug-komt?' vroeg Melissa die avond aan haar vader, toen hij haar welterusten kwam zeggen.

'Tuurlijk,' antwoordde hij. 'Ze werkt hier toch?'

'Jawel, maar stel dat haar moeder vraagt of ze nog een paar weken wil blijven om haar te helpen?'

'Dat kan ik me niet voorstellen. Florines vader is er ook nog.'

'En als het toch gebeurt? Dan ben ik hier helemaal al-leen. Dat kan toch niet?'

'Tja, dan mag je vast wel een tijdje bij Kelly logeren. Dat

bood haar moeder ook wel eens aan als mama weer eens in het ziekenhuis lag.'

'En wat als Florine na een paar weken nog steeds niet terug is?'

'Dan moeten we misschien eens gaan nadenken over een internaat.'

'Wat zeg je nou? Een internaat?!' riep Melissa geschrokken uit.

'Ja, dat speelt de laatste tijd wel vaker door mijn hoofd. Florines contract is na de zomer afgelopen. Dan zit jij op de middelbare school en heb je elke dag huiswerk. Een nieuwe au pair is misschien niet in staat om ervoor te zorgen dat je dat ook altijd doet.'

'Maar… dan moet ik hier weg en ben ik mijn vriendinnen kwijt. Dat kan niet! We hebben afgesproken om na de zomervakantie naar dezelfde middelbare school te gaan.'

'Nou ja, het is ook nog niet zeker,' bromde haar vader.

'Kun jij eigenlijk niet gewoon thuisblijven en hier in de buurt een baan zoeken?' vroeg Melissa verongelijkt. 'Dan hoef ik niet weg en is er geen nieuwe au pair nodig.'

'Ook in dat geval zouden we moeten verhuizen,' antwoordde haar vader. 'De enige plek waar ik hetzelfde werk kan doen als nu, is bij een ministerie. En die zitten alleen maar in Den Haag, dat is meer dan twee uur rijden hiervandaan.'

'En als ik naar dat internaat ga, wat gebeurt er dan met het huis waarin we nu wonen?'

'Dat houden we gewoon aan, zolang ik het kan betalen.'

'En de honden? Moeten zij dan soms ook weg?'

'Dat weet ik nog niet. Maar maak je nou niet zo druk! Een internaat is op dit moment nog heel ver weg, geloof me nou maar.'

Melissa zei niets meer. Als papa me echt naar een internaat wil sturen, dacht ze, zal ik er alles aan doen om dat te voorkomen…

3

'En? Heb je al telefoon gehad?' vroeg Kelly de maandagochtend daarop aan Melissa, toen ze haar ophaalde om
mee naar school te gaan.

'Hoezo?'

'Nou: ben je al gevraagd voor een musical, of een optreden ergens?'

'O… bedoel je dat,' antwoordde Melissa, terwijl ze het
grote hek rondom haar huis afsloot en haar honden tussen de tralies door nog even een aai over hun kop gaf.
'Nee, nog niet. Maar gisteren was het zondag, dus dan is
het logisch dat ze nog niet gebeld hebben.'

'Als we zo meteen op school aankomen, gaat iedereen
vast helemaal uit zijn dak,' zei Kelly. 'Als je de *Swingteens*-
finale hebt gewonnen, dan ben je een ster. Dat wil iedereen wel zijn!'

'Ach, zo bijzonder is het nou ook weer niet,' zei Melissa, terwijl ze op haar fiets sprong. Sinds haar vader over een internaat was begonnen, kon het haar eigenlijk niet meer zoveel schelen dat ze *Swingteens* had gewonnen. Wat maakte het uit dat je een ster was, als je ergens ver weg in een internaat zat opgesloten?

'Niet zo bijzonder?!' reageerde Kelly verbaasd. 'Hoe kun je dat nou zeggen? Iedereen in Nederland is hartstikke jaloers op jou, en jij doet net alsof die hoofdprijs helemaal niets voorstelt! Misschien had er beter iemand anders kunnen winnen.'

'Ach... ik ben er ook wel blij mee. Er is alleen iets vervelends, waardoor het me minder kan schelen.'

'Iets vervelends? Wat dan?'

'Mijn vader wil me misschien naar een internaat sturen als het contract van Florine is afgelopen. Hij vindt een nieuwe au pair maar niks, omdat hij denkt dat die niet streng genoeg voor mij zal zijn, als ik straks huiswerk heb op de middelbare school.'

'Belachelijk! Dan zoekt hij toch een baan in Nederland? Het is al erg genoeg voor jou dat je geen moeder meer hebt. Hij denkt alleen maar aan zichzelf!'

Ondertussen waren ze vlak bij school gekomen. 'Kijk, iedereen staat je op te wachten!' riep Kelly ineens. 'En daar op het plein: een draaiorgel! Zie je dat? Dat heeft meester Ronald natuurlijk voor je geregeld.'

Leuk dat iedereen zo enthousiast is, dacht Melissa ontroerd. Maar even niet meer aan dat internaat denken. Misschien valt het allemaal wel mee…

Zodra de wachtende kinderen op en rond het plein Melissa in de gaten kregen, begonnen ze te joelen en te schreeuwen. Meteen daarna begon het draaiorgel 'Lang zal ze leven' te spelen. Iedereen zong uit volle borst mee. 'Hiep, hiep, hoera!' schalde het verschillende keren achter elkaar over het plein. Meteen daarna brak er een vechtpartij uit tussen een paar groepjes jongens over de vraag wie met Melissa op hun schouders een ererondje over het plein mochten lopen.

'Ho, ho, niet vechten,' kwam meester Ronald tussenbeide. 'Dat is niet de bedoeling op een dag als vandaag. We moeten feestvieren in plaats van ruziemaken. In de pauze komt de bakker langs, en dan is er voor ons allemaal een berlinerbol. En nu gaat iedereen naar zijn eigen klas!'
Hij liep naar Melissa toe en sloeg een arm om haar schouder. 'En? Hoe voelt het om een ster te zijn?' vroeg hij.

'Super!' antwoordde Melissa. 'Toen ik zondagochtend beneden kwam, lagen er een heleboel kaarten in de bus van mensen uit de buurt. En de hele dag kwamen er kinderen langs om me te feliciteren. De meesten kende ik niet eens. Sommigen hadden zelfs een cadeautje bij zich!'
'Hartstikke leuk voor je. En nu maar afwachten wat er

gaat gebeuren: misschien mag je wel een cd opnemen, of meespelen in een televisieserie!'

'Ja, wie weet...' antwoordde Melissa. Als ik op een internaat zit, kan ik dat wel vergeten, dacht ze erachteraan. Ik mag vast niet in mijn eentje naar een studio voor opnames. Wedden dat er een pin van een directrice in dat internaat zit, die je al straf geeft als je alleen maar naar buiten kijkt!

Eenmaal in de klas, begon meester Ronald meteen papieren uit te delen. 'We gaan oefenen voor de Cito-toets,' zei hij. 'Over drie weken is het zover!'

'Hopelijk krijgen we allemaal havo-vwo-advies,' zei Laura, terwijl ze achteroverleunde naar het tafeltje van Melissa. 'Dan gaan we lekker met z'n allen naar het Werkman College in de stad.'

'Havo-vwo... Ik weet niet of ik dat red,' zei Kelly een beetje sip. 'Ik had vmbo-t als voorlopig advies.'

'Dan zit je in ieder geval nog in dezelfde stad op school,' zei Melissa. 'Als je wilt, kunnen we altijd afspreken.'

'Ja, maar als je op verschillende scholen zit, groei je toch uit elkaar,' zei Doris, die zich omdraaide en zich ook met het gesprek bemoeide. 'Dat was ook zo bij Koen, mijn broer.'

'Nou, dan denk ik dat wij binnenkort geen vriendinnen meer van elkaar zijn,' zei Melissa.

'Waarom niet?' vroeg Doris. 'Jouw voorlopige advies was toch ook havo-vwo?'

Er kwam geen antwoord… Melissa boog haar hoofd en sloeg haar handen voor haar gezicht. Aan het heen en weer schokken van haar schouders zagen haar vriendinnen dat ze zat te huilen. 'Wat is er met je?' vroeg Doris verschrikt. 'Ik zei toch niets gemeens tegen je?'

Even bleef het stil. 'Ze moet misschien naar een internaat,' zei Kelly toen zachtjes. Geschrokken keken Doris en Laura haar aan. 'Dat zou vreselijk zijn,' fluisterde Laura. 'Misschien zien we Melissa dan nooit meer!'

4

Toen Melissa 's middags uit school haar straat in fietste, hoorde ze haar honden al van verre blaffen. Er belden zeker weer kinderen aan met kaarten en cadeautjes. Toen ze bij haar huis was aangekomen, zag ze echter helemaal geen kinderen voor de deur staan.

Op de stoep voor het toegangshek van haar huis zat een jongen van een jaar of vijftien. Hij had halflang, donkerbruin golvend haar en droeg een gebleekte spijkerbroek, met daarboven een zwart uniformjasje. Toen hij Melissa in het oog kreeg, sprong hij op. Hij ziet er goed uit, oordeelde Melissa. Zeker weten dat hij een heleboel meisjes achter zich aan heeft. Zou hij soms een fan van mij zijn? Stel je voor...

'Hallo, jij bent toch Melissa, het meisje dat afgelopen zaterdag de *Swingteens*-finale gewonnen heeft?' vroeg de jongen, toen ze afstapte. Hij lachte haar vriendelijk toe.

'Klopt!' antwoordde Melissa. 'Maar hoe weet jij dat ik hier woon?'

'Van een jongen uit mijn klas. Hij heet Martijn en woont hier ergens in de buurt.'

'Aha, dan bedoel je vast mijn achterbuurjongen. Zijn moeder heeft hier een kaart gebracht.'

'Je was echt de beste bij *Swingteens*,' ging de jongen verder. 'Logisch dat je gewonnen hebt.' Hij gooide zijn sigaret op de grond en stak toen zijn hand naar haar uit. 'Ik heet trouwens Dion,' zei hij, 'en ik ben hiernaartoe gekomen om je iets te vragen.'

'Oké, doe maar, ik ben benieuwd,' antwoordde Melissa lachend.

'Wil je vrijdagavond als gastzangeres optreden in mijn band? Dan geven we een concert in een buurthuis hier vlakbij.'

Terwijl Dion dat vroeg, keek hij Melissa diep in haar ogen. Ze werd er een beetje verlegen van. Zat hij nou met haar te flirten?

'Wat voor muziek spelen jullie?' vroeg ze.

'Top 40-muziek,' zei hij, terwijl hij haar een cd gaf die hij uit de binnenzak van zijn jasje haalde. 'Ik heb wat nummers op een cd'tje gebrand, speciaal voor jou.'

'Dankjewel, ik ga er meteen naar luisteren. Ik vind Top 40-muziek heel leuk. Hoe heet de band trouwens?'

'Adventure.'

'Hé, daar heb ik wel eens over gehoord. Volgens mij zijn jullie best populair!'

Dion glimlachte toen Melissa dat zei. 'Valt wel mee, hoor,' zei hij met een knipoog. Maar meteen daarna keek hij weer serieus. 'Als het je vrijdagavond nou goed bevalt bij ons, kun je misschien wel blijven. De zangeres die we nu hebben, houdt er binnenkort waarschijnlijk mee op. We repeteren best vaak en daar heeft ze een ontzettende hekel aan.'

Melissa sloeg haar handen tegen elkaar. 'Wow, dat lijkt me hartstikke gaaf!' zei ze enthousiast.

'Oké, tof! Zoek maar een nummer van de cd uit dat je leuk vindt en kom vrijdag wat eerder naar het buurthuis. Dan nemen we het van tevoren nog even door. '

'Doe ik. Maar is dat wel genoeg, denk je? Ik wil natuurlijk niet afgaan.'

'Tuurlijk, jij bent een supertalent!'

Melissa begon meteen te blozen toen Dion dat zei. 'Waar is het precies en hoe laat moet ik er zijn?' vroeg ze maar gauw.

'Dat laat ik je nog wel weten. Wat is je mobiele nummer?'

Nadat Dion Melissa's gegevens had opgeslagen, draaide hij zich om en liep naar zijn fiets, die tegen het hek aan stond. Meteen klonk er een luid gegrom vanachter de spijlen.

'Ze doen niets, hoor!' zei Melissa. 'Ze zijn alleen heel waaks. Als ze iets zien wat hen niet aanstaat, komen ze meteen in actie.'

'Dat had ik al gemerkt!' antwoordde Dion lachend. 'Hoe heten ze eigenlijk?'

'Die met dat plukje wit in zijn staart heet Castor, en die andere heet Pollux.'

'Castor en Pollux… die namen heb ik eerder gehoord.'

'Dat kan heel goed. Ze komen voor in verhalen uit de klassieke oudheid. Het zijn tweelingbroers. Er zijn ook twee sterren naar ze vernoemd.'

'Aha! Goed bedacht. Je woont trouwens wel in een kast van een huis, zeg! Heb je soms een grote familie?'

'Nee, ik ben enig kind. Het grootste deel van de tijd wonen we hier met zijn tweeën: Florine, mijn Vlaamse au pair, en ik. Mijn moeder is overleden toen ik acht was en mijn vader werkt in het buitenland. Hij komt eens in de zoveel weken een paar dagen thuis.'

'Maar… dan word je dus eigenlijk opgevoed door een au pair!'

'De afgelopen maanden wel, ja. Daarvóór zorgde mijn oma voor me, totdat ze ziek werd en naar een verpleeghuis moest. Maar misschien woon ik hier binnenkort…'

Melissa slikte de rest van haar woorden nog net in. Als Dion zou horen dat ze over een tijdje misschien naar een internaat zou gaan, dan kon ze die band wel vergeten. Wat hadden ze nou aan een zangeres die maar even bleef?

'Oké, ik ga gauw naar binnen,' zei ze toen maar. 'Mijn vader is een paar dagen met verlof en hij zit vast al thuis op me te wachten. Ik hoor wel weer van je!'

5

Voordat Melissa de kans kreeg om haar huissleutel in het slot te steken, zwaaide de voordeur open en verscheen haar vader in de deuropening. 'Er is de hele dag voor je gebeld,' zei hij, wapperend met een stapeltje papieren.

'Maar hoe weten ze allemaal ons telefoonnummer?' vroeg Melissa verbaasd.

'Via de redactie van *Swingteens*. Daar had ik vanochtend toestemming voor gegeven, maar ik had nooit verwacht dat de belangstelling zo groot zou zijn!'

Melissa stapte haastig naar binnen en hing haar jas aan de kapstok. 'Lees voor!' zei ze nieuwsgierig.

'Kom maar mee naar de keuken, dan gaan we er even rustig voor zitten. Ik heb alvast een kopje thee voor je ingeschonken.'

Melissa pakte snel een rol koekjes uit de kast en ging

toen tegenover haar vader aan de keukentafel zitten. 'Ik ben zo benieuwd of er ook een filmrol bij is,' zei ze.

'Helaas niet,' antwoordde haar vader, terwijl hij zijn leesbril opzette en de aantekeningen op zijn blaadjes even snel langsliep, 'maar ik heb wel een aantal andere leuke dingen op mijn lijstje. Ben je er klaar voor?'

Melissa knikte.

'Daar gaat-ie dan!' **9.01 uur: Ron van Bruggen van reclamebureau Goldstar uit Amsterdam. Hoofdrol in reclamespotje voor nieuw frisdrankmerk voor jongeren. Wordt opgenomen op Ibiza. Zaterdagochtend 9.00 uur auditie in Amsterdam.**

'Wow, Ibiza, dat is gaaf!' riep Melissa uit. 'Daar komen allemaal heel coole mensen: popsterren, beroemde acteurs, dj's! Wat heb je nog meer?'

10.08 uur: Esther Jansen van de *Tina*. Interview over hoe het was om aan *Swingteens* mee te doen. Je mag een vriendin meenemen. Graag terugbellen om een afspraak te maken.

'O, dat is ook hartstikke leuk! Dan kies ik Laura om mee te gaan, omdat ik dan iets voor haar kan terugdoen. Zij had het topje bedacht dat ik droeg toen ik de voorronde van *Swingteens* won. Gaan ze ook een fotoreportage van ons maken?'

'Dat zei ze er niet bij. Maar misschien kun je dat vragen als ze je belt.' **11.45 uur: de heer Jansen uit Lelystad. Gratis fotoreportage op de Drentse hei.**

'Hm, dat lijkt me ook wel wat! Die kan ik dan mooi op-sturen naar allerlei tijdschriften!'

'Nee, vergeet het maar, dit telefoontje had ik helemaal niet moeten noemen. Die meneer Jansen spoorde niet helemaal. Eigenlijk zou ik de politie op hem af moeten sturen!' Melissa's vader pakte een pen en krabbelde iets in de kantlijn.

'Goed, we gaan weer verder!' zei hij. 13.31 uur: Tilly van den Berg, van het tv-programma *In gesprek met…* op RTL4. Interview over hoe het is als je plotseling een ster wordt.

'Super! Waar wordt het opgenomen?'

'Even kijken, dat heb ik ook ergens opgeschreven… O ja, in een opnamestudio in Aalsmeer.'

'Cool, misschien kom ik daar wel allemaal bekende Nederlanders tegen! Heb je nog meer telefoontjes?'

14.15 uur: mevrouw De Boer uit Dronten. Optreden op het verjaarspartijtje van haar dochter Sanne, die volgende week 9 jaar wordt.

'Help, nee, alsjeblieft niet!' zei Melissa, terwijl ze een vies gezicht trok. 'Daar begin ik niet aan, hoor! Dit soort telefoontjes hoef je niet meer op te schrijven. Ik wil alleen maar spannende dingen doen.'

'Oké, dan staat er verder niet echt meer iets bijzonders op mijn lijstje. Nog wat verjaardagen, de opening van een winkel tweehonderd kilometer hiervandaan en een paar bruiloften. Nee, dat was het tot nu toe!'

Melissa's vader stond op en zette zijn koffiekopje nog een keer onder het espressoapparaat.

'Nu ik al die telefoontjes weer heb opgelezen, begin ik toch een beetje te twijfelen,' zei hij ineens.

'Hoezo?' vroeg Melissa verbaasd.

'Nou... ik realiseer me dat het je heel veel tijd gaat kosten als je zomaar overal naartoe gaat. Morgen zal er ook wel weer de hele dag gebeld worden. Dat gaat niet, je moet ook nog gewoon naar school. Misschien is het beter als je een agent krijgt die je afspraken regelt. Die weet precies welke goed voor je zangcarrière zijn, en welke niet.'

'Een agent, cool!' zei Melissa. 'Gaat die dan ook mijn tassen dragen als ik ga shoppen? Dat zie je altijd op foto's van beroemde popsterren en actrices.'

'Vergeet het maar!' lachte haar vader. 'Die mag je mooi zelf blijven sjouwen. Een agent werkt gewoon vanuit een kantoor en daar spreek je af en toe mee af om je agenda door te nemen.'

'Nou, dan heb ik zelf ook al een ding om met die agent te bespreken,' zei Melissa. 'Ik ben namelijk zojuist op straat gevraagd om bij een band te komen zingen. Gaaf, hè?'

'Hm, en wat is dat dan voor band?' vroeg haar vader, niet al te enthousiast. 'Hoort die jongen waar je daarnet op straat mee stond te praten daar soms ook bij?'

'Eh… ja!'

'Aha! Nu snap ik waarom hij zo aardig tegen mij deed.'

'O, maar dat is hij ook echt, hoor! Hij heeft dat bandje samen met een groepje jongens hier uit de buurt. Ze spelen top 40-muziek.' Melissa pakte de cd van Dion uit haar tas en legde hem voor haar vader neer op tafel. 'Kijk, hij heeft een paar nummers voor me opgenomen.'

'Tja, ik weet niet of ik het wel zo'n goed idee vind dat je bij die band gaat,' zei haar vader aarzelend. 'Het kost ontzettend veel tijd en je schiet er niets mee op als je echt verder wilt met dat zingen.'

'Ik ga eerst alleen een gastoptreden doen, hoor. Aanstaande vrijdagavond geven ze een concert in een buurthuis hier vlakbij.'

'Vrijdagavond? Dat wordt niks. Tenminste niet als je zaterdagochtend die auditie voor dat tv-spotje wilt doen.'

O ja, dat is ook zo, daarvoor moet ik al om negen uur in Amsterdam zijn, dacht Melissa. Ik had helemaal niet over dat optreden moeten beginnen. Straks zegt hij nog tegen Florine dat ik er niet naartoe mag…

'Ik weet nog niet zeker of ik het wel doe, hoor,' zei ze daarom maar snel. 'Ik moet eerst die cd maar eens beluisteren. Misschien vind ik het wel niks.' Maar terwijl ze dat zei, wist ze eigenlijk al dat ze het optreden wel wilde doen…

6

Vrolijk fluitend liep Melissa de trap op. Eens even kijken of haar vriendinnen op MSN zaten. Ze waren vast heel benieuwd of ze al aanbiedingen had gehad. Ze zette haar computer aan en ging er eens goed voor zitten.

Alleen Kelly was online.

Melissa <3 zegt:
Heeyy lieverd! Alles goed?
Kelly ☺ Yeah ik ga naar de middelbare! zegt:
Ja hoor, en met jou?
Melissa <3 zegt:
Ook goed! Zijn Doris en Laura er niet?
Kelly ☺ Yeah ik ga naar de middelbare! zegt:
Nee, ze hadden allebei wat te doen: trainen, of zo.
Melissa <3 zegt:

Oké, maakt ook niet uit. Ik moet je wat vertellen! Er hebben vandaag allemaal mensen gebeld die me op tv hebben gezien bij *Swingteens*. Ik heb heel leuke aanbiedingen gehad!

Kelly ☺ Yeah ik ga naar de middelbare! zegt:
Gaaf! Waar ben je allemaal voor gevraagd?

Melissa wachtte heel even met antwoorden. Zal ik haar vertellen over het interview in de *Tina*? dacht ze. Misschien moet ik dat nog maar even niet doen. Kelly vindt het vast niet leuk als ze hoort dat ik Laura heb uitgekozen om mee te gaan naar dat interview in plaats van haar. Zij is immers mijn beste vriendin…

Melissa <3 zegt:
Voor een reclamespotje op tv en voor een band. En ik kom ook nog op RTL4 met een interview!

Kelly ☺ Yeah ik ga naar de middelbare! zegt:
Wat vet!! Straks ben je een echte BN'er!

Melissa <3 zegt:
Ja, lachen, en dan ben jij de beste vriendin van een BN'er!

Kelly ☺ Yeah ik ga naar de middelbare! zegt:
Cool! Misschien kan ik dan ook wel eens met je mee naar een tv-opname of zoiets…

Melissa <3 zegt:

Wie weet. Maar die band vind ik toch wel het leukst, hoor!

Kelly ☺ Yeah ik ga naar de middelbare! zegt:

Vertel eens wat meer!

Melissa <3 zegt:

Oké. Toen ik zonet thuiskwam uit school, stond er ineens een heel leuke jongen bij het tuinhek, en toen vroeg hij of ik in zijn band wilde zingen! De zangeres die ze nu hebben, gaat er misschien mee stoppen.

Kelly ☺ Yeah ik ga naar de middelbare! zegt:

Hoe heet die band eigenlijk?

Melissa <3 zegt:

Adventure.

Kelly ☺ Yeah ik ga naar de middelbare! zegt:

Waaaat???!! Daar is mijn zus fan van, ze is verliefd op de gitarist.

Melissa <3 zegt:

Logisch, hij is hartstikke knap! ☺ Ik heb alleen wel een probleem. Vrijdagavond mag ik een soort proefoptreden doen met die band, ergens in een buurthuis, maar de ochtend erna heb ik om negen uur die auditie voor dat spotje in Amsterdam. Mijn vader denkt dat ik daarvoor te moe zal zijn als ik vrijdag dat optreden doe. ☹

Kelly ☺ Yeah ik ga naar de middelbare! zegt:

Nou, als je de rest van de week steeds vroeg gaat slapen

en het niet al te laat maakt vrijdag, dan moet het toch wel lukken?

Melissa <3 zegt:

Ja, dat vind ik ook. Maar mijn vader denkt daar dus anders over.

Kelly ☺ Yeah ik ga naar de middelbare! zegt:

Maar hij is vrijdag toch allang weer weg?

Melissa <3 zegt:

Ja, maar Florine is er dan weer. Die doet precies wat mijn vader wil.

Kelly ☺ Yeah ik ga naar de middelbare! zegt:

Nou, als ze dan zegt dat je niet weg mag, dan zeg je toch gewoon dat je een geheim van haar gaat doorvertellen aan je vader? Ze is vast hartstikke bang dat hij haar gaat ontslaan als hij iets vervelends over haar hoort.

Melissa <3 zegt:

Nee, dat vind ik niet aardig. Ik verzin er nog wel iets op. O shit, er wordt aangebeld en mijn vader is boodschappen doen. Doei schatje! I<3U!

Kelly ☺ Yeah ik ga naar de middelbare! zegt:

Oké, ik moet ook zo weg, ik spreek je morgen op school! Ciao!

7

'Met wie zat je gisterenavond nou nog zo laat te bellen?' vroeg Melissa's vader de volgende ochtend aan het ontbijt.

'O, met Laura, over dat we binnenkort samen worden geïnterviewd voor de *Tina*,' antwoordde Melissa.

'Aha! En hoe reageerde ze toen je het vertelde?'

'Ze vond het super! Ze hoopt dat ze hierdoor fotomodel kan worden.'

'Maar... wilde zij eigenlijk ook niet zangeres worden?'

'Klopt, ze heeft ook meegedaan aan de voorronden van *Swingteens*, maar daar is ze niet doorheen gekomen. En nu heeft ze er geen zin meer in.'

'Nou, ik ben benieuwd! Wens haar maar succes namens mij,' zei Melissa's vader glimlachend. Hij stond op en pakte een paar mandarijntjes van de fruitschaal op het aanrecht. 'Ik ga trouwens zo meteen nog even achter een agent voor jou aan bellen,' ging hij verder. 'Het zou mooi zijn als dat geregeld is voordat ik weer naar Schiphol ga.'

Melissa reageerde niet op wat hij zei. Ze staarde een tijdje zwijgend voor zich uit. 'Ik vind het helemaal niet leuk dat je weer weggaat,' zei ze toen ineens, terwijl de tranen over haar wangen stroomden. 'Florine is heel aardig, hoor, maar ik heb toch liever dat jij voor me zorgt.'

'Dat begrijp ik heel goed, lieverd,' antwoordde Melissa's vader na een diepe zucht. 'Maar helaas kan ik onze situatie niet zomaar veranderen, zoals ik al eerder zei. We moeten voorlopig toch maar proberen om er het beste van te maken.' Hij trok Melissa naar zich toe en drukte haar even troostend tegen zich aan. 'Kom meisje, je moet je spullen gaan pakken,' zei hij toen zachtjes. 'Anders kom je te laat op school.'

Een kwartiertje later zat Melissa op haar fiets, op weg naar school. Ze voelde zich nog steeds een beetje verdrietig. Hopelijk liet iedereen haar zo meteen een beetje met rust. Maar toen ze vanuit het fietsenhok het schoolplein op liep om haar vriendinnen te zoeken, werd ze meteen weer bestormd door allerlei fans. Een spervuur van vragen kwam op haar af.

'Mag ik een handtekening?' 'Ben je nu rijk?' 'Wanneer komt je cd uit?' 'Heb je al een fanclub?' 'Is het leuk om beroemd te zijn?'

'Hé Melis!' hoorde ze plotseling achter haar de stem van Doris. 'Laura, Kelly en ik gaan alvast naar de klas. Kom jij ook zo?'

'Ik doe mijn best!' riep Melissa over het kluwen kinderen heen dat haar omringde.

'Pff, beroemd zijn is af en toe best lastig,' zei ze tien minuten later zuchtend, terwijl ze zich naast Kelly op haar stoel liet neerploffen. 'Ik kwam gewoon niet meer van die kinderen af, ik moest me echt van ze losrukken!'

'Tjonge, begin je nu al kapsones te krijgen?' reageerde Kelly bits.

Melissa's mond viel open van verbazing. 'Hoe kom je daar nou ineens bij?' riep ze uit. 'Dat zeg je toch niet tegen je beste vriendin?!'

Er volgde een ijzige stilte, waarin Kelly met een strak gezicht voor zich uit bleef kijken en Doris en Laura een beetje ongemakkelijk op hun stoelen heen en weer schoven.

'Ik heb Doris en Kelly net verteld dat je mij hebt meegevraagd voor dat interview in de *Tina*,' zei Laura toen voorzichtig.

Aha, Kelly is jaloers! dacht Melissa. Ik wist het wel.

Op dat moment kwam meester Ronald de klas binnen lopen. 'Goedemorgen, dames en heren,' riep hij vrolijk, terwijl hij ondertussen om zich heen keek of de klas al compleet was. 'We gaan beginnen!'

8

De rest van de schooldag hield Kelly zich zoveel mogelijk afzijdig van Melissa. In de pauze ging ze bij een paar meisjes uit groep zeven staan kletsen en tussen de middag ging ze naar huis om te eten, wat ze anders bijna nooit deed.

Melissa vond het niet leuk dat haar vriendin zo koeltjes tegen haar deed. Stel je voor dat dit het einde van hun jarenlange vriendschap zou betekenen? Als de bel ging, zou ze Kelly vragen of ze met haar mee naar huis wilde gaan. Dan konden ze er even rustig met elkaar over praten, zonder dat allerlei andere kinderen zich ermee gingen bemoeien.

Toen de schooldag om kwart over drie voorbij was en iedereen in de klas begon op te ruimen, sprak Melissa Kelly aan.

'Kel, ga je zo meteen met mij mee naar huis?' vroeg ze. 'Ik wil je graag de cd van die nieuwe band van mij laten horen. Misschien kun je me helpen om een leuk nummer uit te zoeken voor mijn eerste optreden vrijdag.'

Maar Kelly ging onverstoorbaar verder met haar tas inpakken.

'Sorry, maar ik moet ervandoor,' zei ze. 'Mijn moeder staat buiten op me te wachten. We gaan samen winkelen.'

'O, gezellig…' reageerde Melissa een beetje beteuterd. 'En morgenmiddag dan?'

'Weet ik niet, dat duurt nog zo lang. Misschien moet ik dan ook wel weg.'

Meteen daarna ging Kelly er als een haas vandoor. Teleurgesteld keek Melissa haar na. Voordat ze er erg in had, biggelden er een paar tranen over haar wangen.

'Wat is er met je aan de hand, Melissa?' hoorde ze de stem van meester Ronald ineens achter zich. 'Je was de hele dag niet bij de les en nu zie ik ook al tranen. Is je vader misschien vanochtend weer vertrokken naar het buitenland?'

'Ja, dat klopt. Maar daar ben ik niet meer verdrietig over. Het is iets anders… Kelly is heel boos op mij.'

'En waarover is ze dan boos?'

Met horten en stoten vertelde Melissa hem het hele verhaal over het interview in de *Tina*. Toen ze klaar was, bleef het eerst een tijdje stil. 'Tja, het is natuurlijk niet leuk voor jou dat Kelly zo jaloers is,' zei meester Ronald toen, 'maar ik kan haar toch ook wel weer een beetje begrijpen. Zij is wel jouw beste vriendin. Waarom vraag je niet gewoon aan de redactie van *Tina* of je twee vriendinnen mag meenemen?'

'Tja, dat is eigenlijk best een goed idee! Maar dan wordt Doris misschien weer jaloers…'

'Vast niet, Doris speelde toch de hoofdrol in die tv-uitzending over de voorronden van *Swingteens*? Zij gunt Kelly heus ook wel een pleziertje. Als ik jou was, zou ik nu maar gauw naar huis gaan. Misschien kun je het vandaag nog regelen en dan kun je Kelly er vanavond over bellen. Zeker weten dat jullie dan morgen weer even dikke vriendinnen zijn als altijd!'

Toen Melissa even later het tuinpad op liep naar haar huis, stond Florine voor het raam te zwaaien. Gelukkig, ze kijkt vrolijk, dacht Melissa. Dat betekent vast dat het goed gaat met haar moeder.

'Ha Florine, fijn dat je er weer bent!' zei ze, toen de voordeur openzwaaide en haar au pair in de deuropening verscheen.

'Ik ben ook blij om jou weer te zien,' antwoordde Florine. 'En met mijn moeder gaat het heel goed: ze mag overmorgen naar huis. Ik hoef dus niet meer ongerust over haar te zijn.'

'Mooi zo, dan kunnen we binnenkort weer naar de chinees!' lachte Melissa. Ze liep langs haar au pair de gang in en hing haar jas aan de kapstok. 'Ik heb trouwens al een paar heel leuke aanbiedingen gekregen na *Swingteens*,' zei ze. 'Ik kom op tv en ik ga misschien wel naar Ibiza!'

Florine klapte in haar handen. 'Wow, wat leuk!' zei ze enthousiast. 'Kom gauw mee naar de keuken, dan moet je me er alles over vertellen.'

Even later zat Melissa achter een glas cola vol vuur te vertellen over de aanbiedingen die gisteren waren binnengekomen en natuurlijk ook over Dion en Adventure. Als laatste vertelde ze over het *Tina*-interview en de boosheid van Kelly. 'En toen kwam meester Ronald op het idee om aan de *Tina* te vragen of Kelly ook mee mag,' besloot ze haar verhaal. 'Als ik straks mijn cola op heb, ga ik meteen bellen.'

'Daar kun je beter nog maar even mee wachten,' antwoordde Florine. 'Een kwartiertje geleden had ik je nieuwe agent namelijk aan de telefoon; dat was ik helemaal vergeten te zeggen. Ik was nog maar net thuis toen hij belde. Hij heet Björn en hij komt hier straks even op bezoek om kennis met je te maken. Ik begreep dat hij door je vader is ingehuurd om vanaf nu jouw afspraken te regelen. Hij moet dus eigenlijk ook achter dat interview in *Tina* aan bellen.'

'Oké… dan ga ik nu alvast mijn toets voor geschiedenis leren,' zei Melissa, 'anders komt het er misschien niet meer van.' Ze stond op en liep naar het kantoortje van haar vader. Vlak voordat ze de deur achter zich dichtdeed, keek ze nog even de gang in om te checken of Florine toevallig achter haar aan gelopen was. Niemand te zien, mooi zo. Snel liep Melissa naar haar vaders bureau en griste de blaadjes met de telefoontjes van gisteren eraf. Natuurlijk ging ze nu niet meteen aan die toets beginnen. Eerst ging ze zelf de *Tina* bellen om te vragen of ze nog een tweede vriendin mee mocht nemen naar het interview. Dan was dat maar vast geregeld. Stel je voor dat die Björn het geen goed idee zou vinden…

Een beetje gespannen toetste Melissa het telefoonnummer in dat bij de *Tina*-afspraak stond genoteerd. Pas na vijf keer overgaan werd er opgenomen.

'Redactie *Tina*, met Nathalie. Wat kan ik voor u doen?' klonk het opgewekt.

'U spreekt met Melissa van Moorsel. Kan ik Esther Jansen even spreken?'

'Esther… Even kijken… Die werkt vandaag niet. Morgen is ze er weer. Kan ik je misschien helpen?'

'Nou… het gaat over een interview. Ik zou haar terugbellen om een afspraak te maken.'

'Aha! Nee, dan moet je haar zelf hebben, ik kan niet in haar agenda kijken. Ik zal een briefje op haar bureau neerleggen dat je gebeld hebt, goed? Dag Melissa!'

Nadat ze haar mobieltje had dichtgeklapt, staarde Melissa een tijdje voor zich uit. Echt balen dat ze Esther niet te pakken had gekregen. Vanaf nu moest ze alles aan die Björn overlaten, en het was maar de vraag of hij alles precies zou doen zoals zij het graag wilde. Wat zou hij er eigenlijk van zeggen dat ze misschien bij Adventure ging zingen? Waarschijnlijk vond hij het net als haar vader maar niks. Misschien ging hij het wel verbieden; dan zou ze Dion nooit meer zien… Ik ga hem er helemaal niks over vertellen, besloot Melissa ter plekke. En tegen Florine zeg ik er ook zo weinig mogelijk over. Ze vertelt alles altijd meteen door aan papa.

Om vijf voor vijf ging de bel. Daar zou je Björn hebben! Melissa sloot haar gesprek op MSN snel af en checkte daarna nog even in een spiegeltje of ze er goed uitzag. Toen ze even later de kamer binnen liep, sprong Björn meteen op van de bank en liep met uitgestoken hand op haar af. Tot Melissa's verrassing zag hij er totaal anders uit dan ze had verwacht. Geen oudere man in een saai pak, zoals haar vader, maar een leuke jonge vent van een jaar of vijfentwintig, in een spijkerbroek en een hip overhemd.

'Björn van de Putte, je nieuwe agent,' stelde hij zich voor, terwijl hij vriendelijk naar haar glimlachte. 'Leuk om kennis met je te maken. Ik ga er samen met jou voor zorgen dat je een nog grotere ster wordt dan je al bent!'

Hm, hij klinkt aardig en hij ziet er best cool uit voor iemand van zijn leeftijd, moest Melissa bekennen. Wie weet kunnen we toch best goed samenwerken…

'Als jullie het niet erg vinden, laat ik jullie nu even alleen,' zei Florine. 'Ik moet vanavond sporten en als ik nu niet ga koken, lukt dat niet meer.'

'Geen enkel probleem!' antwoordde Björn. 'Melissa en ik komen er samen heus wel uit!'

10

'En, hoe was het gesprek met Björn?' vroeg Florine aan Melissa, toen ze drie kwartier later aan tafel schoven.

'Super! Hij is hartstikke aardig en we hebben heel leuk met elkaar zitten praten,' antwoordde Melissa enthousiast.

'Waarover dan?'

'Nou, eerst hebben we een schema opgesteld met daarin de tijden waarop ik bijvoorbeeld kan optreden of een interview kan geven, en daarna hebben we het uitgebreid gehad over mijn toekomst als zangeres: over het soort liedjes dat ik wil gaan zingen, over een beroemde zanglerares die mij misschien les gaat geven, en of ik het leuk zou vinden om over een tijdje een cd te maken!'

'Wat goed! En heb je ook gezegd dat je graag wilt dat Kelly bij dat *Tina*-interview is?'

'Ja, ik heb het hem allemaal uitgelegd en hij gaat het morgen proberen te regelen.'

'Fijn! Maarre… dan nog wat. Ben je ook begonnen over dat bandje waar die jongen jou op straat voor vroeg?'

'Je bedoelt Adventure… Nee, dat leek me niet zo belangrijk,' antwoordde Melissa terughoudend. 'Ik weet nog niet eens zeker of ik er wel bij ga.'

'Nou, het is te hopen van niet,' zei Florine. 'Je vader belde me zojuist speciaal op tijdens een tussenstop op een of ander vliegveld, om te zeggen dat hij zich er nogal zorgen over maakt. Hij is bang dat je schoolprestaties eronder zullen gaan lijden en dat je met de verkeerde mensen in contact komt.'

'Dat valt denk ik wel mee, hoor,' zei Melissa. 'De gitarist zit in ieder geval gewoon op de middelbare school.' Tjonge, haar vader zat er zeker nogal over in, anders had hij Florine er niet vanuit het buitenland over gebeld. Dat deed hij anders nooit.

Plotseling sprong Florine op. 'Stom, mijn training begint over vijf minuten!' riep ze geschrokken uit. 'Dat was ik bijna vergeten, ik moet onmiddellijk weg! Wil je mijn bord nog even afdekken met folie? Dan eet ik de rest wel op als ik weer terug ben.'

Mooi zo, dacht Melissa, dat komt goed uit. Nu kan ze me tenminste geen lastige vragen meer stellen over Adventure. Ze at haar bord leeg en ging de tafel afruimen.

Toen de keuken na tien minuten weer helemaal netjes was, liep Melissa naar haar kamer om de cd te pakken die Dion voor haar had gemaakt. Nu ze het hele huis nog minstens een uur voor zich alleen had, kon ze de muziek in de woonkamer lekker keihard zetten.

Even later lag ze languit op de bank mee te zingen en te neuriën. Aan het eind van elk nummer zette ze de cd-speler even op stop, om op een blaadje te noteren wat ze ervan vond en of er ook lastige gedeelten in zaten. Dat maakte het later gemakkelijker om er eentje uit te kiezen voor vrijdag.

'WAF! WAF! WAF!' klonk het ineens ergens midden in het vierde nummer vanuit de keuken. Castor en Pollux waren gaan blaffen. Dat moest betekenen dat er zojuist iemand door het tuinhek was gekomen. Wie kon dat nu weer zijn? Florine was het niet, die had haar eigen sleutel… Melissa stond op en liep naar de gang, om even door het ruitje in de voordeur te kijken.

Hé, dat waren Doris en Laura die daar in hun sportkleren het tuinpad op kwamen lopen. Hun hockeytraining was zeker niet doorgegaan.

Blij verrast zwaaide Melissa de voordeur open. 'Gezellig dat jullie langskomen!' riep ze haar vriendinnen toe. 'Ik zat net te luisteren naar de cd van die band waar ik jullie over verteld heb. Ik moet een nummer uitzoeken voor mijn gastoptreden vrijdag.'

'Wow, spannend!' zei Doris. 'Daar kun je vast wel wat hulp van ons bij gebruiken.'

'Ja, wij zijn toch ook een tijdje zangeres geweest!' vulde Laura aan.

'Tuurlijk, kom erin!' zei Melissa. Ze deed een stapje opzij om haar vriendinnen binnen te laten.

'Hoe gaat het nou met jou en Kelly?' vroeg Doris, terwijl ze voor Laura uit de gang in stapte. 'Is het al weer goed tussen jullie?'

'Nee, nog niet,' antwoordde Melissa. 'Ze wil niet met me praten.'

'Toch snap ik het wel een beetje van Kelly dat ze boos op je is,' zei Doris weer. 'Ik zou het ook niet leuk vinden als mijn beste vriendin iemand anders zou meevragen naar dat interview met de *Tina*.'

'Kun je niet vragen of zij er ook bij mag zijn?' vroeg Laura. 'Dat vind ik echt niet erg, hoor!'

'Ja, ja, dat had ik zelf ook al bedacht,' haastte Melissa zich te zeggen. 'Mijn agent gaat het morgen aan de redactie vragen.'

'Wow, heb je een agent?!' vroeg Doris ongelovig. 'Je lijkt Paris Hilton wel!'

'Die van mij stelt niet zoveel voor, hoor,' reageerde Melissa bescheiden. 'Hij regelt mijn afspraken en zo, verder niet. Maarre… zullen we nu naar Adventure gaan luisteren? Over een uurtje is Florine er al weer en dan mag de muziek niet meer lekker hard.'

11

'Mogen wij vrijdag eigenlijk ook naar je gastoptreden komen?' vroeg Doris, nadat ze alle nummers op de cd van Adventure hadden beluisterd.

'Ik weet het niet,' antwoordde Melissa een beetje weifelend. 'Dat zou ik aan Dion moeten vragen...'

'Nou, dan bel je hem toch even?' zei Doris. 'Heb je zijn nummer?'

'Jawel, dat staat op het cd-hoesje. Maar...'

'Pak je telefoon dan!'

'Oké,' zei Melissa, 'maar dan moeten jullie de kamer uit!'

'Volgens mij is ze verliefd op die jongen,' zei Doris even later op de gang gniffelend tegen Laura. 'Normaal durft ze altijd alles en nu ineens niet, dat is vreemd.'

'Zeker weten,' zei Laura giechelend. 'Waarom moesten we anders de kamer uit?'

Nog geen tien seconden later ging de kamerdeur al weer open en wenkte Melissa haar vriendinnen weer naar binnen. 'Hij nam niet op,' zei ze. 'Ik probeer het vanavond nog een keertje en dan vertel ik daarna wel op MSN of jullie er ook naartoe kunnen.'

'Ik geloof er niks van,' zei Doris. 'Volgens mij heb je hem helemaal niet gebeld. Dat durf je niet. Je bent verliefd op hem!'

'Hoe kom je erbij!' reageerde Melissa verontwaardigd. 'Ik heb hem maar één keer in mijn leven gezien!'

'Waarom word je dan ineens zo rood?' vroeg Doris met een vals lachje.

'Het is hier gewoon heel warm, de verwarming staat te hoog,' antwoordde Melissa, en ze liep meteen naar de thermostaat om hem lager te zetten.

Met een diepe zucht ging ze even later weer zitten. 'Nou ja, ik zal het maar bekennen,' zei ze toen. 'Jullie hebben het goed geraden, ik ben op hem.'

'Zie je nou wel?' gniffelde Laura. 'We zijn echt niet gek, hoor. Maar dat betekent natuurlijk wel dat je een coole outfit aan moet tijdens je optreden. Heb je die wel?'

'Nee, ik heb al van alles gepast, maar al mijn kleren staan stom.'

'Waarom vraag je Florine niet of ze iets nieuws met je gaat kopen?' opperde Doris.

'Dat wil ze vast niet,' antwoordde Melissa somber. 'Mijn vader heeft namelijk tegen haar gezegd dat hij Adventure maar niks vindt en dat ik er niet bij mag.'

'Maar dat is toch belachelijk?' riep Doris uit. 'Je moet toch zeker aan je zangcarrière werken nu je *Swingteens* hebt gewonnen? Ik...'

'Hebben jullie de kleren van je moeder eigenlijk bewaard?' onderbrak Laura haar vriendin. 'Misschien zit daar wel iets leuks voor je bij. Je ouders gingen vroeger toch vaak naar van die chique feesten? Dat heb je me een tijdje geleden eens verteld.'

'Ja, dat is zo,' antwoordde Melissa. 'Daar heb ik helemaal niet aan gedacht! Ze hangen in een kast op zolder. Kom op, we gaan meteen kijken.'

'Wow, dit is gaaf!' zei Laura even later, terwijl ze een zwart jurkje met allemaal glimmende pailletten erop voor Melissa omhooghield. 'Volgens mij pas je hier wel in, het is niet zo groot.'

'Klopt, mijn moeder was vrij klein.'

Melissa pakte het jurkje over van Laura en trok het aan.

'En?' vroeg ze, terwijl ze haar vriendinnen aankeek.

'Het staat je waanzinnig goed,' zei Doris.

'Mee eens,' zei Laura. 'Als Dion je hierin ziet, valt hij meteen als een blok voor je en de rest van de band ook. Je moet je rode lakschoenen er trouwens bij aantrekken.'

'Wat gebeurt daar toch op zolder?' werd er ineens onderaan de trap geroepen. Meteen daarna klonk er gestommel op de trap en verscheen het rode hoofd van Florine boven het trapgat.

'O, nee!' riep ze uit, toen ze zag wat Melissa aanhad. 'Wat ben je met die jurk van je moeder van plan?'

'Niets,' antwoordde Melissa. 'Ik vind het gewoon leuk om hem even te passen.'

'Daar geloof ik niets van. Ga je binnenkort soms toch met die band optreden? Dat mag helemaal niet van je vader!'

Met een boos gezicht hurkte Melissa voor haar au pair neer. 'O nee? Hij is anders helemaal niet zo aardig voor mij, hoor,' zei ze toen. 'Na de zomer stuurt hij me misschien naar een internaat.'

Florine schrok zichtbaar van wat Melissa zei.

'Dat vind ik heel rot voor je,' zei ze. 'Maar… het betekent niet automatisch dat jij dan maar alles kunt doen waar je zin in hebt.' Ze keek Melissa een aantal seconden indringend aan en vertrok toen weer naar beneden.

12

'Heb je Dion nog gebeld over vrijdagavond?' vroeg Doris de volgende ochtend op het schoolplein nieuwsgierig aan Melissa. 'Weet je al of Laura en ik naar je optreden mogen?'

'Eh… nee, helemaal vergeten,' zei Melissa. 'Ik bel hem als ik vanmiddag uit school kom wel. Tenminste… als ik tijd heb: misschien heeft mijn agent wel van alles voor me geregeld.'

'Dat is waar ook, hij zou de *Tina* toch bellen en vragen of Kelly ook mee mag naar dat interview?'

'Klopt,' antwoordde Melissa met een zucht. 'Ik hoop echt dat hij dat voor elkaar krijgt.' Ondertussen speurde ze even om zich heen, om te kijken of ze haar vriendin ook ergens zag. Ze wilde haar graag vertellen over de veranderde plannen voor het *Tina*-interview. Hopelijk draaide ze dan bij en waren ze weer gewoon elkaars beste vriendin, net als altijd. Maar de dikke bos rode krullen van Kelly was nergens te bekennen…

Doris raadde haar gedachten. 'Zoek je Kelly soms om het haar te vertellen? Dat kan niet: ze is ziek. Dat sms'te ze me vanochtend.'

Jammer! dacht Melissa. Hopelijk komt Björn vanmiddag met goed nieuws over de *Tina*, dan kan ik Kelly daar meteen over bellen.

Die middag zat er inderdaad een mailtje van haar agent in Melissa's inbox. Maar er stond niet in wat ze hoopte…

Van: Björn@chello.nl

Naar: love_melissa@hotmail.com

Onderwerp: Nieuwe afspraken!

Hoi Melissa!

Hoe gaat ie? Zijn er nog telefoontjes voor je binnengekomen? Bij mij wel, maar de meeste stelden niet zoveel voor, vooral kinderfeestjes en zo. Heb je niks aan! Wel wil een of andere platenbaas binnenkort graag een keertje met ons praten. Hij heet Pedro Guillermo en hij zat ook in de jury van *Swingteens*. Hoor je nog over! Verder heb ik Esther Jansen van *Tina* gebeld om een afspraak te maken voor dat interview en ik heb meteen gevraagd of je twee vriendinnen mee mocht nemen in plaats van een. Zij kwam toen met een ander idee en ik heb meteen maar gezegd dat dat goed was, omdat ze het snel moest weten. Volgende week komt er iemand van *Tina* bij jou op school en die maakt dan een foto van jou samen met je hele klas. Vind je het leuk? Vast wel!

Dan over de auditie voor dat tv-spotje aanstaande zater-dag: ik ga met je mee en kom je om zeven uur 's ochtends ophalen (vroeg!!). Zorg je ervoor dat je goed uitgeslapen bent? Dan maak je nog meer kans om te winnen!

Als je nog vragen hebt, hoor ik het wel en anders: tot zaterdag!

Byebye, Björn

PS: Het interview voor dat tv-programma van RTL4 wordt pas over drie weken opgenomen, op een avond. Zodra ik de datum weet, mail ik je!

Na het lezen van Björns mailtje voelde Melissa zich een beetje somber. Aan de ene kant vond ze het hartstikke leuk dat de hele klas nu in *Tina* kwam, maar aan de andere kant schoot ze er wat Kelly betrof niets mee op. Die had het vast veel specialer gevonden als ze alleen met Laura en haar op de foto was gekomen. Wat moet ik nou toch doen om ervoor te zorgen dat Kelly mij weer aardig gaat vinden? piekerde ze verder.

Een cadeautje voor haar kopen…? Nee, slaat nergens op. Haar trakteren op een avondje naar de bioscoop…? Ook niet, veel te gewoon.

Maar ineens schoot haar iets te binnen. Natuurlijk, dom dat ze daar niet eerder aan had gedacht! Ze ging Kelly ook meevragen naar haar gastoptreden bij Adventure en dan nam ze haar in de pauze mee naar de kleedkamer voor een meet & greet met de band. Dat zou ze vast hartstikke cool vinden, haar zus was immers een fan van Dion! Doris en Laura moesten zich dan zolang maar even samen in de zaal vermaken. Wat een goed idee! Opgelucht pakte Melissa haar telefoon om Dion te bellen.

'Hallo, met Dion!' klonk het enkele seconden later aan de andere kant van de lijn. Yes, hij nam op! Zodra Melissa zijn stem hoorde, kreeg ze een gek gevoel in haar buik en voelde ze haar hart bonzen in haar keel.

'Hi, met Melissa. Ik bel even over het optreden van vrijdag…'

'Ja, wat is er?'

'Kunnen mijn vriendinnen daar ook naartoe?'

'Tuurlijk. Ze moeten alleen wel een kaartje kopen.'

'Oké, dat vinden ze vast niet erg, ze krijgen volgens mij alle drie zakgeld. Maar dan nog wat…' Melissa slikte even voordat ze verderging. Waarom begon haar stem nou zo raar te trillen? Als Dion het maar niet merkte, dan vond hij haar vast belachelijk…

'Mag mijn beste vriendin in de pauze mee naar de kleedkamer voor een meet & greet met jou en de rest van Adventure?'

'Tja, normaal doen we dat niet, want dan worden de fans jaloers,' antwoordde Dion. 'Die willen dat ook allemaal. Maar voor deze ene keer mag het, omdat jij voor het eerst met ons meedoet.'

'Hartstikke bedankt!'

'Graag gedaan. Nu ik je trouwens toch aan de lijn heb: als je vrijdag naar de voorrepetitie komt, moet je niet tegen de zangeres zeggen dat ik heb gezegd dat jij haar misschien gaat opvolgen, oké?'

'Eh… ja, goed. Maar waarom is dat?'

'O, ze is nogal jaloers aangelegd. Als ze jouw stem hoort, is ze vast heel bang dat de fans haar snel vergeten zijn als ze eenmaal weg is. Wie weet gaat ze daar slechter van zingen en dat kunnen we niet gebruiken tijdens een optreden. Goed, dan zie ik je vrijdag. Ik sms je nog wel waar het is!'

Toettoettoet.

Verbluft haalde Melissa haar mobieltje van haar oor en staarde een tijdje naar het schermpje, waarop het vertrouwde fotootje van Castor en Pollux inmiddels al weer te zien was. 'Tjonge, die heeft zeker haast!' mompelde ze half hardop. Toch vreemd, dat verhaal over die zangeres… Zou ze echt zo graag populair willen blijven bij haar fans? Waarom dacht ze er dan over om misschien te stoppen bij Adventure?

13

Die avond, vlak na het eten, besloot Melissa bij Kelly langs te gaan, om haar te vertellen over de meet & greet met Adventure. Hopelijk vond Kelly het leuk en wilde ze de ruzie daarna weer bij leggen. Nadat Melissa had aangebeld, deed Kelly's moeder de deur open. 'Kom binnen!' riep ze, zodra ze de vriendin van haar dochter op de stoep zag staan. 'Wat aardig dat je even op ziekenbezoek komt. Dat zal Kelly vast heel leuk vinden! Ga maar gauw naar de kamer: ze ligt op de bank tv te kijken.'

Hm, Kelly heeft het thuis kennelijk niet over dat gedoe met de *Tina* gehad, dacht Melissa. Dan is ze er misschien ook niet zo heel erg boos over...

'Hai Kel,' zei ze, terwijl ze haar hoofd voorzichtig om het hoekje van de deur stak. 'Hoe gaat het met je?'

Kelly schrok zichtbaar toen ze haar vriendin zomaar ineens zag verschijnen.

'Wat kom jij hier doen?' vroeg ze koeltjes, terwijl ze de tv zachter zette. 'Je hebt toch zeker wel gemerkt dat ik boos op je ben? Ik had verwacht dat je mij mee zou vragen naar dat *Tina*-interview in plaats van Laura. Ik ben toch je beste vriendin?'

'Dat is ook zo,' antwoordde Melissa kleintjes. 'Maar ik had Laura gekozen, omdat ze nog iets van me te goed had.'

'Hm, hoe zit dat dan?'

'Zij had het topje bedacht dat ik droeg toen ik aan de voorronde van *Swingteens* meedeed.' Melissa vertelde er maar niet bij dat ze het ontwerp eigenlijk van Laura had gestolen, toen ze daar een keer op bezoek was. Ze schaamde zich er nog steeds heel erg voor dat ze dat had gedaan.

'Het was een bijzonder topje, met allemaal diamantjes,' ging ze verder. 'Daardoor voelde ik me supergoed toen ik stond te zingen en dat heeft eraan meegeholpen dat ik die voorronde won.'

Kelly bleef eerst een tijdje naar het tv-scherm kijken. 'Sorry,' zei ze toen. 'Dat wist ik niet, van dat topje.'

'Maakt niet uit,' antwoordde Melissa zachtjes. 'Ik heb trouwens nog wel geprobeerd om voor elkaar te krijgen dat jij ook mee mocht naar het interview, maar dat ging niet. Toen de mevrouw van het *Tina*-interview hoorde dat ik graag twee vriendinnen wilde meebrengen, bedacht ze ineens iets anders. Onze hele klas komt nu op de foto, omdat we met zijn allen bij de *Swingteens*-finale zijn geweest.'

'O, dus je gaat nu ook niet meer samen met Laura?'

'Nee, klopt.'

Kelly fleurde zichtbaar op na Melissa's verhaal.

'Aan de ene kant jammer voor Laura en mij,' zei ze, 'maar met de hele klas in de *Tina* is eigenlijk nog veel leuker!'

'Vind ik ook,' antwoordde Melissa opgelucht. 'Maarre… misschien kan ik het toch nog een klein beetje goedmaken. Heb je zin om vrijdagavond naar het optreden van Adventure te komen? Dan kun je in de pauze met mij mee naar de kleedkamer voor een meet & greet met de band.'

Verwachtingsvol keek ze haar vriendin aan. 'Dat is heel cool, de fans vechten erom,' voegde ze er voor de zekerheid aan toe.

'Het lijkt me hartstikke leuk,' zei Kelly een beetje aarzelend, 'maar ik zie het niet zo zitten om daar in mijn eentje naartoe te gaan. Dat vind ik best eng.'

'O, maar je bent daar niet alleen, hoor! Doris en Laura komen ook. Zij hebben alleen geen meet & greet.'

'Fijn. Nou, dan kom ik ook, als het van mijn moeder mag. Leuk!'

'Zijn we nu dan weer gewoon vriendinnen?'

'Tuurlijk, hartsvriendinnen voor altijd!'

14

De rest van de week gebruikte Melissa elke vrije minuut om te oefenen voor haar gastoptreden bij Adventure, om er zeker van te zijn dat het niet bij dat ene optreden zou blijven. Ze verheugde zich er enorm op, niet alleen omdat haar beste vriendinnen zouden komen luisteren, maar vooral ook omdat ze Dion dan weer zou zien.

Eindelijk was het zover. Het was vrijdagavond, halfzeven en Melissa stond op het punt om te vertrekken naar het buurthuis, waar het concert van Adventure zou plaatsvinden. Nog een laatste check in de spiegel: kleding, schoenen, haar, make-up… Yes, alles was helemaal in orde!

Biep biep! klonk het ineens vanaf haar bureau. Wie kon dat nou weer zijn? Snel griste Melissa haar mobieltje tussen haar make-upspullen vandaan en checkte het nummer op het schermpje. Het was Dion! Als hij maar niet belde om af te zeggen…

Zo zelfverzekerd mogelijk nam ze op: 'Hallo, met Melissa.'

'Ja, met Dion. Ben je al onderweg?'

'Nee, nog niet.'

'Heel goed. Je moet je identiteitsbewijs meenemen, dat was ik vergeten tegen je te zeggen. Bij de ingang wordt namelijk gecontroleerd op leeftijd, om kleine kinderen buiten de deur te houden.'

'Ik heb geen identiteitsbewijs.'

'Waarom niet? Dat is toch verplicht?'

'Weet ik, maar pas vanaf je veertiende.'

'Maar… ben jij nog geen veertien dan?' Dions stem klonk ongelovig.

'Nee, ik ben dertien…' antwoordde Melissa met een lichte aarzeling. 'Na de zomer ga ik naar de middelbare school.'

'Echt? Dat zou je niet zeggen, je ziet er veel ouder uit!'

'Dank je.'

'Maar dan zitten we zo meteen wel met een probleem, want dan mag je niet naar binnen. Kun je er niet eentje lenen van iemand die op je lijkt?'

'Ik zou zo gauw niet weten wie…'

'Nou ja, niks aan te doen. Dan smokkel ik je wel naar binnen.'

Plotseling realiseerde Melissa zich tot haar schrik dat haar vriendinnen ook nog geen veertien waren. Dat betekende dat zij er vanavond niet bij konden zijn en dat zouden ze wel eens heel vervelend kunnen vinden, vooral Kelly…

'Kun je er ook voor zorgen dat mijn vriendinnen naar binnen mogen?' vroeg ze snel. 'Die zijn allemaal net zo oud als ik. Ik zou het heel sneu voor ze vinden als ze vanavond thuis moesten blijven.'

'Nee, sorry, dat gaat echt niet,' antwoordde Dion resoluut. 'Dan krijg ik problemen met de organisatie hier. Maar nu moet ik ophangen, want we zijn druk bezig met repeteren. Ik wacht je om zeven uur op bij de zij-ingang, oké? Die zit in de steeg naast het buurthuis. Tot zo!'

Toen het telefoongesprek afgelopen was, stond het huilen Melissa nader dan het lachen. Ze was heel erg teleurgesteld dat haar vriendinnen nu niet bij haar optreden zouden zijn. Daar had ze zich nou juist zo op verheugd. Hoe zouden ze reageren als ze hoorden dat hun uitje vanavond niet doorging? Vast niet zo positief… De afgelopen dagen hadden ze het over niets anders gehad. Op dit moment zaten ze bij Doris thuis, om zich uitgebreid op te tutten. Vanmiddag waren ze er nog speciaal voor gaan winkelen.

Melissa keek op haar horloge. Over twintig minuten

moest ze al op de plek zijn waar Dion haar zou opwachten. Als ze niet op tijd was, werd hij misschien wel boos…
Ze pakte haar mobieltje weer en toetste Kelly's nummer
in.

'Hallo, met Kelly, ik ben er even niet…'

'Nee, hè! Heeft ze uitgerekend nu haar telefoon uitgezet!' mopperde Melissa half hardop. 'Hopelijk heeft Doris
hem wel aan staan…'

'Hai Melis!' zei Doris even later giechelend aan de andere kant van de lijn. 'We zijn nog lang niet klaar, hoor!
Lautje staat net onder de douche, Kelly zit haar nagels te
lakken en ik zit nu al een halfuur na te denken over wat
ik vanavond zal aantrekken!'

'Dat hoeft niet meer,' antwoordde Melissa somber.

'Hoezo, wat hoeft er niet meer? Ik begrijp niet wat je bedoelt.'

'Nou, het heeft geen zin meer om een leuke outfit te bedenken. Het spijt me heel erg, maar jullie kunnen vanavond niet bij het concert zijn. Het is voor veertien jaar en
ouder en daarom komen jullie er niet in. Bij de ingang
wordt heel streng gecontroleerd.'

'En jij dan? Jij bent toch ook geen veertien?'

'Nee, klopt, maar Dion smokkelt me stiekem mee naar
binnen. Hij wist niet dat ik nog maar dertien ben.'

'Nou, jammer hoor, dat we nu niet naar het concert

kunnen,' klonk het teleurgesteld aan de andere kant van de lijn. 'We hadden ons er heel erg op verheugd.'

'Ja, dat snap ik, maar ik kan er echt niets aan doen. Ik heb al aan Dion gevraagd of hij jullie ook naar binnen kan kletsen, maar dat gaat niet met zoveel mensen.' Melissa stopte even met praten en haalde diep adem. 'Wil jij tegen Kelly en Laura zeggen dat het niet doorgaat?' vroeg ze toen. 'Ik moet nu naar de repetitie. Eigenlijk ben ik al te laat.'

'Eh, ja... dat is goed. Nou, veel succes dan maar vanavond.'

'Dank je. Enne... nogmaals sorry...'

15

Terwijl Melissa beneden in de gang haar jas aantrok, stond Florine ineens naast haar.

'Zo, aan je jurk te zien, ga je dus toch naar dat optreden van die band?' vroeg ze.

'Ja,' antwoordde Melissa gehaast. 'Over tien minuten moet ik er al zijn.'

'Maar je weet toch dat je vader het niet goedvindt?'

'Klopt, maar ik doe het toch. Ik vind het hartstikke leuk dat ze me hebben gevraagd om een keertje mee te doen.'

'Dat zal best, maar morgen moet je vroeg op om auditie te doen voor dat tv-spotje. Björn heeft me vanmiddag nog gebeld om te zeggen dat je daarvoor goed uitgeslapen moet zijn.'

'Dat weet ik, hij had mij ook al gemaild. Ik beloof je dat ik het niet laat maak, echt.'

Florine zuchtte. 'Nou, goed dan, voor deze ene keer,' zei ze toen. 'Om tien uur haal ik je op. Waar is het eigenlijk?'

'O, hier vlakbij, in buurthuis The Rainbow. Maar je hoeft me niet op te halen, hoor. Ik heb al met Dion afgesproken dat hij me om elf uur weer thuisbrengt.'

'Nee, dat is echt veel te laat. Nogmaals: om tien uur haal ik je op en anders gaat het feest niet door.'

Melissa zag aan Florines ogen dat ze meende wat ze zei. Tien uur was alleen wel heel erg vroeg. 'Mag het dan tot half elf?' zei ze. 'Volgens mij is het concert niet voor tien uur afgelopen en dan sta je misschien een halfuur voor niets te wachten.'

Het duurde even voordat Florine antwoord gaf. 'Vooruit dan maar,' zei ze toen, duidelijk met tegenzin. 'Maar dan moet je er ook echt zijn!'

Een minuut of tien later arriveerde Melissa helemaal bezweet bij het buurthuis waar Adventure zou optreden. Voor de hoofdingang stonden al aardig wat fans te wachten tot de deuren opengingen. Ze hoopten natuurlijk allemaal op een plaatsje vooraan.

Melissa zette haar fiets op slot naast de steeg waar ze met Dion had afgesproken en gluurde even om het hoekje. Misschien stond de deur van de zij-ingang al op een kier, zodat ze ongemerkt naar binnen kon glippen…

Plotseling werd ze op haar schouder getikt. 'We gaan

toch niet proberen om zonder kaartje binnen te komen?' vroeg een zware stem achter haar op barse toon. Verschrikt draaide Melissa haar hoofd om en keek recht in het gezicht van een enorme uitsmijter. 'Eh, nee, natuurlijk niet!' antwoordde ze zo stoer mogelijk. 'Ik ben op zoek naar iemand die mij hier ergens zou opwachten.'

Maar de uitsmijter reageerde niet op wat ze zei. Hij liep de steeg in en ging vervolgens breeduit op de stoep voor de zij-ingang staan, zo te zien vastbesloten om niemand door te laten.

Hoe moet Dion me ooit langs die engerd zien te smokkelen? piekerde Melissa, terwijl ze zich snel uit de voeten maakte. Dat lukt hem nooit, het is een beer van een vent. We moeten iets anders verzinnen, anders kan ik mijn optreden vanavond wel vergeten.

Ze pakte haar mobieltje uit haar tas en toetste Dions nummer in. Gelukkig nam hij meteen op.

'Met Melissa, ik kan niet via de zij-ingang naar binnen,' zei ze, zodra ze zijn stem hoorde. 'Er staat een megagrote uitsmijter voor de deur!'

'O, dat is geen probleem, hoor!' antwoordde Dion. 'Ik kom je meteen halen. Waar sta je?'

'Voor de etalage van de bakker, schuin tegenover het buurthuis.'

'Oké, blijf daar wachten, ik ben zo bij je.'

'Hoe gaan we dat straks nou aanpakken?' vroeg Melissa even later aan Dion. 'Het is toch onmogelijk om zonder identiteitsbewijs langs die klerenkast te komen?'

'Jawel hoor, dat lukt heus wel. Als hij moeilijk doet, verzin ik wel een list,' antwoordde Dion luchtig.

Hij sloeg zijn arm om Melissa heen en keek haar bewonderend aan. 'Je ziet er goed uit!' zei hij toen. 'Als ons optreden voorbij is, hebben we er vast een heleboel mannelijke fans bij. Kom, we gaan!'

Een tikkeltje gespannen liet Melissa zich door Dion meevoeren naar de ingang van de steeg. Zou het hem inderdaad gaan lukken om haar naar binnen te krijgen?

De uitsmijter stond er nog precies zo bij als tien minuten geleden. Hij keek strak voor zich uit en leek niet te merken dat er ineens twee mensen aan kwamen lopen. Maar net op het moment dat Dion achter hem de deur open wilde trekken, draaide hij zich met een ruk om.

'ID-kaart,' bromde hij.

Dion stak zijn arm in de lucht en wees op zijn polsbandje. 'Wij horen bij de band die hier vanavond optreedt,' zei hij. 'Ik ben de gitarist en zij is de zangeres.'

Er volgde een kort knikje. 'En waar is jouw polsbandje?' vroeg de uitsmijter vervolgens aan Melissa.

'Eh… dat heb ik nog niet, ik ben net aangekomen,' hakkelde ze terug.

'Oké, dan moet ik je ID-kaart even zien.'

'Ik eh… heb geen ID-kaart, ik ben dertien.'

'Maar over een week is ze veertien,' vulde Dion aan. 'Tja, als ze niet mee naar binnen kan, zit de organisatie hier straks wel met een probleem. Dan hebben ze een band zonder zangeres ingehuurd.'

'Een uurtje geleden meldde er zich anders ook al eentje bij de balie,' reageerde de uitsmijter bars, 'en die zag er heel anders uit dan deze dame hier.'

'Klopt, vanavond hebben we er twee,' antwoordde Dion onverstoorbaar.

'Tja, ik kan haar er helaas toch niet in laten. Regels zijn regels.'

'Dat snap ik,' zei Dion. Hij staarde even een tijdje voor zich uit en spitste toen ineens zijn oren. 'Hoorden jullie dat ook?' vroeg hij toen. 'Het klonk alsof er ergens een ruit werd ingetikt.'

'Als ze maar niet bezig zijn in mijn auto in te breken!' reageerde de uitsmijter ongerust. 'Die staat hier vlak om de hoek.' Meteen daarna draaide hij zich om en rende het steegje uit.

'Kom gauw,' siste Dion tegen Melissa. 'Nu kunnen wij naar binnen glippen.'

'Jeetje, dat heb je handig gedaan,' zei Melissa, toen ze tien seconden later in de kleedkamer stonden uit te hijgen. 'Die uitsmijter geloofde echt dat er een autoruit was ingetikt! Zou hij ons niet meer achterna komen?'

'Nee, hoor,' antwoordde Dion. 'Hij is veel te bang dat er dan nog meer mensen zoals jij stiekem naar binnen gaan. Kom, we gaan naar de zaal, daar is de rest van de band aan het repeteren. Ik zal je even aan iedereen voorstellen. Herinner je je trouwens nog wat ik je van de week zei over de zangeres? Niet vergeten, hè?'

16

Zodra Melissa achter Dion aan het podium op geklommen was, stopte de muziek. Met nieuwsgierige gezichten namen de bandleden van Adventure haar op.

'Hallo mensen, hier is onze superster van vanavond: Melissa van Moorsel, de winnares van *Swingteens*!' riep Dion trots uit.

Meteen sprong een jongen met kort, blond haar en een petje op naar voren en liep met uitgestoken armen op Melissa af. 'Leuk dat je vanavond bij ons komt zingen,' zei hij enthousiast, terwijl hij haar bij haar schouders pakte. 'Ik heb je zaterdag op tv gezien en ik vond je hartstikke goed!'

'Dankjewel. Wie ben je?' vroeg Melissa glimlachend.

'Ik ben Niels en ik speel basgitaar,' antwoordde de jongen.

'En ik ben Fabio, de drummer,' klonk het vervolgens rechts van haar.

Wow, leuke jongen! dacht Melissa, terwijl ze zich naar hem omdraaide en hem een hand gaf. Hij is misschien niet zo knap als Dion, maar zijn ogen zijn wel heel lief.

'Welk nummer heb je uitgekozen?' vroeg Fabio.

'Daar hebben we het zo wel over,' kapte Dion hem af. Hij pakte Melissa bij haar arm en trok haar mee naar de zijkant van het podium, waar de twee overgebleven band-leden – een jongen en een meisje – zwijgend stonden toe te kijken. Aha, zij is dus de zangeres, dacht Melissa, terwijl ze het meisje kort bestudeerde. Tjonge, wat kijkt ze boos. Zo te zien is ze inderdaad nogal jaloers aangelegd, Dion had gelijk met wat hij laatst over haar vertelde.

'Hallo, ik ben Daniëlle, de zangeres,' zei het meisje toen ze eenmaal tegenover elkaar stonden. 'En dit is Frans, keyboard,' ging ze verder, met een kort knikje naar rechts.

Beiden maakten ze geen aanstalten om Melissa een hand te geven. Er viel een ongemakkelijke stilte.

Volgens mij vinden ze het allebei maar niks dat ik hier nu ben, dacht Melissa. Van Daniëlle wist ik dat al, maar dat die Frans niet aardig doet, daar snap ik niks van. Zou-den ze soms verkering met elkaar hebben?

'Fijn, dan hebben we nu iedereen gehad,' doorbrak Dion het zwijgen. 'Zullen we nog even samen met Melissa repeteren? Over drie kwartier gaat de zaal al open.'

Hij liep naar het keyboard, pakte er een microfoon van af en gaf hem aan Melissa.

'Welk nummer had je ingestudeerd?' vroeg hij.

'Falling in love.'

'Aha! Dat is mijn favoriete nummer. Je hebt wel smaak!'

Terwijl Daniëlle bij de bar iets ging drinken en de jongens hun positie weer innamen, liep Melissa naar het midden van het podium en ging met haar gezicht naar de zaal staan. Spannend, haar nieuwe leven als zangeres ging nu beginnen!

'Oké, daar gaan we,' hoorde ze Dion achter zich zeggen. Hij speelde een paar akkoorden op zijn elektrische gitaar, waarna de rest van de band inzette.

Vanaf het begin voelde Melissa zich meegesleept worden door het ritme van de muziek. Het bracht haar in een soort roes, waardoor het zingen geen enkele moeite kostte. Een echte band achter je was wel even wat anders dan meezingen met een cd!

'Hartstikke goed, Melissa!' zei Dion enthousiast, toen het nummer afgelopen was. 'En dat voor de eerste keer. Jij gaat Adventure beroemd maken, zeker weten!'

'Dat moet dan wel heel snel gebeuren,' merkte Daniëlle pinnig op vanuit de coulissen.

'Ze kwam hier toch alleen maar een gastoptreden doen?'

'Eh ja, daar heb je gelijk in,' zei Dion, terwijl hij ondertussen even onopvallend naar Melissa knipoogde, 'maar als ze het vanavond goed doet, komt ze misschien nog wel eens vaker meezingen.'

Tien minuten later stond Melissa samen met Fabio vanuit de coulissen toe te kijken hoe de zaal volstroomde.

'Wat zijn er veel meisjes!' merkte ze op.

'Die komen allemaal voor Dion,' antwoordde Fabio lachend. 'Hij is waanzinnig populair. Als we straks klaar zijn met optreden, staat er een hele horde fans bij de zij-uitgang op hem te wachten. Ze willen allemaal verkering met hem.'

'En? Is het al iemand gelukt?'

'Voor zover ik weet niet. Dion wil zijn andere fans niet jaloers maken. Hij is bang dat er dan misschien niemand meer naar onze optredens komt.'

Shit! dacht Melissa. Dan wil hij vast ook niks met mij. Maar hij zit wel steeds met mij te flirten…

Op hetzelfde moment voelde ze Dions hand op haar schouder. 'Ik wil nog even met je doornemen wat er zo meteen gaat gebeuren,' zei hij, terwijl hij haar een eindje bij Fabio weg trok. 'We spelen in totaal ongeveer een uur, zonder pauze, omdat er na ons nog een dj komt. Als er ongeveer drie kwartier voorbij is, kondig ik jou aan als de slotact, oké? Denk erom dat je eerst nog even wacht, voordat je opkomt. Dat maakt het spannend. En verder kun je gewoon de microfoon gebruiken die ik je net gaf. Succes!'

Meteen daarna sprong hij het podium op. Zodra zijn fans doorhadden dat het Dion was die daar voor hen stond, barstte de zaal bijna uit zijn voegen. Meisjes op de eerste rij begonnen te gillen en reikten met hun armen naar voren om te proberen hem aan te raken. Een enkeling deed zelfs een poging om het podium op te klauteren.

Fabio had niet overdreven, dacht Melissa. Wat zouden die meiden graag in mijn schoenen willen staan! Ik ben een echte geluksvogel…

Toen Melissa opkwam, reageerde de zaal bijna nog enthousiaster dan bij Dion. Iedereen klapte en joelde: 'Swing-teens! Swing-teens! Yeahhh!' Pas na vijf minuten werd het weer een beetje rustig en zette Dion een gitaar-solo in. Langzaam liet Melissa haar ogen langs de eerste rij glijden. Hé, grappig, zag ze het goed? Stonden daar nu ineens een heleboel jongens? Dat was vast niet vanwege Dion! Mooi zo, dat zou haar alleen maar interessanter maken in zijn ogen.

17

'En? Hoe vonden jullie het gaan?' vroeg Melissa, toen ze na afloop van het optreden met de hele band in de kleedkamer zaten uit te hijgen.

Behalve Daniëlle en Frans reageerde iedereen enthousiast. Niels en Fabio riepen de hele tijd dat ze een supertalent was en Dion zoende haar zo uitbundig, dat ze er helemaal van ging blozen. 'We zijn nu nog populairder dan we al waren!' riep hij vrolijk. 'Daar drinken we op!' Hij trok een krat bier naar zich toe en pakte er een paar flesjes uit. 'Wat wil jij?' vroeg hij aan Melissa. 'Breezertje?'

Doe maar niet, wilde ze eigenlijk antwoorden. Ze dronk nog helemaal geen alcohol. Pas met kerst had ze voor het eerst een glas wijn gekregen. Maar om nu cola light te gaan vragen, wat ze normaal altijd dronk... Dat zou kinderachtig zijn, niemand nam hier fris.

'Eh… is goed, doe maar,' antwoordde ze dus.

De breezer was best lekker, net limonade. Melissa had dorst gekregen van het zingen. Voordat ze er erg in had, was het flesje leeg.

'Nog eentje?' vroeg Dion meteen. 'Je hebt het verdiend!'

Heel even twijfelde Melissa. Was dat nou wel verstandig met het oog op die auditie van morgen? Als Kelly hier nu naast haar had gestaan, had ze het onmiddellijk uit haar hoofd gepraat, zeker weten. Kelly… Bij de gedachte aan haar vriendin voelde Melissa zich ineens heel somber worden. Echt balen dat ze er nu niet was. Hoe zou ze erop reageren dat haar uitje haar door de neus was geboord? Vast niet zo positief… Ze had natuurlijk ontzettend over die meet & greet met Adventure lopen opscheppen, voor-al tegen haar zus. En Doris en Laura? Zouden die haar nog wel zien zitten?

'Ja of nee?' onderbrak Dion haar gepeins met een onge-duldige toon in zijn stem. 'Moet ik nog een breezer voor je openmaken of niet?'

'Doe maar,' antwoordde Melissa. Nu stoppen met pie-keren, dacht ze erachteraan. Straks vinden ze me hier nog saai als ik niks zeg, en dan vragen ze me misschien nooit weer…

'Kom, we gaan naar de zaal, lekker dansen,' zei Dion, terwijl hij haar nieuwe drankje overhandigde. 'De dj gaat zo beginnen. Hij is hartstikke goed, je moet hem echt even horen!'

Melissa keek op haar horloge. Kwart over tien, het kon nog net.

Eenmaal in de zaal kreeg Melissa van alle kanten complimentjes over hoe ze gezongen had. Allerlei jongens probeerden een praatje met haar aan te knopen en boden haar drankjes aan. Aan de ene kant vond ze dat heel erg leuk, maar aan de andere kant betekende het dat er steeds minder tijd overbleef om nog met Dion te kunnen dansen. Ik ga gewoon aan hem vragen of hij me met zich mee wil trekken naar de dansvloer, dacht ze, anders sta ik hier over twee uur nog. Maar toen ze om zich heen keek om te zien waar hij was, zag ze hem nergens. Vreemd, waar zou hij nou zijn gebleven? Vervelend... Nou ja, misschien hadden zijn fans hem wel van haar weggelokt naar een ander gedeelte van de zaal. Had Fabio niet verteld dat ze superjaloers waren?

Na nog een tijdje vergeefs op Dion te hebben gewacht, besloot Melissa op een gegeven moment maar weer terug te gaan naar de kleedkamer. Wie weet was hij daar wel naartoe gegaan.

'Hé, zou jij niet gaan dansen met *the boss*?' riep Niels, toen hij haar even later door het smalle gangetje aan zag komen.

'Ja, dat was wel de bedoeling,' antwoordde Melissa, eenmaal binnen. 'Maar toen we de zaal in liepen, stormde iedereen op me af en was ik hem meteen kwijt. Zit hij hier misschien?'

'Nee, je zult het met Frans en mij moeten doen.'

Teleurgesteld ging Melissa op de stoel tegenover Niels zitten en dronk het laatste restje van haar breezer op.

'Je wordt nu zeker gevraagd om overal te komen zingen,' zei Frans, nadat het een tijdje stil was geweest.

'Eh, ja, best wel,' antwoordde Melissa verlegen. 'Maar ik neem niet alles aan, hoor. Er zijn een heleboel dingen bij waar ik niets aan heb, kinderfeestjes en zo.'

Nog voordat ze uitgesproken was, begon het melodietje van haar mobiele telefoon in haar handtas te spelen. Verschrikt keek Melissa op haar horloge. Lieve help, het was al kwart voor elf! Dat was natuurlijk Florine, die zich afvroeg waar ze bleef…

Zonder verder nog na te denken, sprong Melissa onmiddellijk op en griste haar jas van de kapstok. 'Sorry, maar ik moet gaan!' zei ze gehaast. 'Ik heb morgen auditie in Amsterdam. Doei!'

Nadat ze zich met moeite door de propvolle gang heen had geworsteld, werd ze plotseling van achter bij haar schouders vastgepakt. 'Hé schoonheid, moet je nu al weg?' klonk de stem van Dion vlak bij haar rechteroor. 'We zouden toch nog gaan dansen?'

Verbaasd draaide Melissa zich om. 'Ja, dat dacht ik ook, maar ik was je ineens kwijt,' zei ze. 'En nu moet ik naar huis. Morgenochtend om negen uur heb ik die auditie waarover ik je vertelde en daarvoor moet ik helemaal naar Amsterdam.'

'Maakt niet uit, volgende keer beter,' antwoordde Dion. Hij trok haar even dicht tegen zich aan en zoende haar toen vol op haar mond. Daarna was hij weer even snel verdwenen als een halfuurtje geleden in de danszaal.

Helemaal beduusd trok Melissa de deur van de zij-ingang open. Jeetje, Dion had haar gezoend! Het nare gevoel over dat hij plotseling was verdwenen toen ze met hem zou gaan dansen, was ineens helemaal weg. Toen ze over de drempel stapte, voelde het net alsof ze zweefde.

Maar dat duurde niet lang… Aan het eind van het steegje stond Florine haar met een gezicht als een donderwolk op te wachten.

'Je bent te laat!' zei ze boos, toen Melissa vlakbij was. 'Dat hadden we niet afgesproken. Ik sta hier nu al meer dan twintig minuten op je te wachten!'

'Sorry,' antwoordde Melissa zachtjes, zonder haar au pair aan te kijken, 'ik had niet door dat het al zo laat was.' Ze viste haar fietssleutel uit haar jaszak en liep snel naar haar fiets.

Hè, waarom werkt dat stomme slot nou niet? mopperde ze even later half hardop. Ze keek nog eens goed naar het sleuteltje. Ja, het was toch echt het goeie.

'Zal ik het eens proberen?' vroeg Florine, terwijl ze naast Melissa kwam staan. Ze pakte het sleuteltje van Melissa over en stak het moeiteloos in het slot van haar fiets. Het klikte meteen open.

'Er is niks mis met dat slot,' zei Florine, terwijl ze Melissa scherp aankeek. 'Vreemd dat het jou niet lukte. Je hebt toch niet iets gerookt of alcohol gedronken?'

'Nee, tuurlijk niet!' antwoordde Melissa boos. Met een ruk trok ze haar fiets naar zich toe, sprong erop en racete er toen zonder nog op of om te kijken hard vandoor, Florine verbouwereerd achterlatend.

Nog geen vijf minuten later arriveerde ze hijgend bij het hek rond haar huis. Vreemd, nu ze eenmaal stilstond begon alles te draaien in haar hoofd. Zou dat van die breezers komen? Vast… Normaal had ze er nooit last van. Hoeveel had ze er nou eigenlijk gehad? In ieder geval twee van Dion, en daarna nog eentje van een onbekende jongen uit de zaal. Die laatste had ze eigenlijk niet meer moeten nemen, en die daarvoor misschien ook niet. Plotseling voelde ze zich ontzettend misselijk worden…

18

Tien minuten later stapte Melissa met een lijkbleek gezicht achter haar au pair aan de gang van haar huis binnen.

'Het valt me echt heel erg van je tegen dat je vanavond alcohol hebt gedronken,' begon Florine meteen. 'Gelukkig is het er net allemaal weer uitgekomen, maar dat betekent niet dat je je morgenochtend meteen weer kiplekker voelt. Dat weet ik nog van mijn broers. Bovendien moet je ook nog eens hartstikke vroeg opstaan, Björn komt je al om zeven uur ophalen om op tijd in Amsterdam te kunnen zijn.'

'Sorry,' mompelde Melissa, bijna onhoorbaar. 'Ik zal het echt nooit meer doen, dat beloof ik je.' Ze schopte haar schoenen uit en strompelde naar de trap. 'Ik ga meteen door naar boven, goed? Ik kan bijna niet meer op mijn benen staan.'

'Zal ik Björn anders maar afbellen? Hij zei toch dat je altijd goed uitgeslapen aan een auditie moet beginnen?'

'Tuurlijk niet,' antwoordde Melissa kribbig. 'Ik kan nog bijna zeven uur slapen, dat is heus wel genoeg.'

Eenmaal op haar kamer trok Melissa haar kleren uit en kroop meteen onder haar dekbed. Tandenpoetsen komt morgen wel, dacht ze, en douchen ook.

Een paar minuten later was ze al in een diepe slaap weggezakt. Ze droomde dat ze helemaal in haar eentje door een dierentuin liep. Het was nacht, de verblijven van de dieren werden alleen door de maan belicht. Best griezelig om hier helemaal in je eentje in het donker rond te lopen, dacht Melissa, terwijl ze scherp om zich heen tuurde of ze ook ergens een enge man zag. Vreemd, overal stonden deuren en hekken open… Dat was anders toch nooit zo? Plotseling scheerde een blauwe ara rakelings over haar hoofd en klonk vlak achter haar een dreigend gegrom. Met trillende knieën draaide Melissa zich om. Tientallen bavianen, van klein tot groot, kwamen langzaam op haar aflopen. Ze keken niet bepaald vriendelijk.

Wegwezen! dacht Melissa. Die hebben het op mij voorzien! Ze draaide zich om en wilde wegrennen, maar dat lukte niet. Het was net alsof haar schoenzolen aan de straatstenen zaten vastgeplakt. 'Help!' schreeuwde ze. 'Ze grijpen me! Half in paniek maaide ze wild met haar armen om zich heen. Yes, daar raakte ze er al een. Op naar de volgende!

'Melissa, word wakker! Je hebt je wekker van je nachtkastje af geslagen.'

Verbaasd opende Melissa haar ogen en keek recht in het slaperige gezicht van Florine. Meteen daarna greep ze naar haar hoofd. Een scheurende pijn trok langzaam van haar linker- naar haar rechteroor.

'Ik heb gedroomd,' bracht ze met moeite uit, 'een nachtmerrie. Hoe laat is het eigenlijk?'

'Kwart over vier,' antwoordde Florine. 'Nog twee uurtjes, dan moet je opstaan. Ik maak je wel wakker.'

Kreunend draaide Melissa zich om. Hopelijk voelde ze zich straks weer wat beter. Anders werd het inderdaad niets met die auditie…

19

Twee uur later werd Melissa wakker doordat ze heel in de verte haar naam hoorde roepen. Wie was dat toch? Pas na een aantal keren drong tot haar door dat het Florine was, die haar kwam wekken voor de auditie in Amsterdam. Dat betekende dat ze zo meteen moest opstaan. Het leek Melissa een bijna onmogelijke opgave. Haar armen en benen waren loodzwaar, net alsof ze languit op haar rug in een moeras lag en langzaam naar beneden werd gezogen, dieper en dieper…

'Gaat het een beetje?' hoorde ze Florine ineens vragen.

'Nee, ik voel me verschrikkelijk. Ik neem nooit meer een breezer. Ik wist niet dat je daar zo beroerd van kunt worden.'

'O, nee? Alcohol is heel ongezond, zeker als je zo jong bent als jij. Dat is bijna elke dag wel in het nieuws.'

Wat een zeurpiet is die Florine, dacht Melissa. Natuurlijk weet ik dat zelf ook wel. Ze sloot haar ogen en reageerde verder niet, in de hoop dat ze dan gauw weer alleen was. Nadat het een tijdje stil was gebleven, vertrok Florine inderdaad en ging ze beneden in de keuken het ontbijt klaarmaken.

Melissa sloeg haar dekbed opzij en kwam langzaam omhoog. Ze voelde zich slap en rillerig. De hoofdpijn van vannacht was eerder erger dan minder geworden.

Nadat ze een tijdje op de rand van haar bed had gezeten, stond ze op en liep toen naar de badkamer voor een uitgebreide douche.

'Je ziet er niet uit!' zei ze zachtjes tegen zichzelf, toen ze zich had afgedroogd en haar hoofd in de spiegel boven de wastafel bestudeerde. Haar anders zo glanzende lokken hingen nu futloos in dunne slierten langs haar gezicht en onder haar ogen tekenden zich een paar flinke wallen af. Melissa kneep een paar keer stevig in haar wangen. Meteen kwam er wat kleur op haar gezicht en zag ze er weer iets beter uit. Als ik nou straks in de auto nog even een uurtje kan slapen, dan red ik het straks wel bij die auditie, dacht ze. Het zou toch jammer zijn als iemand anders dat spotje mag doen.

Toen Melissa beneden kwam en de keuken binnen liep, zag ze Florine bij het fornuis eieren met spek staan bakken. Hoe kwam ze op het idee om zo'n machtig ontbijt te maken voor iemand die zich zo slap als een vaatdoek voelde? Het enige wat Melissa's maag op dit moment kon verdragen, was een beschuitje met jam en een kopje slappe thee.

'Je staat dat nu toch niet voor mij klaar te maken?' vroeg ze, terwijl ze op de inhoud van de koekenpan wees. 'Dat krijg ik nu echt niet naar binnen, dat is me veel te zwaar.'

'Maar dit is juist goed voor jou!' protesteerde Florine. 'Dat maakte mijn moeder vroeger ook altijd voor mijn broers klaar, als ze de avond daarvoor flink uit waren geweest.'

Melissa besloot om maar niet te reageren. Ze smeerde snel een paar beschuiten op het aanrecht en verdween ermee naar de woonkamer. Daar ging ze eerst een tijdje op de bank liggen om bij te komen.

Toen ze haar ontbijt net goed en wel achter de kiezen had, werd er aangebeld. Dat moest Björn zijn, een kwartier eerder dan was afgesproken. Als Florine hem nou maar niet voor een kopje koffie meevroeg naar de keuken. Wie weet ging ze hem uit de doeken doen wat er die avond daarvoor allemaal was gebeurd… Het was maar het beste om zo snel mogelijk te vertrekken. Met moeite werkte Melissa zich omhoog van de bank. Het leek wel alsof ze griep had. Ze wreef een paar keer stevig over haar bovenarmen, in de hoop dat haar rillerige gevoel zou verdwijnen en liep toen de gang op.

'Hé Melissa, goed om je te zien. Heb je er zin in vandaag?' kwam de stem van Björn haar opgewekt tegemoet.

'Ja hoor, zeker weten!' antwoordde ze zo monter mogelijk.

'Tjonge, wat zie je wit… Ben je misschien een beetje gespannen?' vroeg Björn bezorgd. 'Dat is echt niet nodig, hoor! Ik weet zeker dat je straks hoge ogen gaat gooien.'

'Melissa heeft vannacht niet zo goed geslapen,' zei Florine. 'Misschien kan ze tijdens het rijden nog even een uurtje op de achterbank liggen?'

Lief van Florine dat ze dat zegt, dacht Melissa. Als ik vanmiddag weer thuis ben, koop ik een mooie bos tulpen voor haar.

'Tuurlijk!' antwoordde Björn. 'Ik heb een fleece deken achter in mijn auto liggen, dus dat is geen enkel probleem.' Hij keek even op zijn horloge. 'Laten we meteen maar gaan,' zei hij. 'Bij een auditie gelden altijd heel strikte regels als het gaat om afspraken. Als je ook maar een minuut te laat komt, kun je meteen terug naar huis.'

20

'Voel je je al weer wat beter?' vroeg Björn aan Melissa, toen ze bijna twee uur later de parkeerplaats van het reclamebureau op reden.

'Gaat wel, ik ben niet meer zo moe, maar ik heb nog wel hoofdpijn.'

'Ik vraag straks wel even een paracetamolletje voor je, als ik koffie ga halen.'

Even later zat Melissa naast Björn aan een tafeltje in de wachtruimte tegenover de zaal waar de auditie zou plaatsvinden. Vanachter een glaasje water bestudeerde ze de andere meisjes die waren opgeroepen. Zo te zien was niemand van haar concurrentes alleen gekomen, maar toch was het opvallend stil. Sommigen zaten roerloos voor zich uit te kijken, anderen wiebelden gespannen heen en weer. Ze waren misschien wel hartstikke zenuwachtig omdat ze het tegen de winnares van *Swingteens* moesten opnemen.

Toen Björn zijn koffie ophad, pakte hij een lijstje met de auditietijden uit zijn tas en ging het zitten bestuderen.

'De hoeveelste ben ik?' vroeg Melissa nieuwsgierig.

'Even kijken... De derde,' antwoordde Björn. 'Dat betekent dat je over ongeveer drie kwartier aan de beurt bent. De eerste kandidaat gaat zo meteen beginnen en iedere auditie duurt steeds twintig minuten.

Melissa had liever wat meer tijd gehad om bij te komen. Maar dat zei ze maar niet hardop.

Even later was het zover. Pfff, wat is het hier benauwd, dacht Melissa, toen ze de half donkere auditieruimte binnenliep. Er zaten geen ramen in en de wanden en het plafond waren helemaal bedekt met tapijt.

Aan een tafel die voor het podium stond opgesteld, zat een vrouw van een jaar of dertig. Ze droeg een strakke spijkerbroek met daarboven een kort, gebloemd jurkje. Nieuwsgierig keek ze Melissa aan. 'Dus jij bent het meisje dat *Swingteens* vorige week zaterdag heeft gewonnen,' zei ze.

Melissa knikte.

'Zelf heb ik de uitzending gemist, maar ik heb alleen maar positieve verhalen over je gehoord. We zijn hier heel benieuwd naar je!'

De vrouw pakte een formulier van een stapeltje dat voor haar lag en schreef Melissa's naam erop. 'Ik ben trouwens Eefje,' zei ze, terwijl ze weer opkeek, 'en ik heb het spotje waar jij nu auditie voor komt doen samen met mijn collega Ron bedacht. Hij staat nu even buiten een sigaretje te roken en als hij straks terug is, gaat hij je uitleggen wat er de komende vijftien minuten van je wordt verwacht.'

'Joehoe, ik ben er weer, we kunnen verder,' hoorde Melissa even later een mannenstem achter haar zeggen. Dat moest Ron zijn.

Nadat hij Melissa een hand had gegeven, vroeg hij of ze naast hem op de rand van het podium wilde komen zitten. Vervolgens haalde hij een stapeltje schetsen onder zijn arm vandaan en spreidde die voor hen uit op de vloer. Samen vormden ze een soort stripverhaal van hoe het spotje ging worden. Daarna begon hij over elke schets iets te vertellen.

Melissa kon haar aandacht er nauwelijks bij houden. Het was net alsof ze naast een volle asbak zat: Rons adem stonk ontzettend naar rook. Al gauw voelde ze zich weer bijna net zo beroerd als gisterenavond, toen ze van het buurthuis onderweg was naar huis.

'Duidelijk?' hoorde ze Ron op een gegeven moment vragen. Zijn stem klonk ver weg.

'Eh... ja, ik geloof het wel,' antwoordde Melissa. Ze slikte een paar keer om te proberen de opgekomen misselijkheid weg te dringen, maar dat lukte niet. Nu even heel rustig blijven zitten, dacht ze, anders komt mijn ontbijt er weer uit.

Een paar seconden bleef het stil. Toen stond Eefje op van haar stoel en hurkte voor Melissa neer. 'Beginnen de zenuwen je parten te spelen?' vroeg ze.

'Nee, dat is het niet,' mompelde Melissa terug. 'Ik ben gewoon heel moe, ik heb gisterenavond opgetreden met een band en dat liep een beetje uit. Ik lag pas om halftwaalf in bed en ik moest er om kwart over zes alweer uit.'

'Wat zeg je me nou?' riep Eefje gepikeerd uit. 'Heb je het laat gemaakt, terwijl je wist dat je de volgende dag een auditie had?! Je had al om halfnegen in je bed moeten liggen! Dat soort mensen kunnen we hier niet gebruiken. Stel je voor dat je dat ook doet op de avond voordat de spot wordt opgenomen. Als je de volgende dag dan ook zo moe bent, moeten we misschien wel een extra draaidag inlassen! Weet je wel hoeveel dat kost? Duizenden euro's! Wat zeg ik? Tienduizenden!'

'Ik ben het helemaal met Eefje eens,' zei Ron. 'Wat mij betreft mag je meteen vertrekken.'

Verbijsterd keek Melissa van Ron naar Eefje en weer terug. 'Menen jullie dat?' vroeg ze. 'Moet ik echt nu al weg?'

'Dat lijkt me wel, ja,' antwoordde Eefje bits.

'Maar... ik ben de winnares van *Swingteens*. Ik ben best wel beroemd!'

'Dat kan wel zijn, maar jij bent niet het meisje dat we zoeken. Je hebt gewoon niet de juiste instelling om voor ons te mogen werken; voor jou tien anderen. We besteden verder geen tijd meer aan je.'

'Ik kan toch ook eerst een paar andere meisjes voor laten gaan?' probeerde Melissa nog een keer. 'Ik heb net een pilletje tegen de hoofdpijn genomen. Het gaat zo meteen vast wel weer beter met me.'

Er kwam geen reactie. Eefje begon in haar formulieren te bladeren en Ron schonk een kop koffie voor zichzelf in.

'Nou, dan ga ik maar,' zei Melissa. Ze stond op en liep zonder verder nog iets te zeggen de auditieruimte uit. 'Volgende kandidaat!' hoorde ze Ron achter zich roepen.

In de wachtruimte keek iedereen verbaasd op toen ze haar al weer zo snel terug zagen komen.

Björn sprong op. 'Ben je nu al klaar?' vroeg hij verbaasd. 'Je bent nog geen vijf minuten binnen geweest! Is het wel goed gegaan?'

'Nee,' antwoordde Melissa, half in tranen, 'ze willen me niet. Mag ik mijn jas? Ik wil graag zo snel mogelijk naar huis.'

21

'Nou moet je me eerst vertellen wat er zojuist allemaal is gebeurd bij die auditie,' zei Björn met een ernstig gezicht tegen Melissa, toen ze eenmaal in de auto zaten. 'Ik kan niet begrijpen hoe het mis heeft kunnen lopen. Je was echt geknipt voor die rol in dat spotje.'

'Ik voelde me ineens helemaal niet lekker,' snifte Melissa. 'Ik zat naast die man – Ron heet hij – en zijn adem stonk ontzettend naar rook. Hij had net een sigaret gerookt.'

'Hm, heb je dat wel eens vaker? Of ben je misschien gewoon ziek en wilde je me dat niet vertellen, omdat je dacht dat de auditie dan niet doorging?'

Wat zal ik doen? vroeg Melissa zich koortsachtig af. De waarheid vertellen of een leugentje om bestwil en zeggen dat ik inderdaad ziek ben? Als ik het eerste doe, vertelt Björn het natuurlijk meteen aan papa en kan ik een volgend optreden met Adventure wel vergeten. Bovendien zit ik dan misschien nog voor de zomervakantie op een internaat. Dat nooit!

'Misschien heb ik inderdaad de griep,' antwoordde ze dus maar snel. 'Mijn halve klas heeft het.'

'Joh, wat vind ik dat nou toch sneu voor je!' riep Björn uit. 'Je had het gewoon tegen mij moeten zeggen, dan had ik een nieuwe afspraak voor je geregeld. Dat was waarschijnlijk geen enkel probleem geweest.' Hij staarde even voor zich uit en startte toen de motor. 'Ik kan nu wel teruggaan en proberen de situatie uit te leggen, maar het is misschien beter om toch maar naar huis te gaan,' zei hij toen. 'Jij moet zo snel mogelijk je bed in om even goed uit te zieken.'

Pfff, ik ben gered! dacht Melissa opgelucht. Ik dacht heel even dat Björn weer terug zou gaan naar Ron en Eefje, om ze over te halen mij een nieuwe kans te geven. Dan was meteen uitgekomen dat ik daarnet tegen hem heb gelogen…

Anderhalf uur later zette Ron Melissa weer bij haar huis af.

'Is Florine thuis om je op te vangen?' vroeg hij.

'Ja, kijk maar, ze staat in de serre naar ons te kijken,' antwoordde Melissa.

'Mooi zo. Dan ga ik nu niet meer met je mee naar binnen, omdat ik hierna nog een andere afspraak heb. Beloof je me dat je meteen je nest in duikt?'

'Doe ik. En nog bedankt dat je met me mee bent geweest!'

'Graag gedaan. Zeg maar tegen Florine dat ik haar vanavond nog even bel over wat er vanochtend allemaal is gebeurd, oké?'

Nadat Melissa Björn had uitgezwaaid, liep ze met een beetje een zwaar gevoel in haar maag het tuinpad op. Hoe zou Florine reageren als ze vertelde dat ze niet door de auditie was gekomen? Maar veel tijd om daarover na te denken kreeg ze niet. Met een grote zwaai gooide haar au pair de voordeur open.

'En, hoe ging het?' vroeg ze meteen. 'Heb je de rol gekregen of niet?'

'Eh… nee, eigenlijk niet,' antwoordde Melissa schoorvoetend. Met haar hoofd naar beneden gericht liep ze snel de gang in en hing haar jas aan de kapstok.

'Kom gauw mee naar de kamer, dan praten we daar verder,' zei Florine.

'Goed dan,' begon Melissa even later na een diepe zucht. 'Toen ik de auditieruimte binnenliep voelde ik me meteen al niet zo lekker. Het was er heel benauwd. Voordat de echte auditie begon, ging iemand van het reclamebureau me uitleggen hoe het spotje in elkaar zat. Zijn adem stonk heel erg naar rook en daar werd ik ineens hartstikke misselijk van. Ik hoorde helemaal niet meer wat hij zei. Dat merkten ze natuurlijk en toen vroegen ze me of ik misschien zenuwachtig was. Ik vertelde ze eerlijk dat ik gisterenavond met Adventure had opgetreden en eigenlijk iets te laat naar bed was gegaan. Nou, en toen stuurden ze me weg… Ze waren bang dat ik dat misschien ook vlak voor de opname van dat spotje ging doen.'

Toen Melissa uitgepraat was, bleef het een tijdje stil in de kamer.

'Tja, ik vind het ontzettend jammer voor je dat je bent weggestuurd,' zei Florine toen, 'maar je hebt het toch echt aan jezelf te danken. Je had gisterenavond geen breezers moeten drinken en gewoon om half elf met mij naar huis moeten fietsen. Dan was er niets aan de hand geweest.'

'Ik zal het nooit meer doen,' zei Melissa zachtjes, terwijl ze een schuldig gezicht trok. 'Ik heb er echt heel veel spijt van… Wil je het alsjeblieft niet aan mijn vader vertellen?'

'Alleen als je me eerlijk belooft dat je niet meer met Adventure gaat optreden en voorlopig geen breezers meer aanraakt,' antwoordde Florine na een korte aarzeling.

'Dat beloof ik, echt,' zei Melissa opgelucht. 'Mag ik nu dan naar mijn kamer? Ik wil graag nog een paar uur naar bed om een beetje bij te komen.'

22

De volgende ochtend werd Melissa pas om elf uur wakker. Gelukkig voelde ze zich weer kiplekker, net alsof haar breezeravontuur van vrijdagavond nooit had plaatsgevonden.

Het eerste wat ze deed toen ze opstond, was haar computer aanzetten, om te kijken of haar vriendinnen misschien op MSN zaten. Zouden ze erg boos zijn, omdat hun uitje niet door was gegaan? Misschien kon ze het goedmaken door binnenkort een filmavondje bij haar thuis te organiseren…

Gelukkig, Doris was online en ze had haar niet geblokkeerd.

Melissa <3 zegt:

Hé Doris, alles goed? Hopelijk ben je niet meer boos op mij vanwege vrijdagavond, dat jullie niet mee konden naar mijn optreden?

DORIS <3 Sander zegt:

Nou, eerlijk gezegd baalde ik er wel heel erg van, en Kelly en Laura ook. ☺☺☺

Melissa <3 zegt:

Ik vond het ook heel rot, maar ik kon er echt niets aan doen. Ik heb heel erg mijn best gedaan om ervoor te zorgen dat jullie toch naar binnen konden.

DORIS <3 Sander zegt:

Dat zei mijn moeder ook al. Ik ben nu trouwens niet meer boos, hoor, en Laura ook niet.

Melissa <3 zegt:

Pffff, gelukkig! ☺ Ik was heel bang dat jullie mijn vriendin niet meer zouden willen zijn. Maarre… hoe zit het met Kelly? Want die noemde je net niet…

DORIS <3 Sander zegt:

Misschien kun je dat beter aan haarzelf vragen…

Melissa <3 zegt:

Bedoel je daarmee te zeggen dat zij wel boos op mij is?

DORIS <3 Sander zegt:

Eigenlijk wel. Ze had zich heel erg verheugd op die meet & greet. Dat had ze overal rondverteld en dan is het natuurlijk heel stom als je tegen iedereen moet zeggen dat het niet is doorgegaan.

Melissa <3 zegt:

Ja, dat is ook zo. Maar wat moet ik nou doen om het weer goed te maken? Ze wil me vast niet meer zien…

DORIS <3 Sander zegt:

Ik zou gewoon naar haar toe gaan als ik jou was en meteen zeggen dat je er echt niets aan kon doen dat het niet doorging. Hoe ging je optreden trouwens? ☺☺

Melissa <3 zegt:

Super! Iedereen vond dat ik het heel goed had gedaan. Dion was helemaal trots op mij!

DORIS <3 Sander zegt:

Wow, heb je nu al iets met hem?

Melissa <3 zegt:

Nee, nog niet echt, maar hij heeft me wel heel lang gezoend toen ik wegging.

DORIS <3 Sander zegt:

Waaaaat?!!! En heb je hem daarna al weer gezien?

Melissa <3 zegt:

Nee, gisteren moest ik die auditie doen voor dat spotje, weet je nog? Dat ging trouwens niet zo goed…

DORIS <3 Sander zegt:

Hoezo niet?

Melissa <3 zegt:

Toen ik vrijdagavond klaar was met het optreden bleef ik

nog ff natuurlijk, en toen kreeg ik allemaal breezers aan-geboden. Daar ben ik hartstikke ziek van geworden en daardoor ging die auditie ook verschrikkelijk! Ik heb die rol niet gekregen. ☺

DORIS <3 Sander zegt:

Zielig!!! Maar hoezo deed je dat dan met die breezers?

Melissa <3 zegt:

Ik weet het niet, het ging vanzelf! Ik kreeg ze gewoon.

DORIS <3 Sander zegt:

En wat is er gebeurd bij die auditie?

Melissa <3 zegt:

Ik moest met iemand praten die net een sigaret had gerookt en toen ik zijn adem rook, moest ik bijna over-geven! Dat zagen ze en toen vroegen ze hoe dat kwam. Ik vertelde ze eerlijk dat ik te weinig had geslapen, omdat ik een optreden had gehad. En toen zeiden ze: "Ja, dit, dat, je moet juist vroeg gaan slapen als je de volgende dag een auditie hebt, anders ben je niet serieus." En toen zeiden ze dat ik kon vertrekken.

DORIS <3 Sander zegt:

Belachelijk! Jij bent gewoon hartstikke goed, je hebt *Swingteens* gewonnen!!

Melissa <3 zegt:

Het is toch waar... ☹

DORIS <3 Sander zegt:

Het was ook wel heel erg dom van je om zoveel te drinken. Als je dat niet had gedaan, was het misschien wel goed gegaan.

Melissa <3 zegt:

Ja, ik heb er ook wel spijt van, maar het was zó gezellig met Dion en zo!

Heb je trouwens zin om zo meteen even met mij mee te gaan naar het park? Ik hoor de honden beneden piepen. Dat betekent dat ze snel naar buiten moeten en Florine is er niet.

DORIS <3 Sander zegt:

Ja, leuk. Ik heb toch niets te doen. Dan neem ik onze hond ook mee.

Melissa <3 zegt:

Super! Over vijf minuten haal ik je op, oké?

DORIS <3 Sander zegt:

Goed, tot zo. Doei moppie!

23

Terwijl Melissa haar computer afsloot, hoorde ze Castor en Pollux beneden in de keuken steeds harder blaffen. Ze sprong op en rende de trap af. 'Kom maar schatjes, ik vergeet jullie niet, hoor!' riep ze, terwijl ze de keukendeur opengooide. Door het dolle heen stoven de honden haar voorbij, het tuinpad op. Eigenlijk best zielig dat ze nu pas buiten zijn, dacht Melissa, terwijl ze even naar ze bleef staan kijken. Op andere zondagen loop ik altijd al om negen uur met ze in het park…

Toen ze even later de hoek om sloeg van de straat waar Doris woonde, stond haar vriendin plotseling voor haar neus. 'Ha, ben je daar al!' zei Melissa. 'Zullen we naar het stadspark een eindje verderop gaan? Daar is een speciaal veldje voor honden, waar ze niet aan de riem hoeven. Dan kunnen ze even lekker los rennen, dat hebben die van mij wel nodig.'

'Doen we,' antwoordde Doris. Ze stak een dropje in haar mond en bood Melissa er ook een aan.

'Weet je vader eigenlijk al dat je die rol in dat tv-spotje niet hebt gekregen?' vroeg ze toen.

'Nee, hij belt vanavond en dan zal hij er wel naar vragen.'

'Ga je hem dan ook uitleggen hoe het is gekomen?'

'Zeker weten van niet! Dan kan ik meteen Dion bellen om te zeggen dat hij me nooit weer voor Adventure hoeft te vragen.'

'Maar ben je niet bang dat Florine het verraadt?'

'Nee, ze heeft me beloofd dat ze niets zal zeggen.'

'En die agent van je?'

'Die weet gelukkig nergens van.'

'Toch wel jammer dat je nu niet naar Ibiza gaat. Dat was toch wel heel cool geweest.'

'Waar was dat hondenveldje nou ook weer?' zei Melissa even later tegen Doris, toen ze het park in liepen. Ze keek eens goed om zich heen. Was het niet ergens bij dat speeltuintje daar verderop? Met haar ogen half dichtgeknepen tuurde ze tussen de schommels en de glijbanen door, om te kijken of ze daarachter ook honden los zag lopen. Plotseling bleef haar blik steken bij een speelhuisje. Ze schrok. Op het trapje voor de ingang zat niemand minder dan Dion, met Daniëlle op een wipkip tegenover hem!

'Waar zit je nou de hele tijd naar te staren?' vroeg Doris, die op een bankje was gaan zitten om haar veters beter vast te maken. 'Is er iets bijzonders te zien?'

Melissa wees naar het speelhuisje. 'Zie je die jongen en dat meisje daar?' zei ze. 'Dat zijn Dion en Daniëlle van Adventure!'

'Hé, dat is toevallig! Laten we er even naartoe lopen, dan kan ik Dion van dichtbij bestuderen. Ik wil wel eens zien of hij echt zo knap is als jij zegt.'

'Nee, wacht!' zei Melissa, toen Doris aanstalten maakte om op te staan. 'Misschien hebben ze in het geheim wel verkering met elkaar. Ik heb gehoord dat hij bang is dat zijn fans weglopen als ze horen dat hij een vriendin heeft.'

'Hm, wel raar dat hij nu dan probeert om het met jou aan te leggen. Weet je wat ik doe? Ik ga ze bespioneren! Ze kennen mij toch niet. Ga jij maar vast naar het honden-veldje, dat is die kant op.' Doris wees naar een bordje schuin achter Melissa. Daarna sprong ze op en beende met een grimmig gezicht in de richting van de bosjes die om het speeltuintje heen lagen.

'En?' vroeg Melissa gespannen, toen haar vriendin even later weer terug was. 'Hadden ze iets met elkaar of niet? Eerlijk antwoord geven.'

'Volgens mij niet. Toen ik bij het speelhuisje aankwam, zaten ze ruzie te maken. Jammer genoeg kon ik niet goed horen waar het over ging. Dan had ik echt heel dichtbij moeten komen en dat durfde ik nou ook weer niet.'

Vreemd, peinsde Melissa. Waar zou die ruzie over gaan? Misschien heeft het wel te maken met mijn optreden van vrijdagavond en had Dion inderdaad gelijk dat Daniëlle wel eens heel jaloers op mij kon worden. Als dat maar niet betekent dat ik nooit meer voor Adventure wordt gevraagd...

24

Om een uur of negen die avond ging Melissa's mobiele telefoon. Aan het lange nummer op het schermpje zag Melissa meteen dat het haar vader was.

'Ha, die papa!' begroette ze hem enthousiast. 'Fijn dat je belt, ik zat net te bedenken hoe erg ik je mis.'

'Dag lieverd, ik mis jou ook heel erg, hoor! Nog twee weken, dan kom ik weer een aantal dagen naar huis, van zaterdag tot dinsdag, geloof ik. Vertel eens, hoe ging het gisterenochtend met je auditie voor dat tv-spotje?'

'Die is helemaal de mist in gegaan, ik voelde me niet lekker en ik had 's nachts ook niet goed geslapen.'

'Wat jammer! En wat zei Björn ervan? Heeft hij nog geregeld dat je een herkansing krijgt?'

'Nee. Maar dat hoeft voor mij ook niet, hoor! Ik vond die mensen van het reclamebureau helemaal niet zo aardig.'

'Tja, maar die kom je bij de opnames waarschijnlijk helemaal niet meer tegen. Zo'n spotje had je bekendheid wel
heel goed gedaan, en het was natuurlijk een leuke erva-
ring voor je geweest, daar op Ibiza.'

Help! dacht Melissa. Straks gaat papa toch nog aan
Björn vragen of hij die Ron en Eefje wil bellen. Dat moet
ik voorkomen…

'Dat is waar, maar ik ben al weer gevraagd voor een andere tv-reclame,' loog ze dus maar. 'Björn kreeg vrijdagmiddag nog een telefoontje van een of ander deodorantmerk.'

'Aha! Nou ja, "nieuwe ronden, nieuwe kansen" moeten
we dan maar denken. Misschien gaat het je deze keer wel
lukken. Als ik Björn spreek, zal ik zeggen dat hij dat fris-
drankspotje verder maar moet laten zitten. Hoe bevalt je
nieuwe agent je trouwens?'

Voordat Melissa antwoord gaf, slaakte ze inwendig een
diepe zucht van verlichting. Gelukkig, haar vader was
overgestapt naar een ander onderwerp. De kans dat hij te
weten zou komen wat zich het afgelopen weekend in werkelijkheid allemaal had afgespeeld, was nu wel heel klein
geworden.

Toen het gesprek met haar vader vijf minuten later was
afgelopen, had Melissa haar mobieltje nog niet dichtgeklapt, of hij ging al weer af. Deze keer was het Dion, spannend! Met trillende vingers nam ze op.

'Hallo *superwoman*! Hangen er al allemaal fans rond je huis?'

'Eh… nee, af en toe bellen er nog wel wat kinderen aan, maar lang niet zoveel als vlak na de uitzending van *Swingteens*.'

'O, maar ik dacht niet aan *Swingteens* toen ik het over je fans had, hoor! Ik bedoelde Adventure natuurlijk: hebben er nog aanbidders op je stoep gelegen na je optreden van afgelopen vrijdag?'

'O, bedoelde je dat! Eh, nee dus, er heeft zich niemand gemeld.'

'Nou, wie weet gaat dat binnenkort wél gebeuren,' zei Dion met een spannende ondertoon in zijn stem, 'ten-minste…'

'Wat bedoel je?' vroeg Melissa een beetje achterdochtig. Zat Dion haar nou in de maling te nemen of had hij het over iets serieus?

'Daniëlle heeft besloten om Adventure inderdaad te verlaten. Ze stopt er nu meteen mee.'

'Wat raar dat ze jullie niet de kans geeft om eerst een nieuwe zangeres te zoeken!'

'Dat is ook heel vreemd. Maar ja, zo is Daniëlle nou eenmaal, ik had het kunnen weten. Het komt alleen wel heel slecht uit…'

'Hoezo?'

'Vrijdag over een week doen we mee aan een wedstrijd voor bands, en als je die wint, mag je een cd-single uitbrengen. Daar zijn we nu al weken voor aan het repeteren… Heel lullig, we maakten best een goeie kans om te winnen.'

'Maar dan is het toch belachelijk van Daniëlle dat ze juist nu vertrekt? Dat kan ze toch niet maken?' riep Melissa verontwaardigd uit.

'Tja, ik heb er alles aan gedaan om haar op andere gedachten te brengen,' antwoordde Dion een beetje triestig, 'maar ze wilde nergens van horen.'

Daar zaten ze vanochtend natuurlijk over te ruziën in het park! schoot het Melissa ineens te binnen. En ik – slechterik – maar denken dat ze misschien wel verkering met elkaar hadden… 'Als ik jullie kan helpen door Daniëlle te vervangen, dan zeg je het maar,' bood ze meteen aan.

'Nou, graag!' antwoordde Dion meteen. 'Eerlijk gezegd belde ik je daar eigenlijk ook voor. Daarom zei ik net tegen je dat er binnenkort misschien wel allemaal Adventure-fans voor je deur liggen. Kun je morgen meteen uit school al komen repeteren? Dat doen we altijd in de garage bij Niels thuis. Ik sms je het adres wel even.'

'Dat is goed. Maarre… repeteren jullie ook 's avonds?'

'Deze week nog niet, maar volgende week wel. Dan moeten we echt alles op alles zetten.'

'Oké,' zei Melissa aarzelend. 'Ik weet alleen niet of ik dat wel mag.'

'Dan doe je het toch gewoon stiekem? Het is echt hartstikke belangrijk!'

Daar moet ik inderdaad maar iets op verzinnen, dacht Melissa. Zo'n kans als deze kan ik niet laten schieten!

'Nou, schoonheid, dan ga ik nu hangen, want ik moet nog een heleboel andere mensen bellen. Tot morgen bij Niels! O ja, voor die wedstrijd doen we het tweede en het vierde nummer van de cd die je van me hebt gekregen. Dan kun je die alvast instuderen.'

Wow, nu zit ik echt in een band, zwijmelde Melissa, samen met de leukste jongen van de hele stad... Het lijkt wel een droom! Toen ze vijf minuten later op haar kamer haar cd-speler aanzette, gloeiden haar wangen nog steeds.

25

Toen meester Ronald de volgende ochtend de klas binnen kwam lopen, stak Kelly meteen haar vinger op.

'Mag ik vooraan zitten?' vroeg ze. 'Mijn oren zitten een beetje dicht, omdat ik verkouden ben en dan kan ik u niet goed verstaan.'

'Tuurlijk, ga je gang,' bromde meester Ronald.

Flauw hoor, dacht Melissa, terwijl haar vriendin met een triomfantelijk gezicht opstond en haar spullen pakte. Dat doet ze alleen maar om mij te pesten. Ze weet hoe vervelend ik het vind als we ruzie hebben. Zul je zien dat ze in de pauze ook uit mijn buurt blijft… Zo krijg ik weer niet de kans om uit te leggen waarom haar meet & greet afgelopen vrijdag niet doorging.

'Goedemorgen, jongens en meisjes,' begon meester Ronald de les, nadat de schoolbel voor de tweede keer was gegaan. 'We gaan zo meteen eerst een uurtje rekenen en daarna gaan we weer oefenen voor de Cito-toets. Maar eerst nog even iets anders! Zoals sommigen van jullie misschien al weten, staat er binnenkort een interview met Melissa in de *Tina*. Nu leek het de redactie van *Tina* een leuk idee om daar een foto van onze klas bij te plaatsen, omdat wij erbij waren in Ahoy, toen Melissa de finale won.'

Meteen ontstond er een druk geroezemoes in de klas.

'Yes, wat leuk! Wanneer gaat dat gebeuren?' riep Myrthe enthousiast.

'Woensdagmiddag aanstaande.'

'Wow, worden we dan ook opgemaakt?' vroeg Myrthe weer.

Meester Ronald begon te lachen. 'Nee, dat denk ik niet,' antwoordde hij. 'Er zitten dertig kinderen in deze klas. Dat lijkt me een beetje te veel.'

'En Melissa dan? Die zeker wel?' vroeg Nathalie.

'Dat zou me niet verbazen,' antwoordde meester Ronald. 'Er worden vast ook wel wat foto's van haar alleen gemaakt. Zij is tenslotte degene om wie het hele artikel draait.'

'Het lijkt wel alsof we een prinses in de klas hebben,' merkte Kelly plotseling op. 'Straks moeten we nog elke ochtend een buiging voor haar ma…'

'Stop daarmee, Kelly!' snoerde meester Ronald haar de mond. 'Pak onmiddellijk je rekenboek en je schrift, we gaan aan het werk.'

Echt balen dat Kelly zo vervelend tegen mij doet, dacht Melissa. Als de andere kinderen dat nu maar niet van haar overnemen. Er waren er toch zeker vijf of zes die heel erg om haar opmerking moesten lachen…

'Je moet je niks van Kelly aantrekken, hoor!' zei Doris in de middagpauze tegen Melissa, terwijl ze hun boterhammen zaten op te eten in het overblijflokaal. 'Ze is echt heel dom bezig. Ik hoorde net van Sander dat ze de jongens in de kleine pauze heeft opgestookt om scheel te kijken als woensdag de *Tina*-foto wordt gemaakt.'

'Nee hè!' riep Melissa verschrikt uit. 'Ik sta voor gek als ze dat echt gaan doen!'

'Het komt Kelly gewoon goed uit dat jullie ruzie hebben,' merkte Laura plotseling op. 'Ze maakt jou zwart door de hele tijd tegen iedereen te zeggen dat jij kapsones hebt nu je een ster bent, en daardoor hoopt ze zelf populair te worden.'

'Als ik jou was, zou ik haar vriendin niet meer willen zijn,' zei Doris, terwijl ze Melissa doordringend aankeek.

'Ik ook niet!' zei Laura. 'Het is heel gemeen wat ze je aandoet.'

'Tja, jullie hebben misschien wel gelijk,' zei Melissa aarzelend, 'maar ik zou het toch heel erg vinden als ik haar moest missen. We kennen elkaar al heel lang.'

'Zullen Laura en ik anders een keer met Kelly gaan praten?' vroeg Doris. 'Als wij tegen haar zeggen dat ze moet ophouden met haar gestook, dan luistert ze misschien wel.'

'Wacht daar nog maar even mee,' antwoordde Melissa met een zucht. 'Ik vind eigenlijk dat ik dat zelf moet doen.'

26

's Middags uit school fietste Melissa zo snel ze kon naar de garage naast het huis van Niels, waarvan Dion haar het adres had ge-sms't. Tjonge, dit is echt een ideale oefenruimte voor een band, dacht ze, terwijl ze haar fiets tegen een van de muren aan op slot zette. Hij laat geen enkel geluid door! Maar toen ze even later de met allerlei apparatuur volgestouwde ruimte binnenstapte, bleek dat er van repeteren nog helemaal geen sprake was. Zittend op een paar lege bierkratjes, zaten Niels, Fabio en Dion druk met elkaar te discussiëren. Frans was ondertussen bezig een of ander stekkertje te repareren.

'Hé Melissa, goed dat je er bent,' zei Dion, zodra hij Melissa in het oog kreeg. 'We zitten hier nog even na te praten over het vertrek van Daniëlle.'

'Tja, je hebt natuurlijk al van Dion gehoord dat ze zomaar ineens met ons is gekapt,' zei Fabio met een ernstig gezicht, 'anders was je hier nu niet. Fijn dat je ons uit de brand komt helpen met die wedstrijd.'

'En daarna,' vulde Dion aan. 'Want als Daniëlle spijt krijgt van haar beslissing, hoeft ze natuurlijk niet meer terug te komen.'

'Nee, dat lijkt me inderdaad logisch,' zei Fabio. 'Ze heeft ons echt als een baksteen laten vallen. Toch blijf ik het vreemd vinden. Daniëlle voelde zich altijd heel erg betrokken bij Adventure. Vorige week nog is ze in haar eentje zo'n beetje alle jongerencentra van de stad af gefietst om daar flyers van ons neer te leggen.'

'Ik begrijp er ook niets van,' merkte Niels op. 'Sinds gisterenavond heb ik haar al ik weet niet hoe vaak gebeld en ge-sms't, maar ze reageert nergens op. Het lijkt wel alsof ze van de aardbodem is verdwenen!'

'Heb jij haar eigenlijk nog gesproken, Frans?' vroeg Fabio. 'Jij was toch altijd heel dik met haar?'

'Eh, nee, ik heb ook niets meer van haar gehoord,' antwoordde Frans, zonder op te kijken van zijn werkzaamheden.

'Nou ja, hoe dan ook, ik hoef Daniëlle echt nooit meer te zien of te spreken,' zei Dion, 'dat lijkt me duidelijk. Zullen we nu dan beginnen met repeteren? We hebben nog maar tien dagen tot de wedstrijd en dan moeten de nummers die we daar gaan doen er echt per-fect in zitten.' Hij keek veelbetekenend de kring rond, alsof hij duidelijk wilde maken dat dat nog lang niet het geval was.

'Oké,' antwoordde Fabio, 'maar ik stel voor dat we er om kwart voor zes mee stoppen. Mijn moeder wil van-avond graag op tijd eten, omdat ze nog weg moet.'

'Dat zou mij ook heel goed uitkomen,' zei Frans. 'Ik moet mijn broertje nog met zijn wiskundeproefwerk hel-pen.'

'Jeetje, waarom leggen jullie die mensen gewoon niet beter uit waar we mee bezig zijn?' reageerde Dion geïrri-teerd. 'We moeten echt alles op alles zetten de komende tijd, anders kunnen we die cd-single wel vergeten!'
Tjonge, zo ken ik Dion niet, dacht Melissa verbaasd. Ver-velend dat hij nu zo boos doet. Dan is hij ineens helemaal niet meer zo leuk.

'Waar was je toch de hele middag?' vroeg Florine, toen Melissa even na zessen de keuken binnen kwam lopen. 'Ik heb je verschillende keren geprobeerd te bellen, maar je mobiel stond aldoor uit.'

'Klopt, mijn batterij was bijna leeg en toen heb ik hem maar helemaal uitgezet,' antwoordde Melissa, zonder haar au pair aan te kijken. 'Wat eten we trouwens?' Ze liep naar het fornuis en wierp een vluchtige blik in de pannen.

'Aha, ik zie het al, spaghetti bolognese, lekker! Hebben we eigenlijk wel parmezaanse kaas?'

'Ja, ik heb vanmiddag twee nieuwe zakjes ingeslagen,' antwoordde Florine kort. 'Maar nu eerst nog antwoord geven op mijn vraag: waar ben je vanmiddag geweest?'

'O, bij Doris. We hebben morgen een aardrijkskunde-toets en die hebben we samen geleerd.'

'Vreemd. Haar moeder vertelde me om kwart over vier dat Doris inderdaad op haar kamer zat, maar niet samen met jou.'

'Dat kan wel kloppen,' loog Melissa, 'Laura was er ook. Ik kwam pas om half vijf, omdat ik deze week klassen-dienst heb.'

'Is dat echt waar of zit je te liegen?' vroeg Florine streng. 'Daar ben je de laatste tijd namelijk nogal goed in.'

'Pfff, tuurlijk is dat waar! Ik zou echt niet weten waar-om ik iets voor jou zou willen verzwijgen.'

'Nou ja, het zou bijvoorbeeld zo kunnen zijn dat je met die band hebt zitten repeteren voor een volgend optre-den.'

'Je bedoelt Adventure! Nee, natuurlijk heb ik dat niet gedaan,' reageerde Melissa gespeeld verontwaardigd. 'Ik deed afgelopen vrijdagavond toch alleen maar een gast-optreden?'

Florine trok een la open en pakte er een tafellaken uit.

'Oké, dan is het goed,' zei ze toen. 'Björn heeft trouwens ook nog gebeld. Hij komt hier morgenmiddag langs om iets met je te bespreken.'

'Morgenmiddag?! Dat komt me helemaal niet goed uit. Ik heb al met Doris en Laura afgesproken.'

'Tja, als jij iets wilt bereiken als zangeres, dan zul je daar zo af en toe toch iets voor moeten laten,' antwoordde Florine. Ze pakte de pan met pasta van het fornuis.

Wat een belachelijke opmerking, dacht Melissa, maar ze besloot om er niet op te reageren. Het was beter om nu geen ruzie te krijgen. 'Heeft Björn ook nog gezegd wat hij morgen precies wil bespreken?' vroeg ze.

'Nee, het was maar een heel kort gesprek. Ik neem aan dat hij weer wat nieuwe dingen voor je heeft.'

27

'Ga je met Doris en mij mee naar mijn huis om een leuke outfit te bedenken voor morgenmiddag?' vroeg Laura de volgende middag aan Melissa, toen de laatste bel was gegaan.

'Een outfit voor morgenmiddag? Hoezo?' vroeg Melissa afwezig.

'Weet je dat niet meer?' zei Laura verbaasd. 'Dan komen we toch met de hele klas op de foto voor de *Tina*?'

'O ja, stom, dat was ik even helemaal vergeten,' antwoordde Melissa. 'Nee, ik kan jammer genoeg niet, omdat mijn agent zo meteen langskomt. Hij is er al over tien minuten. We moeten mijn agenda weer doornemen.'

Ze pakte haar tas in en liep toen snel naar de gang om haar jas aan te trekken.

'Hé Melissa, je gaat morgen toch wel trakteren, hè?'

klonk plotseling een pesterige stem achter haar. Verbaasd draaide Melissa haar hoofd om en keek recht in het gezicht van Jelle, de vervelendste jongen uit haar klas.

'Hoezo?' vroeg ze korzelig.

'Nou, je hebt wel het een en ander aan ons te danken. Wij hebben je aangemoedigd bij de finale van *Swingteens*, morgen gaan we met je op de foto voor de *Tina* en volgende week moeten we misschien weer ergens anders voor je opdraven.'

'Nou ja, zeg, waar slaat dat nou weer op? Straks ga je me nog vertellen dat ik zonder jullie nooit zangeres had kunnen worden!'

'Misschien niet zo'n beroemde…'

'Pfff, belachelijk, ik luister niet meer naar je!' kapte Melissa het gesprek af. 'Je hebt je zeker door Kelly laten opstoken.' Ze ritste haar jas dicht en beende met een boos gezicht naar de uitgang. Toen ze aan het eind van de gang nog even achteromkeek, zag ze hoe Jelle haar samen met zijn vrienden stond uit te lachen.

Net als op andere dagen kwamen er op het schoolplein weer verschillende kinderen uit de lagere klassen naar haar toe voor een praatje of een handtekening, maar Melissa negeerde ze allemaal. Ze piekerde over het telefoongesprek dat ze gisterenavond laat nog met Dion had gevoerd. In het begin was hij heel aardig geweest en had hij allerlei leuke grapjes gemaakt. Maar toen ze na zo'n tien minuten eindelijk had durven zeggen dat ze twee middagen achter elkaar niet kon komen repeteren, was hij boos geworden. Hij had gezegd dat ze hem en de band in de steek liet en dat hij Daniëlle misschien maar weer terug moest vragen. Aan het eind van het gesprek was hij bijgedraaid, maar ze had moeten beloven dat ze vanaf donderdag geen enkele repetitie meer zou afzeggen.

'Joehoe, Melissa!' hoorde ze ineens roepen. Verbaasd keek ze op. Achter het hek dat het plein omsloot, stond Björn naar haar te zwaaien.

'Ik was wat vroeger dan afgesproken en daarom ben ik je maar even een eindje tegemoet gelopen,' zei hij, toen ze even later samen de straat voor de school overstaken. 'Bovendien komt het eigenlijk wel goed uit dat ik je nu even alleen spreek.'

Help, nu komt het, dacht Melissa. Hij is achter de werkelijke reden van mijn mislukte auditie gekomen en daar wil hij het nu met mij over hebben…

'Ik heb gisterenmiddag een gesprek gehad met die mensen van het reclamebureau van afgelopen zaterdag, en daar ben ik best van geschrokken,' begon Björn ernstig. 'Ze vertelden mij wat de werkelijke reden was van het feit dat de hoofdrol in dat tv-spotje aan je neus voorbijging. Je was inderdaad veel te moe om goed te kunnen presteren, maar niet omdat je ziek was, zoals je aan mij had verteld. De avond ervoor was je laat naar bed gegaan, omdat je eerst nog had opgetreden met een band...'

'Sorry,' antwoordde Melissa zachtjes, 'maar ik mocht een gastoptreden bij ze doen. Die kans kon ik niet laten schieten.'

'Ja, dat snap ik op zich nog wel,' antwoordde Björn, 'maar toen ben je meteen ook maar aan de breezers gegaan en dat had natuurlijk niet gehoeven!'

Dat heeft hij van Florine, schoot ineens door Melissa heen. Wat flauw dat ze me heeft verraden!

'Klopt,' antwoordde ze schuldbewust, 'maar daar heb ik heel veel spijt van. Ik wist niet dat ik er zo snel beroerd van zou worden.'

'Tja, zo werkt dat spul,' zei Björn met een zucht. 'Het had alleen niet zo hoeven lopen, als je gewoon naar je vader had geluisterd. Hij vond het vanaf het begin niet goed dat je bij die band ging.'

'Dat weet ik, maar ik vind Adventure nou eenmaal hartstikke leuk!' riep Melissa uit, terwijl er tranen in haar ogen sprongen. 'Ik sta veel liever op een podium te zingen, dan dat ik een tv-spotje doe.' Terwijl ze dat zei, besefte ze ineens dat ze Adventure niet meer alleen leuk vond vanwege Dion, maar ook omdat ze het supergaaf vond om samen met anderen muziek te maken.

'Ik begrijp heel goed dat je die band leuk vindt,' zei Björn. 'Je hebt het plezier in zingen gewoon in je bloed zitten. Maar eigenlijk ben je er nu nog wat te jong voor. Als je een optreden hebt, wordt het vaak laat, en er wordt meestal flink wat drank gebruikt. En verder kost het natuurlijk heel veel tijd, omdat je vaak moet repeteren. Dat gaat niet, als jij later een beroemde zangeres wilt worden. Natuurlijk kun je best wel eens hier en daar optreden en af en toe iets extra's doen, zoals een tv-spotje. Maar daarnaast moet je ook veel tijd gaan stoppen in zanglessen en veel met je stem oefenen.'

Misschien heeft Björn wel gelijk, dacht Melissa. Maar stel dat ik inderdaad zou willen stoppen met Adventure, dan kan ik het niet maken om dat nu te doen. Ze vinden nooit op tijd een nieuwe zangeres voor de wedstrijd. Dat betekent dat papa er niet achter mag komen dat ik te veel breezers heb gedronken, want dan mag ik voorlopig de deur niet meer uit.

'Ga je ook aan mijn vader vertellen wat je nu allemaal over mij te weten bent gekomen?' vroeg ze aan Björn.

'Zou je dat vervelend vinden?'

'Ja, hij denkt erover na om mij na de zomer naar een internaat te sturen. Als hij over die breezers hoort, wordt de kans dat het echt gaat gebeuren alleen maar groter.'

'Hmm, een internaat lijkt me niet goed voor je zangcarrière, maar ik houd er ook niet van om te liegen. Nou ja, misschien komt die mislukte auditie niet eens meer ter sprake als ik hem aan het eind van de week bel.'

Inmiddels waren ze bij Melissa's huis aangekomen. 'Zo, dan gaan we het nu weer over leuke dingen hebben, goed?' zei Björn, terwijl hij het tuinhek openduwde en Melissa voor liet gaan. 'Ik kreeg een paar leuke aanbiedingen voor je binnen via de redactie van *Swingteens* en die wil ik even met je doornemen.'

28

De volgende ochtend kwamen alle meisjes uit Melissa's klas in een hippe outfit naar school en een heleboel jongens hadden gel in hun haar. Allemaal wilden ze er cool uitzien voor de *Tina*-foto, die 's middags zou worden gemaakt.

'Tjonge, wat zien jullie er allemaal prachtig uit,' zei meester Ronald bewonderend, toen hij de klas binnenkwam en achter zijn bureau ging zitten. 'Als jullie foto eenmaal in de *Tina* heeft gestaan, worden jullie misschien wel de beroemdste klas van Nederland!'

Nadat het de hele ochtend rumoerig was geweest in de klas, stopte precies om één uur een knalrode auto even voorbij de ingang van de school. In een mum van tijd stond iedereen voor het raam te kijken of het de redacteur van *Tina* was, die uitstapte. En inderdaad, nog geen twee minuten later kwam een vriendelijke jonge vrouw de klas binnenwandelen.

'Is dit groep acht met Melissa van Moorsel?' vroeg ze.

'Jaaaa!' riep de hele klas in koor.

'Aha, dan zit ik goed,' zei ze lachend. 'Ik ben Esther Jansen van de *Tina* en ik ga jullie op de foto zetten. Maar voordat we daarmee beginnen, moeten we nog heel even wachten op jullie meester. Hij is naar de kantine om een kop koffie voor mij te halen.' Esther pakte haar fototoestel uit haar tas en ging toen op het bureau van meester Ronald zitten. 'Wie van jullie is nou Melissa?' vroeg ze, terwijl ze de klas rondkeek.

'Die zit hier!' riep Doris trots, terwijl ze haar vriendin aanwees.

'Ik herken je inderdaad van de tv-uitzending van *Swingteens*,' zei de vrouw. 'Tjonge, je klasgenoten vinden het zeker wel heel speciaal om met zo'n grote ster als jij in de klas te zitten?'

'Yeah!!' riep iedereen weer. Iedereen, behalve… Kelly en Jelle. Vlak nadat Esther uitgesproken was, had Melissa nog net vanuit haar ooghoeken gezien dat de twee met een vals lachje op hun gezicht stiekem naar elkaar zaten te knipogen. Die waren zo meteen iets van plan, dat was wel duidelijk…

'Ik stel voor dat we de foto in de gymzaal gaan maken,'

zei meester Ronald even later, toen Esther had gevraagd op welke plek dat het beste kon gebeuren. 'Daar kunnen we een soort tribune maken, door een aantal banken op elkaar te stapelen.'

'Goed idee, meester Ronald!' riep Sander. 'Mogen de jongens dat doen? De meiden hebben allemaal veel te mooie kleren aan.'

'Dat is goed,' antwoordde meester Ronald lachend. 'Ik wil geen gescheurde jurken en afgebroken hakken op mijn geweten hebben!'

Het was nog een heel gedoe om de juiste opstelling te maken, maar op een gegeven moment was iedereen tevreden.

'Zijn jullie er klaar voor?' vroeg Esther. 'Ik tel tot drie en dan moeten jullie allemaal tegelijk *"cheese"* zeggen, dan staat iedereen lachend op de foto.' Ze wachtte nog heel even en begon toen af te tellen. 'Een… twee… '

'IIIIIIIIIIIIEEEE!!!!' Plotseling snerpte een angstige kreet door de zaal.

Esther liet haar fototoestel direct zakken. 'Wat is er aan de hand?!' vroeg ze verschrikt. 'Is er misschien iemand flauwgevallen?'

'Nee, er liep een muis tussen de banken door!!' gilde Nathalie. In een mum van tijd was het een chaos. Sommige kinderen gingen onmiddellijk boven op de hoogste bank staan, andere renden keihard weg in de richting van de uitgang of stortten zich juist enthousiast op de vloer om de muis te zoeken.

'Voorzichtig!' riep meester Ronald naar de kinderen die niet waren weggerend. 'Zo meteen gebeuren er nog ongelukken, die banken staan helemaal niet stevig. Als jullie nou rustig een voor een naar de zijkant van de zaal lopen, dan vang ik die muis. Hugo, haal jij gauw een doosje bij de conciërge, waar we hem in kunnen doen?'

Het was een grappig gezicht om meester Ronald tussen de banken door te zien kruipen. 'Kunt u er misschien een foto van maken?' vroeg Doris giechelend aan Esther. 'Dan vragen we de conciërge of hij hem in de volgende schoolkrant wil zetten, met een prijsvraag erbij: "Bij wie hoort dit achterwerk?"'

'Doe ik,' antwoordde Esther glimlachend. Ze wachtte even op het juiste moment en knipte toen af…

'Ja, ik zie hem!' kwam even later later de opgewonden stem van meester Ronald ergens tussen de stapel banken vandaan. 'Het is een witte muis met rode oogjes.'

Melissa schrok. Dan is het een albino, een tamme muis, dacht ze. Iemand heeft hem dus met opzet losgelaten om de fotosessie te verpesten. Wat gemeen om daar een dier voor te gebruiken. Als iemand per ongeluk op hem was gaan staan, had hij wel dood kunnen zijn. Ik kan me bijna niet voorstellen dat Kelly achter deze actie zit… Maar als het wel zo is, weet ik niet of ik het haar wel kan vergeven!

Het duurde nog minstens een halfuur voordat iedereen weer helemaal naar wens stond opgesteld. Eindelijk kon de klassenfoto dan toch nog worden gemaakt…

29

De volgende ochtend stelde meester Ronald voor om de schooldag te beginnen met een kringgesprek. Toen iedereen zat, pakte hij een doorzichtige plastic bak van de boekenkast en zette hem op een tafeltje midden in de kring. Even later kwam er uit de laag zaagsel op de bodem een slaperig, roze snuitje tevoorschijn en keken twee rode kraaloogjes verbaasd om zich heen.

'Wat schattig!' klonk het van minstens vijf verschillende kanten.

'Hier is onze onbekende gast, die de fotosessie van gisteren bijna in het honderd had laten lopen,' zei meester Ronald. 'Toen jullie weg waren, heb ik maar gauw wat zaagsel en muizenvoer voor hem gekocht, omdat hij anders de nacht met een lege maag in een koude, kale bak had moeten doorbrengen.'

'Wat lief van u, meester Ronald!' riep Laura. 'Maar wat gaat er nou verder met hem gebeuren?'

'Daar gaan we het nu over hebben,' antwoordde meester Ronald. Hij stond op, pakte de muis uit de bak en liet hem over zijn arm lopen. 'Toen ik deze lieverd gisteren gevangen had,' zei hij toen, 'heb ik niet meteen gevraagd of iemand van jullie hem soms met opzet in de gymzaal had losgelaten. Dat vond ik niet leuk voor Melissa, omdat zij daarna nog een interview moest doen.'

'Waarom denkt u dat het misschien wel met opzet is gedaan?' vroeg Jelle brutaal. 'Wij hebben ook wel eens een muis in onze kelder en die stoppen we er echt niet zelf in!'

'Hou je mond, Jelle, ik ben nu aan het woord!' wees meester Ronald hem terecht.

Voordat hij verder praatte, keek hij met priemende ogen de klas rond. 'Als er iemand in deze klas is, die weet hoe dit muisje gisteren in de gymzaal is beland, dan wil ik dat heel graag nu horen,' zei hij toen langzaam.

Het was doodstil geworden in de klas, je kon een speld horen vallen.

'Niemand?' vroeg meester Ronald na een tijdje. 'Dan ga ik onze vriend nu zijn vrijheid teruggeven. Ik breng hem naar het grasveldje naast de school en daar laat ik hem los.' Hij stopte de muis weer in de bak en liep er toen mee naar de deur. 'Myrthe, doe jij de deur even voor mij open?' vroeg hij.

'Meester Ronald, niet doen!' riep Kelly plotseling door de klas. 'Die muis is van mijn…' Midden in haar zin hield ze plotseling haar woorden in en sloeg toen haar hand voor haar mond.

'Aha, ik geloof dat we de dader op het spoor zijn,' zei meester Ronald. 'Kelly, ik wil jou graag tussen de middag even spreken. Goed, we gaan beginnen met rekenen.'

Toen Melissa na de middagpauze de klas in liep, zat Kelly er al, gewoon weer op de plaats waar ze altijd zat. Met een behuild gezicht staarde ze somber voor zich uit. Ze had vast flink op haar kop gekregen van meester Ronald.

'Wil je na schooltijd nog even nablijven?' hoorde Melissa de stem van meester Ronald plotseling achter haar. Ze draaide zich meteen naar hem om. 'Zei u dat tegen mij?' vroeg ze.

'Klopt. Ik wil graag dat je nog even met Kelly gaat napraten over wat er gisteren in de gymzaal is gebeurd.'

Help, nu kom ik te laat op de repetitie voor Adventure, dacht Melissa. Dat zal Dion helemáál niet leuk vinden. Ik had hem beloofd dat ik niet meer te laat zou komen…

'Nou dames, dan laat ik jullie nu een tijdje alleen,' zei meester Ronald twee uur later tegen Kelly en Melissa, die met zijn tweeën in het klaslokaal waren achtergebleven. 'Als er iets is, kunnen jullie me vinden in de lerarenkamer.'

Nadat hij de deur achter zich had dichtgedaan, draaide Kelly eerst een paar keer nerveus heen en weer op haar stoel.

'Ik ben degene die gisteren die muis in de gymzaal heeft losgelaten,' zei ze toen zachtjes, 'en daar heb ik nu spijt van.'

'Tja, daar ben je dan wel een beetje laat mee,' antwoordde Melissa. 'Door dat gedoe met die muis liep de fotosessie heel erg uit, en daardoor duurde het interview veel korter dan eigenlijk de bedoeling was. Ik moet nu nog een heleboel vragen via e-mail beantwoorden. Waarom heb je het eigenlijk gedaan?'

'Ik was heel boos op je, omdat je die meet & greet met Adventure op het laatste moment had afgezegd. Ik had iedereen erover verteld en toen moest ik opeens gaan zeggen dat het niet doorging. Dat vond ik heel rot.'

'En toen wilde je wraak nemen op mij.'

'Klopt…'

'Alle kinderen uit de klas vonden het stom wat je hebt gedaan, behalve die vervelende Jelle en zijn vriendjes. Het is heel zielig voor een muis als hij zomaar midden in een groep mensen wordt losgelaten.'

Kelly reageerde niet. Met gebogen hoofd staarde ze naar de neuzen van haar schoenen.

'Hoe kwam je eigenlijk aan die muis?' ging Melissa verder. 'Jij mag toch geen huisdieren van je ouders?'

'Het was de muis van onze buren. Ze zijn nu een week op vakantie en hadden mij gevraagd of ik zolang op hem wilde passen.'

'Nou, dan zou ik maar niet aan ze gaan vertellen wat je dat diertje hebt aangedaan. Dan vertrouwen ze je nooit meer!'

Kelly barstte in snikken uit. 'Hou op!' riep ze. 'Ik vind het echt heel erg wat er is gebeurd. Ik deed het alleen maar omdat ik hoopte dat iedereen mij dan heel cool zou vinden. Ik wil ook graag populair zijn, net als jij!'

Toen Melissa dat hoorde, kreeg ze plotseling medelijden met haar vriendin. Natuurlijk is het niet leuk als je beste vriendin alsmaar in de spotlights staat en jijzelf niet. Al die weken waarin Melissa met *Swingteens* bezig was geweest, had Kelly van 's ochtends vroeg tot 's avonds laat haar verhalen aangehoord en daar had ze nooit over geklaagd. In plaats daarvan had ze haar vriendin juist aldoor complimentjes gegeven en had ze altijd geprobeerd haar te helpen als ze weer eens in een dip zat. Toen eerst het *Tina*-interview, en later de meet & greet met Adventure aan haar neus voorbijgingen, moest het haar ineens allemaal te veel zijn geworden.

'Sorry, ik begrijp nu pas dat het helemaal niet leuk voor je is dat ik aldoor maar aandacht krijg en jij niet,' zei Melissa zachtjes. 'De volgende keer dat ik weer iets leuks heb, zal ik echt heel erg mijn best doen om ervoor te zorgen dat je dan wel mee kunt gaan.'

'Wil je dan nog wel met mij omgaan, na alles wat er gebeurd is?'

'Ja, tuurlijk! Jij bent mijn allerbeste vriendin en dat zul je ook altijd blijven.'

'Maar Doris en Laura zouden nooit een muis hebben losgelaten in de gymzaal. Zij zijn eigenlijk veel betere vriendinnen voor jou.'

'Maar zij hebben mijn moeder nooit gekend en jij wel. Alleen al daarom wil ik je nooit meer kwijt!'

30

Het was al na vieren, toen Melissa helemaal buiten adem bij de garage van Niels aankwam. Zo te horen was de repetitie al een tijdje aan de gang. Snel zette ze haar fiets op slot en liep toen op een holletje naar de ingang. Met knikkende knieën stapte ze even later de oefenruimte binnen. Zodra Dion haar zag, gaf hij een seintje aan de rest van de band, waarna de muziek meteen stopte. 'Sorry dat ik te laat ben,' zei Melissa schuchter, 'maar ik kan er niets aan doen. Ik moest nablijven.'

'Flauwekul,' zei Dion boos. 'We hadden afgesproken dat jij hier vanmiddag om halfvier zou zijn. Je lijkt Fabio wel, die was ook weer eens te laat. Ik begin er zo langzamerhand genoeg van te krijgen dat we nooit eens met zijn allen op tijd kunnen beginnen. Zo gaan wij die wedstrijd niet winnen!'

Toen Frans en Niels een beetje lacherig reageerden, werd Dion plotseling woedend. Hij zette zijn gitaar met een keiharde klap op de grond, draaide zich om naar het keyboard van Frans en rukte er een paar stekkers uit. Daarna liep hij naar het drumstel van Fabio en schopte zijn krukje omver.

Help, dit gaat mis! dacht Melissa geschrokken. Straks breekt hij de hele garage af! Iemand moet hem tegenhouden, maar wie?

Gelukkig greep Niels op hetzelfde moment in. 'Ben je helemaal gek geworden?' zei hij tegen Dion, terwijl hij hem stevig bij zijn arm greep. 'Als je zo doorgaat, kunnen we maar beter helemaal stoppen met Adventure!'

'Pff, hoe durf je mij aan te raken,' reageerde Dion beledigd. Hij worstelde zich los, greep zijn jas en beende met grote passen naar de deur. 'Jullie bekijken het maar, ik doe voor vandaag niet meer mee!' schreeuwde hij over zijn schouder. Daarna liep hij naar buiten en smeet de deur met een luide knal achter zich dicht.

Secondenlang keken de overgebleven bandleden van Adventure elkaar verbijsterd aan. Toen kwamen ze een voor een in beweging om te kijken hoe groot de schade was.

'Tjonge, ik wist dat Dion snel kwaad wordt, maar ik had nooit verwacht dat hij aan onze spullen zou komen,' zei Fabio, terwijl hij zijn krukje van alle kanten bekeek.

'Is het nog heel?' vroeg Melissa.

'Ja, volgens mij wel, ik zie niets bijzonders.'

'Mijn stekkers zijn gelukkig ook niet beschadigd,' zei Frans, nadat hij even een riedeltje op zijn keyboard had gespeeld. 'Alles werkt nog net als altijd.'

'Waarom zou Dion nou zo kwaad zijn geworden?' vroeg Melissa, terwijl ze de kring rondkeek.

'Geen idee,' zei Fabio. 'Het is gewoon een heel opvliegend mannetje.'

'Dat denk ik ook,' zei Niels. 'Hij heeft wel vaker een uitbarsting.'

'Maar niet zo erg als deze keer,' zei Frans, 'en ik denk dat ik weet hoe dat komt...'

Hij trok een paar campingstoeltjes uit een stelling en klapte ze uit. 'Ik heb jullie iets te vertellen,' zei hij, met een geheimzinnige ondertoon in zijn stem. 'Ga zitten.'

Nieuwsgierig keken de overige bandleden elkaar aan.

Zou het iets met Daniëlle te maken hebben? vroeg Melissa zich af. Frans is tenslotte degene van Adventure die haar het beste kent...

'Dion heeft een geheim voor ons,' zei Frans toen iedereen zat, 'en hij is doodsbang dat wij erachter komen wat dat precies inhoudt. Daarom is hij de laatste dagen steeds zo opgefokt.'

'Een geheim?! Wat dan?' vroeg Niels. 'Vertel snel verder!'

'Toen Dion ons afgelopen zaterdagavond kwam vertellen dat Daniëlle met Adventure ging stoppen,' zei Frans, 'was ik net als jullie heel verbaasd. Ik begreep er echt niets van, ze was juist hartstikke betrokken bij de band.'

'Klopt,' zei Fabio. 'Als er iemand was die altijd wilde repeteren, dan was zij het wel, nog meer dan Dion.'

Hoor ik dat goed? dacht Melissa. Dion vertelde toch dat ze daar juist zo'n hekel aan had? En was het ook niet de reden dat ze erover dacht om met Adventure te stoppen?

'De volgende ochtend besloot ik meteen bij haar langs te gaan, om te vragen wat er nou precies aan de hand was,' ging Frans verder. 'Nadat ik had aangebeld, deed haar moeder de deur open. Toen ik naar Daniëlle vroeg, kreeg ik te horen dat ze het heel druk had met haar huiswerk en beslist niet gestoord wilde worden. In de dagen daarna heb ik tientallen keren geprobeerd om met haar in contact te komen, maar dat lukte steeds niet. Tot gisterenavond. Ik wist dat ze op woensdagavond altijd naar ballet gaat en dus wachtte ik haar na afloop op. Toen ze me zag, deed ze heel vreemd, net alsof ze nooit meer iets met me te maken wilde hebben.'

'Wat zeg je me nou?!' zei Niels verbaasd. 'Ik dacht eerlijk gezegd dat ze verliefd op je was!'

De wangen van Frans kleurden plotseling helemaal rood. 'Echt?' vroeg hij. 'Hmm…'

'Vertel nou verder,' drong Fabio aan. 'Je bent nog niet klaar met je verhaal.'

'Oké. Nadat we eerst een tijdje over school en zo hadden gepraat, vroeg ik haar waarom ze niet meer bij ons wilde zingen. Eerst draaide ze er een tijdje omheen, maar toen ik aandrong, vertelde ze dat Dion had gezegd dat wij haar allemaal niet meer wilden. We vonden haar zogenaamd niet goed genoeg om aan de wedstrijd mee te doen, maar dat durfden we niet tegen haar te zeggen…'

'Wat een minkukel is die Dion toch!' riep Fabio uit. 'Maar waarom wilde hij haar dan ineens niet meer? Ik heb nooit gemerkt dat hij een hekel aan haar had.'

'De werkelijke reden heeft hij niet aan Daniëlle verteld, maar ik denk dat die niet zo moeilijk te raden is. Weet je nog dat we anderhalve week geleden met zijn allen naar de finale van *Swingteens* zaten te kijken op tv? Toen Dion Melissa had horen zingen, was hij dolenthousiast over haar.'

Frans keek Melissa recht aan. 'En terecht!' zei hij. 'Je zong de sterren van de hemel.'

'Dank je!' mompelde Melissa verlegen.

'Toen Dion erachter kwam dat ze in dezelfde stad woont als wij, moet dat hem op een idee hebben gebracht,' ging Frans verder. 'Jullie weten hoe graag hij die wedstrijd volgende week vrijdag wil winnen. Hij heeft er echt alles voor over om die cd-single te mogen maken. Als hij Melissa zou kunnen strikken om bij Adventure te komen zingen, zou de kans daarop ineens een stuk groter worden. Want laten we eerlijk zijn: Daniëlle is hartstikke lief en ze kan best leuk zingen, maar ze haalt het niet bij Melissa.'

Het begon te gonzen in Melissa's hoofd. Dion had dus ook tegen haar gelogen. Die zoenen en verliefde blikken van hem waren allemaal nep geweest. Dat had hij alleen maar gedaan als lokkertje, omdat hij met een goeie zangeres in zijn band meer kans had om die wedstrijd te winnen. Die woedeaanval van daarnet ging al te ver, maar dit was echt het toppunt... Ze moest stoppen met hem leuk te vinden, dat was wel duidelijk.

Het was stil geworden in de garage. Kennelijk had iedereen even tijd nodig om het verhaal van Frans te verwerken.

Niels begon als eerste weer te praten.

'Wat mij betreft mag Dion vertrekken,' zei hij, terwijl hij de kring rondkeek. 'Ik vind het niet alleen heel erg wat hij Daniëlle heeft aangedaan, maar ook dat hij tegen ons allemaal heeft lopen liegen. Zonder hem kunnen we ook best aan de wedstrijd meedoen, toch?'

'Helemaal mee eens,' reageerden Frans en Niels in koor. Melissa gaf alleen een kort knikje. Ze wist niet zeker of ze mocht meebeslissen, omdat ze nog maar zo kort bij Adventure zat.

'Misschien is het goed als een van ons straks naar Dion toe gaat om te vertellen dat hij vanaf nu niet meer welkom is bij de band,' merkte Fabio op.

'Dat wil ik wel doen,' reageerde Frans meteen. 'Ik ben tenslotte degene van ons die het langst bij Adventure zit.'

'Dan gaan Niels en ik wel achter een nieuwe gitarist aan,' zei Fabio. 'Heb je trouwens ook met Daniëlle besproken waarom Dion haar volgens jou uit de band heeft gezet?'

'Ja, ze was er helemaal stil van. Ze kon zich gewoon niet voorstellen dat Dion zo gemeen tegen haar had kunnen zijn.'

'Ik vind eigenlijk dat jullie haar weer terug moeten vragen,' merkte Melissa ineens op.

'Wat aardig van je om dat te zeggen, Melissa!' zei Frans. 'Ik ben het met je eens en ik denk dat Niels en Fabio daar ook zo over denken. Maar als ze ook echt weer bij ons komt zingen, betekent dat niet automatisch dat jij dan weg moet, hoor! De meeste van onze nummers kunnen heel goed door twee zangeressen worden gezongen. Denk er maar even over na wat je graag wilt. Als we het morgen weten, is dat vroeg genoeg!'

31

Die avond schoof Melissa stilletjes aan tafel aan. Het verhaal van Frans over Dion bleef maar door haar hoofd spoken. Hoe had ze zich toch ooit zo in hem kunnen vergissen? Zo boos als ze zich vanmiddag voelde toen ze het net had gehoord, zo verdrietig voelde ze zich nu.

'Gaat het wel goed met je?' vroeg Florine, toen Melissa's bord na vijf minuten nog steeds vol was. 'Je eet helemaal niet.'

'Ja hoor, niks aan de hand…'

'Maak je je misschien ergens zorgen over?'

'Nee, niet echt… Nou ja, een beetje over de Cito-toets, die begint over anderhalve week.'

Florine veerde op. 'Dat kan ik me goed voorstellen,' zei ze meelevend. 'Zal ik anders een paar oefen-cd-roms voor je bestellen via internet? Daar heb ik laatst iets over gelezen, dan kun je een beetje wennen aan de manier waarop de vragen worden gesteld.'

'Ach, we oefenen ook al op school, laat maar…'

Een binnenkomend sms'je maakte plotseling een eind aan Melissa's gepieker. Nieuwsgierig klapte ze haar mobieltje open.

Kom je zo even naar buiten? las ze. **Ik moet iets met je bespreken, xxx Dion.**

Jeetje, Dion was hier vlakbij! Misschien had hij wel spijt van zijn leugens en wilde hij zijn excuses aanbieden… Zo snel ze kon schraapte Melissa haar bord leeg en sprong op van tafel.

'Wat heb jij ineens haast!' merkte Florine verbaasd op.

'Eh, ja, Doris sms'te me dat ik een boek bij haar heb laten liggen en dat wil ik vanavond nog lezen. Als jij de keuken opruimt, zet ik straks de vuilniszakken buiten en laat ik de honden uit, goed?'

Voordat Florine antwoord kon geven, was Melissa al naar de gang verdwenen om haar jas aan te trekken. 'Ik ben zo terug!' riep ze nog snel over haar schouder, voordat ze de deur achter zich dichttrok.

Terwijl Melissa het tuinpad af liep, zag ze Dion achter het hek staan wachten, diep weggedoken in zijn winterjas. 'Wat is er?' vroeg ze, zodra ze de tuin uit was.

'Zullen we even een eindje gaan lopen?' vroeg Dion. 'Je

overburen staan de hele tijd vanachter de gordijnen naar me te loeren. Ze denken vast dat ik een inbreker ben.'

'Dat is goed,' antwoordde Melissa. 'Dan ziet mijn au pair ons ook niet. Ik had tegen haar gezegd dat ik even naar een vriendin moest om iets op te halen.'

Zwijgend liepen ze naast elkaar naar het eind van de straat. Pas toen ze de hoek om waren, begon Dion weer te praten. 'Frans is zojuist bij me geweest,' begon hij. 'Ik ben uit Adventure gezet. Wist je dat al?'

'Ja, ik was erbij toen dat besloten werd.'

'Aha, dan weet je dus ook wat er allemaal gebeurd is…'

Terwijl Melissa knikte, staarde Dion haar nadenkend aan. 'Ik heb er heel veel spijt van dat ik tegen je gelogen heb over Daniëlle en zo,' zei hij na een tijdje. 'Ik vind je namelijk een heel leuk meisje. Maar hopelijk kan ik het goedmaken. Ik ben bezig een nieuwe band op te richten en ik zou het heel tof vinden als jij de zangeres wilt worden. Ik heb al een drummer.'

Melissa aarzelde even voordat ze antwoord gaf. Meende hij nou wat hij zei over dat hij spijt had en dat ze zo leuk was, of zei hij dat alleen maar omdat hij een goeie zangeres nodig had voor zijn nieuwe band?

'Ik moet er nog heel even over nadenken,' zei ze dus maar. 'Ik weet niet zeker of ik wel van thuis mag.'

'Dat is goed,' antwoordde Dion, 'maar ik moet het wel

uiterlijk morgen weten. Ik wil de nieuwe band namelijk aanmelden voor de wedstrijd van volgende week vrijdag en dat betekent dat we van tevoren nog stevig moeten repeteren.'

32

Wat nu? vroeg Melissa zich vertwijfeld af, toen ze weer binnen was. Kan ik Dion vertrouwen en zal ik bij zijn nieuwe band gaan zingen, of is het beter om dat niet te doen en bij Adventure te blijven? Ik ga het zo meteen aan mijn vriendinnen vragen op MSN. Die weten vast wel raad.

Toen Melissa een halfuurtje later klaar was met haar klusjes, ging ze naar haar kamer en startte haar computer op. Yes, de hele vriendinnenclub was online!

Melissa <3 zegt:
Hallo girls, ik heb jullie hulp nodig!
DORIS <3 Sander zegt:
Gaat het soms over Dion en heb je versiertrucs nodig?
Melissa <3 zegt:

Nee, was dat maar waar. Dion is uit Adventure gezet en hij heeft gevraagd of ik bij zijn nieuwe band wil komen zingen.

Glamourous Lautje zegt:

Maar waarom wilden ze hem dan niet meer?

Melissa <3 zegt:

Hij had Daniëlle, de vorige zangeres, in het geheim gedwongen om weg te gaan, zodat ik erbij kon komen. Ik kan beter zingen dan zij en we hebben natuurlijk binnenkort die wedstrijd, waar ik jullie over vertelde.

Kelly ☺ Yeah ik ga naar de middelbare! zegt:

Wat een gemenerik is die Dion! Je moet helemaal niet bij zijn nieuwe band gaan, hij gebruikt je alleen maar! ☹☹

Melissa <3 zegt:

Ja, maar voordat hij me vroeg, heeft hij wel zijn excuses aangeboden. Hij zei dat hij er heel veel spijt van had dat hij tegen me had gelogen…

DORIS <3 Sander zegt:

Hm. Gaat hij eigenlijk ook aan die wedstrijd meedoen met zijn nieuwe band?

Melissa <3 zegt:

Ja, daar had hij het wel over…

DORIS <3 Sander zegt:

Dan zegt hij alleen maar dat hij spijt heeft, omdat hij de hoofdprijs wil winnen. De kans dat hem dat gaat lukken is heel groot als jij bij hem komt zingen. Door *Swingteens* weet hij gewoon hoe goed jij bent.

Glamourous Lautje zegt:

Helemaal mee eens. Jammer voor jou, maar hij bedriegt je alweer! 😐😐😐

Melissa <3 zegt:

Maar hij zei ook nog dat hij me heel leuk vindt…

DORIS <3 Sander zegt:

Als ik jou was zou ik eerst maar eens gaan uitzoeken of Dion echt te vertrouwen is, voordat je voor hem kiest. Anders krijg je straks spijt dat je Adventure voor hem hebt verlaten. Je vond die jongens toch heel aardig?

Melissa <3 zegt:

Ja, dat is waar.

Kelly ☺ Yeah ik ga naar de middelbare! zegt:

En ze zijn ook nog eens hartstikke beroemd!! ☺☺☺

Melissa <3 zegt:

Maar hoe kom ik erachter of Dion te vertrouwen is? Help me, girls!!

Glamourous Lautje zegt:

Ik weet het!! Je moet een test met hem doen!

Melissa <3 zegt:

Hoe dan?

Glamourous Lautje zegt:

Je moet tegen hem zeggen dat je NIET bij zijn band gaat,

omdat je al eerder aan Adventure had beloofd dat je daar zou komen. Als hij dan verdrietig wordt, vindt hij je echt leuk en klopt het dat hij spijt heeft van zijn leugens. En als hij boos wordt, wil hij je alleen maar gebruiken.

Kelly ☺ Yeah ik ga naar de middelbare! zegt:
Jeetje, wat ben jij slim, zeg!

DORIS <3 Sander zegt:
Ik vind het ook een supergoed plan. Melis, dit moet je doen!

Melissa <3 zegt:
Oké, dan ga ik hem meteen bellen, want morgen durf ik het vast niet meer!

Kelly ☺ Yeah ik ga naar de middelbare! zegt:
Je komt straks toch nog wel even terug op MSN om te vertellen hoe het ging?

Melissa <3 zegt:
Misschien. En anders horen jullie het morgen op school, oké? Nou, doei!!

33

Nadat Melissa eerst had gecontroleerd of Florine in de woonkamer tv zat te kijken, ging ze snel terug naar haar kamer. Ze pakte haar mobieltje en toetste met trillende vingers Dions nummer in...

'Ha die Melissa!' tetterde Dion even later opgewekt in Melissa's oor. 'Jij gaat mij vanavond blij maken, ik voel het!'

'Eh… dat weet ik niet zeker,' antwoordde Melissa. Ze haalde even diep adem, voordat ze verderging. 'Ik heb namelijk besloten dat ik niet in jouw nieuwe band kom zingen. Ik blijf bij het oude Adventure.'

Dion's stem veranderde op slag van toon. 'Hoezo?' vroeg hij kort.

'Nog voordat jij bij de band weg was, had ik al beloofd dat ik erbij zou komen. Ik vind dat ik het niet kan maken om nu meteen al weer weg te gaan. Volgende week is die wedstrijd.'

Hierna bleef het een tijdje stil.

'O, en zij kunnen het wel maken om mij zomaar weg te sturen?' zei Dion toen. 'Je moet je helemaal niets van die lui aantrekken, jij bent veel te goed voor ze. Bovendien hebben ze je niet eens nodig. Ik hoorde zojuist via via dat Daniëlle terugkomt.'

Jeetje, wat is dit toch moeilijk! dacht Melissa. Dion doet niet boos, maar hij is ook niet bepaald verdrietig. Ik weet nog steeds niet wat hij nou echt voor mij voelt. Nog maar even volhouden dat ik bij Adventure blijf...

'Tja, eens beloofd, is voor altijd beloofd,' zei ze dus maar.

'Meen je dat?' vroeg Dion.

Nee, natuurlijk niet! wilde Melissa uitroepen. Ik vind je hartstikke leuk, heb je dat nou nog steeds niet door?!

Maar daar kreeg ze de kans niet voor. 'Je bent echt knetter!' brieste Dion plotseling keihard in haar oor. 'Ik had je gewoon nooit voor Adventure moeten vragen. Er lopen veel betere zangeressen rond dan jij!'

Toen Melissa Dion zo tekeer hoorde gaan, kreeg ze ineens een heel koud gevoel. Haar vriendinnen hadden gelijk, hij vond haar niet echt leuk. Hoe kon hij anders zo gemeen zijn?

'Nou, dan vraag je daar toch eentje van voor je nieuwe band?' antwoordde ze koeltjes.

'Dat ga ik zeker doen! Ik heb jou niets meer te zeggen!' schreeuwde Dion terug. Meteen daarna verbrak hij de verbinding.

Tien minuten later zat Melissa nog steeds met haar mobieltje opengeklapt in haar hand voor zich uit te staren. Al die tijd spookte er maar één gedachte door haar hoofd: ik heb me vergist, Dion is nooit gek op mij geweest. Hij wilde me alleen maar gebruiken…

'Melissa, kom je zo meteen beneden? Er komt een leuke film op tv!' riep Florine onder aan de trap.

Dat is wel het laatste waar ik nu zin in heb, dacht Melissa. Ze stond op vanachter haar bureau en liep naar de overloop. 'Nee, laat maar, ik blijf liever op mijn kamer,' riep ze lusteloos terug. Meteen daarna slofte ze terug naar haar kamer en ze plofte neer op haar bed. Had ik *Swingteens* maar nooit gewonnen, dacht ze. Dan had Dion mij niet voor Adventure gevraagd en dan had ik me nu niet zo rot gevoeld.

Net op het moment dat Melissa met kleren en al onder haar dekbed wegkroop, ging haar kamerdeur open en kwam Florine binnen.

'Wat is er toch met je?' vroeg ze bezorgd. 'Gaat het wel goed? Je klonk daarnet zo somber. De Cito-toets gaat je heus wel lukken, hoor!'

'Dat is het niet. Ik dacht dat Dion mij heel erg leuk vond en misschien wel verkering met me wilde, maar dat is helemaal niet zo!' antwoordde Melissa. Meteen daarna barstte ze in snikken uit.

'Dion?' reageerde Florine verbaasd. 'Dat was toch die jongen van die band? Maar… je had daar toch alleen maar een gastoptreden gedaan? Dan zag je hem daarna toch niet meer?'

'Jawel!' snifte Melissa. 'Ik was er stiekem toch gaan zingen.'

'Aha, dat vermoedde ik al. Nu begrijp ik waarom je de afgelopen tijd steeds zo geheimzinnig deed. Maar vertel eens waarom hij dan niet met jou wil? Heeft hij soms al verkering met een ander meisje?'

'Nee, dat niet. Hij deed net alsof hij verliefd op mij was, om mij voor zijn band te strikken. Hij had een goeie zangeres nodig om een of andere stomme wedstrijd te kunnen winnen.'

'Een wedstrijd? Hm, ik geloof dat ik het niet helemaal begrijp,' zei Florine met een frons op haar voorhoofd. 'Begin nou eens te vertellen vanaf het moment dat je die jongen voor het eerst zag.' Melissa begon het hele verhaal te vertellen. Ze was opgelucht dat ze niet meer hoefde te liegen.

'Jeetje, wat een verhaal,' zei Florine, toen Melissa helemaal uitverteld was. 'Je hebt de laatste tijd wel wat meegemaakt, zeg! Tja, het is heel sneu voor je dat Dion je niet wil, maar ik vind het eerlijk gezegd geen aardige jongen. Hij heeft je de hele tijd aan het lijntje gehouden, om er zelf beter van te worden. En hij is ook niet eerlijk ten opzichte van zijn vrienden. Wat dat betreft hebben je vriendinnen gelijk.'

'Tja, ik zal moeten proberen om hem te vergeten,' antwoordde Melissa sip. 'Hopelijk heeft Björn binnenkort weer wat leuke aanbiedingen voor me.'

'Goed zo! Je moet positief blijven denken en niet onder je dekbed wegkruipen. Daar wordt alles alleen maar erger van.'

Florine stond op en gaf Melissa een aai over haar haar. 'Ik denk trouwens dat er ook nog iets anders is dat je zult moeten vergeten,' zei ze toen, 'en dat is Adventure. Je krijgt echt grote problemen met je vader als hij erachter komt dat je bij die band zingt.'

'Tja, misschien is dat inderdaad maar het beste,' antwoordde Melissa, nadat ze er even over had zitten nadenken. 'Door dat gedoe met Dion heb ik er eigenlijk ook niet meer zo'n zin in.' Bovendien hoef ik dan ook niet meer steeds allerlei leugens te verzinnen, om te voorkomen dat papa, Florine en Björn het ontdekken, dacht ze erachteraan. Dat begin ik zo langzamerhand best vervelend te vinden.

'Kunnen ze je wel zomaar missen bij Adventure?'

'Ja, nu Dion weg is, komt de zangeres weer terug. Morgenmiddag is er weer een repetitie en dan ga ik het tegen ze zeggen.'

'Hartstikke goed van je,' antwoordde Florine opgelucht. 'Kom nu maar mee naar beneden, dan pak ik wat te drinken en maak ik nog even wat toastjes klaar.'

34

De volgende ochtend stonden Melissa's vriendinnen haar nieuwsgierig op te wachten in het fietsenhok. 'En? Heb je Dion nog gesproken gisterenavond?' was het eerste wat Doris vroeg, zodra Melissa haar fiets op slot had gezet.

'Ja. Het is toch waar dat hij vanaf het begin alleen maar aardig tegen me heeft gedaan om mij te gebruiken,' antwoordde Melissa. Het huilen stond haar nader dan het lachen, toen ze dat gezegd had. 'Ik heb Laura's test met hem gedaan en hij werd meteen razend. Toen wist ik het.'

'Jeetje, wat sneu voor je,' riep de hele vriendinnenclub in koor.

'Ja, dat zei Florine ook al,' antwoordde Melissa. 'Ik ga trouwens stoppen met Adventure.'

'Wat zeg je nou?' vroeg Kelly verbaasd. 'Je vond het toch hartstikke leuk om in een band te zingen?'

'Ja, maar nu niet meer. Ik ga Björn vragen of ik zo snel mogelijk kan beginnen met zanglessen. Mijn vader had gelijk, daar heb ik veel meer aan.'

'Nee hè, niet weer oefenen voor die stomme Cito-toets,' riep Doris even later door de klas, toen meester Ronald de bekende papieren weer ging uitdelen. 'Mijn moeder zegt dat dat helemaal niet nodig is!'

'Nee, thuis hoef je dat inderdaad niet te doen, maar hier op school wel,' antwoordde meester Ronald glimlachend. 'Het gaat erom dat jullie een beetje wennen aan de manier van vragen stellen. Dan zijn jullie volgende week goed voorbereid en halen jullie allemaal een zo hoog mogelijke score.'

Toen ze ongeveer een uurtje bezig waren, riep meester Ronald Melissa plotseling bij zich. 'Loop je even mee naar de gang?' vroeg hij zachtjes, toen ze eenmaal naast zijn bureau stond. 'Ik wil iets met je bespreken.'

Terwijl Melissa achter meester Ronald aan het lokaal uit liep, voelde ze de nieuwsgierige blikken van haar klasgenoten in haar rug prikken. Zelf was ze ook benieuwd naar wat ze zo meteen te horen kreeg. Zou er binnenkort misschien weer iets leuks gaan gebeuren vanwege haar *Swingteens*-overwinning?

'Tja, Melissa,' zei meester Ronald even later op de gang, 'ik neem je nu even apart, omdat ik me een beetje zorgen over je maak. Je bent er de laatste tijd helemaal niet bij in de klas, het is net alsof je met je gedachten heel ergens anders zit. Ik kan het ook zien aan de resultaten van je proef-Cito's. Die zijn allemaal ver onder de maat. Als dat binnenkort bij de echte Cito-toets niet beter is, dan wordt het volgend jaar misschien geen havo-vwo voor jou.'

'Hmm, daar begrijp ik niets van, ik heb er echt heel erg mijn best op gedaan,' antwoordde Melissa geschrokken.

'Is er soms iets waar je over in zit?' vroeg meester Ronald weer. 'Word je gepest nu je een ster bent, of mis je je vader heel erg?'

'Eh, nee… er is niks aan de hand. Ik zou het echt niet weten.'

'Nou ja, dan moeten we volgende week maar gewoon afwachten hoe het loopt. Misschien doe je het dan ineens veel beter. Maar als je wel over iets loopt te piekeren, moet je het me laten weten, afgesproken? Ik wil je altijd helpen. Je hebt het toch moeilijker dan andere kinderen, met een vader die veel in het buitenland zit en een moeder die er niet meer is.'

'Wat moest meester Ronald van je?' fluisterde Kelly even later in de klas. 'Was hij ergens boos over? Je kijkt zo sip.'

'Nee, hij had niets bijzonders,' antwoordde Melissa zachtjes. 'Hij wilde alleen maar iets weten over een of ander briefje dat ik nog niet had ingeleverd.'

Nu maar niet meer aan Dion denken, dacht ze even later, toen ze zich weer over haar proef-Cito boog. Als ik deze ook verknal, belt meester Ronald misschien wel met papa en dan gaat die zich er ook weer mee bemoeien...

35

Nadat de laatste bel die middag was gegaan, haastte Melissa zich zo snel ze kon naar de repetitie van Adventure. Aan de ene kant vond ze het best moeilijk om straks te zeggen dat ze niet verderging met de band, maar aan de andere kant voelde ze zich ook opgelucht. Stel je voor dat ze de komende week elke middag en avond had moeten repeteren, zoals de bedoeling was. Hoeveel leugens had ze dan wel niet voor Florine moeten verzinnen? Het voelde veel beter dat ze vanaf nu gewoon weer eerlijk tegen haar au pair kon zeggen waar ze uit school naartoe zou gaan.

Terwijl Melissa de straat van Niels in fietste, zag ze Frans en Daniëlle nog net het pad naar de garage inslaan. Toch wel jammer dat ik straks niet meer bij de band hoor, dacht ze. Ik zal ze best missen…

'Hoi Melissa, goed dat je er bent,' zei Frans, toen Melissa

vijf minuten later de oefenruimte binnenstapte. 'Je bent de laatste, dus zijn we nu compleet! Voordat we gaan repeteren, wil Daniëlle graag iets zeggen.'

'Klopt!' zei Daniëlle. 'Ik heb twee dingen: om te beginnen ben ik hartstikke blij om hier weer terug te zijn. Ik heb jullie heel erg gemist!'

'Wij jou ook, hoor,' zei Fabio.

'Ja, en Frans in het bijzonder!' vulde Niels lachend aan.

'Aha, nou dat is goed om te horen,' ging Daniëlle blozend verder. 'Wat wilde ik verder nou ook weer zeggen? O ja… ik heb een idee over hoe we verder kunnen gaan met Adventure. Wat jullie misschien helemaal niet van mij weten, is dat ik jarenlang gitaar heb gespeeld, voordat ik met zingen begon. Nu Dion weg is en we toch twee zangeressen hebben, zou ik zijn plaats als gitarist kunnen overnemen tot na de wedstrijd.'

'Jeetje, wat goed!' reageerde Fabio spontaan. 'Nu kunnen we daar volgende week vrijdag toch nog aan meedoen. Niels en ik hebben namelijk ontzettend ons best gedaan om een nieuwe gitarist te vinden, maar die heb je niet zomaar. Het moet iemand zijn die onze nummers meteen kan meespelen en muzikanten van dat niveau spelen vaak al in een band.'

'Precies! We hadden vanmiddag eigenlijk willen zeggen dat we die wedstrijd maar moesten afblazen,' vulde Niels aan.

'Ik vind het ook een supergaaf plan,' zei Frans. Hij keek Melissa aan.

'En jij?' vroeg hij toen aan haar. 'Wat vind jij ervan?'

Help! dacht Melissa. Als ik nu ga zeggen dat ik met Adventure wil stoppen, kunnen ze niet meer aan de wedstrijd meedoen. Dan hebben ze geen zangeres en is al hun moeite voor niets geweest; ze hebben al wekenlang iedere dag gerepeteerd. Maar ik kan ook niet zeggen dat ik het wel ga doen. Dan moet ik weer gaan liegen tegen Florine en dat wil ik echt niet meer…

'Eerlijk gezegd ben ik hier vanmiddag naartoe gekomen om te zeggen dat ik met Adventure ga stoppen,' antwoordde ze zacht. 'Mijn vader vindt het niet goed dat ik bij een band zing, omdat hij me daar te jong voor vindt.'

'Eigenlijk ben ik het wel met hem eens,' zei Frans. 'Toen ik zo oud was als jij, mocht ik dat soort dingen ook niet van mijn ouders.'

'Maar misschien mag je ons dan nog wel helpen met de wedstrijd?' vroeg Fabio. 'Als we daar nu niet meer aan meedoen, lacht Dion ons vierkant uit.'

Dat gun ik hem niet! schoot het meteen door Melissa heen. Hij heeft ons al genoeg ellende bezorgd.

'Tja, als mijn au pair het goedvindt…' antwoordde ze, 'dan wil ik dat wel doen!'

'Wow, supergoed van je,' reageerde Daniëlle enthousiast. 'Met jou erbij zijn we echt een *winning team*. Dan kunnen we Dion eens laten zien dat we best zonder hem kunnen!'

Melissa sprong op en trok haar jas weer aan. 'Weet je wat?' zei ze. 'Ik ga nu meteen naar huis om toestemming te vragen, anders verliezen we veel te veel tijd.'

'Goed idee,' zei Frans. 'Dan beginnen wij alvast met repeteren!'

Tien minuten later stormde Melissa helemaal buiten adem bij haar thuis de keuken binnen.

'Florine, ik… moet… je… wat vragen!' hijgde ze.

'Rustig, rustig, ga zitten,' zei Florine. Ze liep naar het aanrecht, vulde een glas met water en zette het voor Melissa neer.

'Drink nou eerst even wat en kom dan maar op met je vraag!' zei ze.

Nadat Melissa uit de doeken had gedaan wat er zojuist in de repetitieruimte van Adventure allemaal was besproken, staarde haar au pair een tijdje peinzend voor zich uit.

'Jeetje, wat ingewikkeld,' zei ze toen. 'Aan de ene kant begrijp ik heel goed dat je je muziekvrienden graag wilt helpen met die wedstrijd. Het is hartstikke sneu voor ze als ze daar niet meer aan mee kunnen doen. Maar aan de andere kant werk ik me heel erg in de nesten als ik je er toestemming voor geef. Stel je voor dat je vader erachter komt, dan gaat hij me vast en zeker ontslaan. Dat is voor ons allebei niet leuk…'

'Ja, maar hij hoeft er niets van te merken. De wedstrijd is volgende week vrijdag, en hij komt pas de dag daarna weer naar Nederland.'

'Maar stel dat hij op een avond belt en je bent er niet? Of dat Björn belt?'

'Ja, dat wordt lastig, want ze kunnen me dan ook niet op mijn mobiel bellen. Als we repeteren hoor ik die niet. Maar weet je wat? Ik kan ook gewoon aan Adventure vragen of het goed is dat ik alleen 's middags kom repeteren. Dat vinden ze vast geen probleem, ik zing die wedstrijd-nummers zo met ze mee.'

'Tja, volgens mij moet het dan wel kunnen,' zei Florine, half tegen zichzelf en half tegen Melissa. 'Voor de Cito-toets maakt het niet uit, die komt daarna pas en je hoeft er niet thuis voor te oefenen. Bovendien heb je de komende week ook geen dingen van Björn. Daar belde hij vanochtend nog over.'

'Je vindt het dus goed?' vroeg Melissa.

'Ja, maar onder één voorwaarde: ik ga met je mee naar die wedstrijd. Ik wil een beetje een oogje in het zeil houden, voor het geval je toch weer breezers krijgt aangeboden en niet kunt weigeren. Dat wil ik niet nog eens meemaken.'

'O, maar ik vind het juist prima als je meegaat!' zei Melissa enthousiast. 'Want dat betekent dat mijn vriendinnen er misschien ook naartoe kunnen. Onder begeleiding van een volwassene komen ze vast wel binnen. Of heb je daar geen zin in?'

'Tuurlijk, ik vind het hartstikke gezellig als ze meegaan,' antwoordde Florine glimlachend. 'Zeg maar tegen ze dat ze met mij kunnen meerijden.'

'Yes, dan ga ik nu meteen terug naar de repetitie, om te zeggen dat ze bij de wedstrijd op mij kunnen rekenen,' zei Melissa vrolijk. Ze sprong op van haar stoel en was weer net zo snel verdwenen als ze was gekomen.

36

In de week die volgde, behaalde Melissa gelukkig weer wat betere resultaten op haar proef-Cito's. Iedere middag, als de school uit was, ging ze dan ook met een goed gevoel naar de repetities met Adventure. Alle bandleden waren dolblij dat ze hen bij de wedstrijd kwam versterken, en Melissa had er zelf ook veel plezier in. Daar kwam nog bij dat het haar heel erg afleidde van haar teleurstelling over Dion. Toch was hij tijdens de repetities nog best vaak onderwerp van gesprek geweest. Toen bleek dat hij niet meer op tijd een nieuwe band bij elkaar kon krijgen om nog aan de wedstrijd mee te kunnen doen, had hij zijn uiterste best gedaan om terug te mogen komen bij Adventure.

'Als het aan mij ligt, blijft hij weg,' had Frans gezegd, nadat Dion voor de zoveelste keer tijdens een repetitie had gebeld. 'Toen hij nog bij de band zat, was er heel vaak ruzie en nu niet meer. Zo wil ik het graag houden. Als Melissa straks weg is en Daniëlle weer gaat zingen, vinden we heus wel een nieuwe gitarist, zeker als we hoog scoren bij de wedstrijd.' De hele band inclusief Melissa was het daar roerend mee eens geweest. Daarna was Fabio aangewezen om een brief bij Dion thuis af te geven, waarin hem voor eens en voor altijd duidelijk werd gemaakt dat hij niet meer welkom was bij Adventure. Sindsdien had niemand meer iets van hem gehoord.

De vrijdagmiddag voorafgaand aan de wedstrijd fietste Melissa niet zoals de rest van die week uit school naar de garage van Niels. In plaats daarvan nam ze rond een uur of halfvijf samen met Daniëlle de bus naar het centrum van de stad. Daarvandaan was het maar een paar minuten lopen naar het zalencentrum, waar de wedstrijd die avond om acht uur zou beginnen. Alle bands die meededen, mochten tussen twee uur 's middags en zeven uur 's avonds een uurtje repeteren in het zaaltje waar ze waren ingedeeld, om even in te spelen en om aan de ruimte te wennen.

Toen Melissa en Daniëlle bij het zalencentrum aankwamen, zagen ze de rest van de band al aan een tafeltje in het cafégedeelte zitten wachten.

'Ben je zenuwachtig voor vanavond?' vroeg Fabio aan

Melissa, toen ze op de lege stoel naast hem was gaan zitten. 'Als zangeres vang je toch de meeste aandacht.'

'Nee, daar heb ik gelukkig geen last van, tenminste niet als ik moet zingen. En jij?'

'Ja, ik vind het best spannend, omdat ik niet op mijn eigen drumstel speel. Dat kan jammer genoeg niet als er zoveel verschillende bands achter elkaar moeten optreden.'

'Tijd om te wisselen', klonk het plotseling via de intercom.

'Kom op, lui, we gaan!' zei Frans. Hij stond op, zette de lege glazen en flesjes bij elkaar op een dienblaadje en bracht ze terug naar de bar.

Even later liepen ze met zijn vijven achter elkaar naar het zaaltje waar ze waren ingedeeld. Vlak voor de ingang sprong er ineens een man op hen af met een camera. 'Jullie zijn toch Adventure, de band waarin de winnares van *Swingteens* zingt?' vroeg hij aan Frans, die vooraan liep.

'Klopt, dat is zij!' antwoordde Frans trots, terwijl hij naar Melissa wees.

'Mag ik een foto van jullie nemen voor de krant?' vroeg de man. 'Jullie zijn namelijk getipt als de grootste kanshebber van vanavond.'

'Tjonge, dat wist ik helemaal niet,' fluisterde Daniëlle tegen Melissa, terwijl ze voor het podium poseerden. 'Dat hebben we echt aan jou te danken. Dion wist wel wat hij deed toen hij jou voor Adventure vroeg!'

De repetitie daarna verliep heel soepel. Het was net alsof iedereen vleugels had gekregen door de opmerking van de fotograaf. Melissa zong haar teksten net zo gemakkelijk als thuis in de badkamer, en Daniëlle en de jongens speelden niet vals en hielden het tempo goed vast. Nadat ze hun nummers een paar keer achter elkaar foutloos hadden doorgenomen, gaf Frans aan dat ze wat hem betreft voldoende hadden ingespeeld. 'Als we nog langer doorgaan, maken we misschien fouten en dan gaan we vanavond niet met een goed gevoel de wedstrijd in,' zei hij. 'We kunnen beter nog even met zijn allen een eindje gaan lopen en ergens een frietje eten.'

'Goed idee, over vijf minuten buiten voor de ingang verzamelen!' riep Daniëlle. 'Ik moet eerst nog even naar de wc!'

Melissa schakelde haar microfoon uit en liep naar het trapje aan de zijkant van het podium. Tjonge, wat staan er veel mensen achter in de zaal, dacht ze. Die moeten allemaal naar ons hebben staan luisteren… Dat had ik helemaal niet door toen ik stond te zingen!

Terwijl ze naar de uitgang liep, werd ze van verschillende kanten aangesproken.

'Goed gedaan, *miss Swingteens!*'

'Jeetje, wat kun jij zingen, zeg! Je bent een supertalent!'

'Wanneer komt je eerste cd uit?'

Het lijkt wel alsof ik op het schoolplein loop, dacht Melissa, terwijl ze links en rechts verlegen glimlachjes uitdeelde. Zo meteen gaan ze me nog om een handtekening vragen!

Nadat een paar meisjes haar een tijdje aan de praat hadden gehouden op de gang, liep ze snel door naar de garderobe en griste haar jas van de kapstok.

Plotseling werd ze op haar schouder getikt.

'Pardon, mag ik je even storen?' hoorde ze een serieuze stem achter haar vragen. Een beetje geërgerd draaide Melissa zich om en keek recht in het gezicht van een iets oudere man, die haar in de verte een beetje aan haar vader deed denken. Nee hè, niet nog een praatje, dacht ze. Ik wil nu naar buiten. De rest van Adventure staat al minstens vijf minuten op mij te wachten. Straks gaan ze nog weg zonder mij!

Maar omdat ze niet onbeleefd wilde zijn, gaf ze toch maar vriendelijk antwoord. 'Ja hoor, wat is er?' antwoordde ze.

'Ik ben Rob van Gelder, talentscout,' stelde de man zich voor. 'Ik heb je net horen zingen en ik vond je echt heel goed. Ik zou graag een keertje met je willen komen praten. Mag ik je mijn kaartje geven? Misschien kan een van je ouders mij dan binnenkort bellen.'

'Ik zal het aan mijn agent geven,' antwoordde Melissa. 'Die regelt alle afspraken voor mij die met zingen te maken hebben.' Ze pakte het kaartje aan en stopte het meteen in haar portemonnee.

'Hoe heet je agent?'

'Björn van de Putte.'

'Aha, dat is een oude bekende van mij... Oké, ik hoop je nog een keer te zien!' De man gaf Melissa een hand en liep toen weer terug in de richting van het zaaltje waar Adventure zojuist had geoefend.

Hmm, wie weet krijg ik binnenkort weer een leuke aanbieding, dacht Melissa, terwijl ze zich naar de hoofdingang haastte. Hopelijk gaat het deze keer om een rol in een musical, dat lijkt me super!

37

'Komen er straks eigenlijk nog bekenden van jou naar ons optreden kijken?' vroeg Daniëlle aan Melissa, toen ze zich tegen achten in de kleedkamer stonden op te tutten.

'Ja, mijn au pair komt, samen met mijn vriendinnen Kelly, Doris en Laura. Doris en Laura kunnen ook goed zingen. Ze hebben tegelijk met mij aan de voorronden van *Swingteens* meegedaan.'

'Leuk, voor mij komen een paar mensen uit mijn klas en mijn broer met zijn vrienden. Hoe laat moesten we ook al weer optreden?'

'Om negen uur pas, dat duurt nog wel even.'

'Aha, zullen we dan nog even een rondje maken langs de verschillende zalen? De eerste bands gaan zo beginnen en ik ben heel benieuwd hoe goed ze zijn.'

'Hé Doris, je bent er al!' riep Melissa even later enthousiast, toen ze haar vriendin een eindje voor zich zag lopen in een van de gangen. 'Waar is de rest?'

Doris draaide zich om en wachtte even tot Melissa en Daniëlle vlakbij waren.

'Florine is bezig de auto ergens te parkeren en Laura en Kelly zijn nog in de garderobe,' antwoordde ze toen. 'Het regent buiten en daardoor is hun haar helemaal ingezakt.'

'Tja, daar heb jij geen last van met die dikke bos. Jouw kapsel zit altijd goed,' reageerde Melissa vrolijk. 'Dit is trouwens Daniëlle, de zangeres van Adventure.'

'Aha, ik geloof dat ik je wel eens eerder heb gezien,' zei Doris, terwijl ze haar hand uitstak.

O ja, dat is ook zo, dacht Melissa. Doris was erbij toen Dion en Daniëlle ruzie zaten te maken in het park. Dion… Tjonge, ik heb de hele dag nog niet aan hem gedacht! Misschien loopt hij hier nu ook wel ergens rond… Dat zou betekenen dat we hem elk moment tegen zouden kunnen komen. Hm, daar heb ik nu even helemaal geen zin in, zo vlak voor ons optreden.

'Zullen we toch maar weer teruggaan naar de kleedkamer?' vroeg ze aan Daniëlle. 'Het is hartstikke druk overal. Stel je voor dat we niet op tijd met ons optreden kunnen beginnen, dan hebben we wekenlang voor niets geoefend.'

'Eh… ja, daar heb je misschien wel gelijk in,' antwoordde Daniëlle. 'Als we straks klaar zijn, kunnen we hier nog uren rondlopen. De uitslag wordt toch pas heel laat bekendgemaakt.'

'Goed dan,' zei Melissa snel. 'Doris, we gaan ervandoor. Doe je de groetjes aan de anderen? Na ons optreden zoek ik jullie wel op.'

Ruim een halfuur later liep Melissa voor de andere Adventure-leden uit het podium op. *Nu even niet meer bang zijn dat Dion straks voor onze neus opduikt,* nam ze zich voor, *anders ben ik geen echte ster.*

Net als bij hun vorige optreden twee weken eerder in buurthuis The Rainbow, was de zaal weer laaiend enthousiast. 'Jeetje, zo'n volle bak hebben we nog nooit gehad,' hoorde Melissa Frans vlak achter haar opgewonden zeggen. 'De publieksstem hebben we al binnen!'

Dat vraag ik me af, dacht Melissa bij zichzelf. *Al die meiden hier vooraan komen volgens mij voor Dion. Ze weten vast nog niet dat hij niet meer in de band zit. Als ze horen dat hij eruit is gezet, stemmen ze vast niet op ons…*

Toen iedereen zijn plaats had ingenomen en Daniëlle de beginakkoorden van het eerste nummer inzette, werd het plotseling onrustig vooraan in de zaal. Voordat Melissa er goed en wel erg in had, stond er ineens een meisje op de rand van het podium. 'Dion is uit de band gegooid en dat hebben zij daar gedaan!' schreeuwde ze, terwijl ze naar de bandleden achter Melissa wees. 'Weg met Adventure!!'

Ze was nog niet teruggesprongen, of er brak paniek uit in de eerste rijen voor het podium. Tientallen meisjes sloegen hun handen voor hun gezicht en begonnen keihard te krijsen. Anderen stampten met hun voeten op de vloer en smeten plastic bierglazen naar de band. 'Wij willen Dion!' klonk het luider en luider.

Jeetje, als dit zo doorgaat, moeten we misschien wel stoppen van de organisatie, dacht Melissa. Dat is natuurlijk precies waar Dion op hoopt. Daarom heeft hij dat meisje opgestookt… Ik moet proberen om de band aan het spelen te krijgen, dan overstemmen we dat gekrijs wel en slaat het niet over naar de rest van de zaal.

'Oké, dan gaan we nu beginnen met ons eerste nummer!' riep ze door haar microfoon de zaal in. Meteen daarna begon ze te zingen. Gelukkig, Fabio drumde vrijwel meteen met haar mee en een paar seconden later viel de rest van de band ook in. Tot opluchting van Melissa duurde het niet lang tot de zaal inderdaad weer een beetje tot bedaren kwam.

Het lukte haar wonderwel om beide nummers zonder haperen van begin tot eind te zingen. Maar dat gold jammer genoeg niet voor de hele band. Halverwege het eerste nummer liet Fabio zijn drumstokjes uit zijn handen schieten en aan het eind van het tweede struikelde Daniëlle over het snoer van haar elektrische gitaar. Bij Frans mislukten bijna alle riedeltjes…

Na de laatste tonen werd er nog wel geapplaudisseerd, maar het klonk bij lange na niet zo uitbundig als vlak voor het optreden. Ook werd er van verschillende kanten 'Boe!' geroepen. Melissa knikte een paar keer kort naar het publiek en zette haar microfoon toen weer terug op de standaard. Daarna draaide ze zich om en verdween in rap tempo achter de coulissen. De rest van Adventure volgde haar voorbeeld onmiddellijk…

38

Even later in de kleedkamer was het net alsof er zojuist iets heel ergs was gebeurd. Fabio zat zwijgend in een hoekje met zijn handen voor zijn gezicht, Daniëlle beet gespannen op haar nagels en Frans stond met een nors gezicht naar de vloer te staren. Niels leek als enige niet zo te zitten met wat er daarnet allemaal was gebeurd.

'Tjonge, dachten we dat we van Dion af waren, heeft hij ons optreden toch nog verpest!' zei hij, half lachend, half serieus.

'Waren we maar nooit aan die wedstrijd begonnen,' mompelde Daniëlle somber. 'Dan waren we ook niet af-gegaan.'

'Volgens mij kunnen we er maar beter helemaal mee stoppen,' bromde Frans. 'De volgende keer dat we optre-den krijgen we rotte tomaten naar ons hoofd.'

'Stoppen met Adventure?!? Dat zou echt hartstikke jammer zijn,' reageerde Melissa geschrokken. 'Volgens mij moeten de fans er gewoon even aan wennen dat Dion er niet meer bij is. Als jullie straks een nieuwe gitarist hebben gevonden, zijn ze hem vast zo weer vergeten.'

'Tja, misschien heb je wel gelijk,' antwoordde Frans na een tijdje. 'Laten we eerst de uitslag nog maar even afwachten. Maar als we als laatste eindigen, weet ik nog niet zo zeker of ik wel wil doorgaan.'

Nadat ze daar nog even over hadden doorgepraat, keek Melissa op haar horloge om te zien hoe laat het was. Jeetje, kwart over tien al! Als ze nog even gezellig met Florine en haar vriendinnen naar bandjes wilde kijken, moest ze nu gaan. Of zouden de fans van Dion haar gaan lastigvallen? Vast niet. Het meisje dat vlak voor hun optreden op het podium was gesprongen, had alleen maar met een beschuldigende vinger naar de vaste bandleden gewezen.

'Vinden jullie het vervelend als ik mijn vriendinnen even ga opzoeken?' vroeg ze, terwijl ze opstond en de kring rondkeek. 'Ik had na ons optreden met ze afgesproken.'

'Tuurlijk niet, ga maar gauw,' antwoordde Daniëlle. 'Als we elkaar vanavond niet meer zien, dan bellen we morgen nog even om iets af te spreken, goed? We moeten natuurlijk wel afscheid van je nemen!'

Even later liep Melissa inderdaad zonder problemen door de gangen van het zalencentrum. In plaats van boze opmerkingen, kreeg ze gelukkig alleen maar complimentjes. Na een sms'je naar Florine, had ze haar au pair en haar vriendinnen al snel gevonden. Ze hadden net een drankje gehaald en zaten nu even bij te komen op een van de banken die her en der stonden opgesteld.

Toen ze Melissa in het oog kregen, begonnen ze allemaal tegelijk door elkaar te roepen.

'Hoe gaat het nu?' 'Leef je nog?!' 'Waar is de rest van Adventure? Durven ze de kleedkamer nog wel uit te komen?'

'En, wat vonden jullie van het optreden?' vroeg Melissa, toen iedereen weer een beetje rustig was. 'Verschrikkelijk zeker?'

'Ja, eerlijk gezegd wel,' antwoordde Doris een beetje aarzelend. 'Jij was de enige die het goed deed, samen met de basgitarist. De rest bakte er echt niets van.'

'Op zich natuurlijk niet vreemd met die boze fans van Dion zo vlak voor hun neus,' merkte Florine op. 'Daar zou ik ook helemaal zenuwachtig van worden.'

'Hoe reageerden ze trouwens in het midden en achter in de zaal?' vroeg Melissa. 'Waren ze daar ook zo negatief?'

'Ja, nogal,' antwoordde Doris. 'Iedereen was gewoon heel erg teleurgesteld in jullie. Ze hadden verwacht dat jullie veel beter zouden spelen.'

'Maar over jou hebben we alleen maar aardige opmerkingen gehoord, hoor!' zei Laura.

'Vooral van leuke jongens,' vulde Kelly lachend aan. 'Je wordt steeds populairder!'

'Weten jullie ook hoe laat de prijsuitreiking is?' vroeg Florine ineens tussendoor.

'Volgens mij duurt dat nog wel even,' antwoordde Melissa. 'De laatste bands beginnen pas om twaalf uur.'

'Dan ben ik bang dat we vanavond niet meer te horen krijgen wie er heeft gewonnen,' zei Florine voorzichtig. 'We hebben nu nog iets meer dan een uur en dan moeten we echt weg. Ik heb de ouders van je vriendinnen beloofd dat ik ze om twaalf uur weer thuis zou afleveren.'

'Jeetje, wat vroeg!' zei Melissa. 'Maar ik vind het niet zo erg dat ik niet bij de prijsuitreiking kan zijn, hoor. De kans dat we onderaan eindigen is namelijk supergroot.'

'Als we dan nog maar ongeveer een uur hebben, hebben we geen tijd meer te verliezen,' zei Doris, terwijl ze opsprong van de bank. Ze keek op haar horloge. 'Zullen we naar de grote zaal gaan?' vroeg ze. 'Over vijf minuten begint daar een vet coole band, met allemaal leuke jongens. Die mogen we niet missen, girls!'

39

'En, heb je toch nog een leuke avond gehad?' vroeg Florine aan Melissa, nadat ze alle vriendinnen keurig op tijd thuis hadden afgeleverd.

'Zeker weten! Heel jammer dat Adventure het zo slecht deed, maar de rest van de avond was het supergezellig. Uitgaan is echt hartstikke leuk!'

'Tja, nog een paar jaar, dan doe je dit soort dingen elk weekend!' lachte Florine. 'Zo, we zijn er al weer.' Ze draaide de auto hun straat in en parkeerde op haar vaste plaatsje. 'Vreemd,' mompelde ze ineens, terwijl ze de handrem aantrok. 'Er brandt licht in de woonkamer, zie je dat?'

Melissa draaide haar hoofd opzij en tuurde door de struiken heen naar haar huis. 'Misschien is mijn vader wel eerder thuisgekomen,' zei ze toen. 'Volgens mij staat zijn auto daar op de oprit.'

'Jeetje, dat zou echt balen zijn,' antwoordde Florine verschrikt. 'Dan weet hij meteen dat je vanavond met Adventure hebt opgetreden en dat zal hij niet leuk vinden.'

'Maar na vanavond stop ik er toch mee?' zei Melissa. 'Dan maakt het toch niet meer uit?'

'Nee, maar het is nu al best laat en maandag begint de Cito-toets. Je vader heeft deze week een paar keer gebeld om te zeggen dat je het rustig aan moest doen. Hij heeft Björn zelfs opdracht gegeven om al je activiteiten uit te stellen.'

'Hmm, dat wist ik niet. Zullen we maar gewoon naar binnen gaan? Volgens mij valt het wel mee…'

Zodra Florine en Melissa in de gang stonden, ging de kamerdeur open en verscheen Melissa's vader met een strak gezicht in de deuropening.

'Waar komen jullie zo laat vandaan?' vroeg hij. 'Aan jullie kleren te zien hebben jullie een feestje gehad.'

'Eh, ja, zoiets. Ik kan het allemaal uitleggen,' antwoordde Florine zenuwachtig.

'Kom maar mee naar de kamer, dan hebben we het erover,' bromde Melissa's vader terug.

Nadat Florine en Melissa twintig minuten later het hele Adventure-verhaal uit de doeken hadden gedaan, keek Melissa's vader een tijdje peinzend voor zich uit. 'Tja, ik begrijp best dat het allemaal zo gelopen is,' zei hij op een gegeven moment, 'maar ik ben er toch niet blij mee.' Hij wendde zich tot Florine. 'Ik vind het niet goed van je dat je Melissa toestemming hebt gegeven om vanavond met die band op te treden,' zei hij. 'Daar zijn de afgelopen week ongetwijfeld nog heel wat repetities aan voorafgegaan. Je wist toch dat ik het belangrijk vond dat ze het rustig aan deed, zo vlak voor de Cito-toets?'

Florine gaf geen antwoord. Met een beschaamd gezicht staarde ze naar de punten van haar schoenen.

'Ga je me nu echt naar een internaat sturen?' vroeg Melissa na een tijdje aan haar vader.

'Daar hebben we het morgen wel over,' antwoordde hij. 'Gaan jullie nu maar slapen, het is al één uur.'

De volgende ochtend was Melissa vroeg wakker. Ze had de halve nacht liggen piekeren over dat ze binnenkort misschien op een internaat zat. Voortdurend doken er allerlei beelden in haar hoofd op van grote, grauwe gebouwen met lange, onverwarmde gangen, van pinnige directrices en van gemene kamergenootjes.

Het was nog geen halfacht, toen ze bibberend in haar kamerjas de keuken binnenliep om een beker melk warm te maken.

'Hé, ben jij er ook al uit?' zei ze, toen ze haar vader met de ochtendkrant aan de keukentafel zag zitten. 'Dat is vroeg.'

'Tja, voor mij is het nu elf uur 's avonds,' bromde hij terug. 'Ik begin net een beetje slaap te krijgen.' Hij keek op van zijn krant en keek zijn dochter nauwlettend aan. 'Wat zie je toch bleek,' zei hij toen. 'Heb je soms slecht geslapen?'

'Ja, ik moest er de hele tijd aan denken dat ik straks misschien op een internaat zit,' antwoordde Melissa met trillende stem. 'Daar heb ik helemaal geen zin in.'

'Nee, dat snap ik,' antwoordde haar vader met een zucht. 'Maar jouw situatie is nu niet ideaal. Van een au pair kun je nou eenmaal niet verwachten dat ze een meisje van jouw leeftijd kan opvoeden. Dat is te moeilijk, dat zie je aan Florine. Ze kan gewoon niet altijd tegen jou op en dan gebeuren er dingen die op jouw leeftijd niet horen te gebeuren. Ik raak er steeds meer van overtuigd dat een internaat na de zomer de beste oplossing voor jou is.'

'Hmm, en als ik beloof dat ik vanaf nu geen dingen meer zal doen die jij niet goed vindt?'

'Nee lieverd, dat heeft geen zin, echt niet. Ik heb de afgelopen week een beetje rondgevraagd en toen gaf een collega me deze folders mee.' Hij bukte zich naar zijn tas en haalde ze eruit.

'Kijk, dit is het internaat van zijn kinderen in Zwitserland. Vind je het er niet mooi uitzien?' Hij wees op een foto van een groot houten gebouw dat ergens midden in een bergwei stond. In de verste verte waren geen winkels of gezellige terrasjes te zien, alleen maar kleurige bloemen en hier en daar een berggeit…

'Sorry hoor, maar dit zie ik echt niet zitten,' zei Melissa opstandig. 'Het lijkt me heel saai. Als ik hiernaartoe ga, kan ik maar beter ophouden met zingen. Voor wie zou ik daar kunnen optreden? Voor die paar geiten zeker?'

'Kom kom, nou moet je niet zo flauw doen,' antwoordde haar vader. 'Ze doen ook aan cultuur op dit internaat, hoor. Bovendien is het goed voor je talen als je naar Zwitserland gaat. Daar heb je als zangeres ook heel veel aan.'

Hij stond op en geeuwde een paar keer achter elkaar. 'Tjonge, wat ben ik ineens moe,' zei hij toen. 'Ik ga even een paar uurtjes slapen. Lees jij die folder in de tussentijd maar eens helemaal door. Dan kom je vast op andere gedachten.'

40

Diep ongelukkig sjokte Melissa even later de trap op naar haar kamer. Mijn vriendinnen liggen nu natuurlijk allemaal nog lekker te slapen, dacht ze. Zij hoeven zich geen zorgen te maken over een internaat. Waarschijnlijk komen ze pas na twaalf uur op MSN. Dat betekent dat ik nog minstens vier uur moet wachten… Met een lusteloos gebaar trok ze haar gordijnen open en zette haar computer aan. Wie weet heb ik een paar leuke mailtjes, mompelde ze in zichzelf.

Van: Björn@chello.nl

Aan: love_melissa@hotmail.com

Onderwerp: Iets voor jou?

Ha die Melissa!

Hoe gaat het met je? Lukt het om je goed voor te bereiden op de Cito-toets? Vast wel.

Ik heb weer twee leuke dingen voor je. Het eerste is een fotoshoot volgende week donderdag in een studio in het centrum van de stad. Daar wordt het zo langzamerhand wel eens tijd voor. Er bellen bijna iedere dag wel bladen om te vragen of ik een paar goeie foto's voor ze heb. Heel belangrijk: je mag een vriendin meenemen!!!

Het tweede betreft een telefoontje dat ik zojuist (vrijdag-avond) kreeg van een oude kennis van me, Rob van Gelder. Hij heeft je vanmiddag zien optreden met Adventure en hij vindt je echt een groot talent. Hij vertelde me dat hij al weer een tijdje als talentscout werkt voor een internaat in Londen, dat speciaal is opgericht voor jongens en meisjes zoals jij: zeer talentvol op het gebied van muziek, zang of dans en tussen de twaalf en achttien jaar oud. De leerlingen komen uit heel Europa. Rob loopt allerlei talentenjachten af op zoek naar nieuwe leerlingen voor het internaat. Hij vond jou er ook heel geschikt voor en hij wil er graag een keer over komen praten. Eerlijk gezegd lijkt het me wel wat voor jou. Je had het er laatst toch over dat je vader je misschien naar een internaat wilde sturen? Kijk maar even op de website, hieronder volgt de link. Als je op het rood-wit-blauwe vlaggetje op de homepage klikt, krijg je de Nederlandse versie.

Melissa, we spreken elkaar nog wel,
groetjes en heel veel Cito-succes volgende week! Björn

PS: Als je echt naar dat internaat gaat, heeft dat zingen van jou bij Adventure toch nog goed uitgepakt!

Wow, dat waren inderdaad twee heel leuke dingen! dacht Melissa. Ik ga meteen kijken op die site van dat internaat. Het zou echt supergaaf zijn als ik daarnaartoe zou kunnen gaan in plaats van naar Zwitserland. Dan ben ik lekker de hele dag bezig met zingen. Ik hoop alleen wel dat ik dan elke maand of zo terug mag naar Nederland om mijn vriendinnen weer te zien…

De foto's van het muziekinternaat zagen er heel aantrekkelijk uit: een mooi, licht gebouw in het centrum van de stad, met gezellig ingerichte kamers voor de leerlingen en overal muziekinstrumenten en geluidsapparatuur.

Van een aantal leerlingen stond er een leuk verhaaltje op de site: over hoe lang ze er al zaten, waar ze vandaan kwamen en wat ze er allemaal leerden. Toen Melissa ze las, was het net alsof ze over haarzelf gingen.

Dit moet ik aan papa vertellen! dacht ze, nadat ze alle

informatie gelezen had. Zo snel ze kon, maakte ze een aantal printjes en rende ermee naar de slaapkamer van haar vader.

'Papa, wakker worden!' riep ze, terwijl ze op de rand van zijn bed ging zitten. 'Ik heb heel belangrijk nieuws voor je!'

'Huh? Wat is er?' mompelde haar vader, nog half-slapend.

'In Londen is een muziekinternaat speciaal voor kinde-ren zoals ik. Björn heeft me erover gemaild. Kijk even naar de foto's!' Opgewonden drukte Melissa de printjes bijna tegen haar vaders neus aan.

'Hm, dat ziet er inderdaad heel interessant uit,' zei hij, nadat hij er even voor was gaan zitten. 'Ik vind het zeker de moeite waard om hier eens goed naar te kijken.'

'Als je wilt, kun je er meteen een gesprek over krijgen met de man die voor nieuwe leerlingen zorgt. Hij heet Rob van Gelder en Björn kent hem. Hij heeft me gisteren zien zingen met Adventure tijdens de voorrepetitie en daarna sprak hij me aan. Ik heb zijn kaartje!'

'Rustig, rustig,' antwoordde haar vader glimlachend. 'Ik ga eerst nog even onder zeil en daarna kijken we samen naar de website, goed? Als het er goed uitziet, beloof ik je dat we binnenkort een keer met die meneer Van Gelder gaan praten.'

'Yes, nu hoef ik misschien niet naar Zwitserland!' riep Melissa uitgelaten, terwijl ze opsprong van het bed. 'Ik ben ineens helemaal niet meer moe. Als ik me heb aangekleed, ga ik naar de bakker en maak ik een lekker ontbijtje voor jou en Florine klaar!'

41

Na het ontbijt browseden Melissa en haar vader uitgebreid over de website van het Londense muziekinternaat.

'Tjonge, ik ben best onder de indruk,' zei Melissa's vader toen ze alle webpagina's een voor een bekeken hadden. 'Als dat internaat echt zo leuk is als ze hier vertellen, is het misschien inderdaad wel iets voor jou. Ik las trouwens wel ergens dat je auditie moet doen om toegelaten te worden, maar dat zal voor jou geen probleem zijn. Die Rob van Gelder heeft je natuurlijk niet zomaar gevraagd.'

'Wanneer ga je hem bellen?'

'Ik beloof je dat ik er maandagochtend meteen achteraan ga.'

'Yes, ik ben heel benieuwd!' zei Melissa. 'Weet je trouwens wat ik ook zo goed aan dat internaat vind? Dat iedere leerling zijn eigen computer met internetverbinding heeft. Dan kan ik lekker elke avond met mijn vriendinnen hier in Nederland msn'en!'

'Dat kan ik heel goed begrijpen,' antwoordde haar vader. 'Toch zul je nog best vaak in Nederland zijn, hoor! Ik ben namelijk van plan om dit huis te verkopen en daar een appartement voor ons tweetjes voor terug te kopen, hier in het centrum van de stad. Als ik dan weer eens een paar dagen in Nederland ben, kom jij daar ook lekker naartoe. Ik heb zeker eens in de drie weken verlof.'

'Yes! Maarre… wat gaat er gebeuren met Castor en Pollux? Zij kunnen niet wekenlang alleen in dat appartement achterblijven.' Nadat Melissa dat gezegd had, voelde ze tranen opkomen. Haar honden waren er al zolang ze zich kon herinneren. Ze moest er niet aan denken dat ze misschien naar een nieuw baasje zouden gaan. Dan zou ze hen nooit meer zien…

'Maak je maar niet ongerust,' antwoordde haar vader, 'daar heb ik al over nagedacht. Ik ga op zoek naar een pleeggezin dat voor ze wil zorgen als wij niet in het land zijn. Op internet zijn verschillende sites waar je dat kunt regelen.'

'Joehoe, waar zitten jullie?' riep Florine onder aan de trap. 'Ik ga zo boodschappen doen en ik moet even weten wat jullie vanavond willen eten.'

'Goeie vraag…' zei Melissa's vader. 'Vanavond wil ik eigenlijk wel… naar de chinees!'

'Ik ook!' zei Melissa enthousiast. 'Dat zouden we inderdaad nog doen.' Ze sprong op en rende naar de overloop. 'Je hoeft geen boodschappen te doen, Florine!' riep ze door het trapgat naar haar au pair. 'We gaan vanavond naar de chinees, dat hadden we nog tegoed!'

'Is het een idee als je je vriendinnen ook meevraagt? hoorde Melissa haar vader ineens naast haar vragen. 'Dan kun je ze meteen vertellen dat je na de zomer naar een internaat gaat. Het is niet leuk om dat via MSN te doen.'

'Dat is een supergoed idee!' riep Melissa uit, terwijl ze haar vader om de hals vloog. 'Ik ga ze meteen allemaal bellen en uitnodigen. Als ze nog niet wakker zijn, hebben ze pech!'

42

'Wat gaaf dat wij ook mee mochten,' zei Doris, toen ze die avond met zijn zessen rond de tafel zaten in hetzelfde Chinese restaurant als waar Melissa drie weken eerder met haar vader en Florine had gegeten.

'Ja, en je bent niet eens jarig, Melissa!' zei Laura erachteraan. 'Of hebben jullie gisteren soms toch nog een prijs gewonnen met Adventure?'

'Nee, was dat maar waar,' antwoordde Melissa met een zucht. 'We zijn als laatste geëindigd. Daniëlle, die gisteren gitaar speelde, belde me vanmiddag en toen vertelde ze dat.'

'Jeetje, en dat allemaal door die vreselijke Dion,' merkte Doris verontwaardigd op. 'Jullie moeten een brief schrijven naar de organisatie!'

'O, maar hij heeft zijn verdiende loon al gekregen, hoor!' zei Melissa.

'Hoezo dan?!' reageerden haar vriendinnen in koor.

'Dat zal ik jullie vertellen. Toen Daniëlle na de prijsuitreiking samen met de rest van Adventure via de artiesteningang naar buiten liep, stond Dion hen op te wachten met een paar van die vreselijke fans van hem. Ze begonnen meteen te treiteren, zo van "stelletje prutsers" en "net goed dat jullie laatste zijn geworden".'

'Belachelijk!' riep Kelly uit. 'Hoe durfden ze!'

'Precies. Maar het verhaal loopt anders af dan je denkt,' ging Melissa verder. 'Op een gegeven moment maakte Dion een heel domme fout. Hij riep namelijk dat ze het helemaal aan hem te danken hadden dat ze de wedstrijd niet hadden gewonnen. Hij had van tevoren een stuk of wat van zijn grootste fans opgetrommeld en precies met ze doorgenomen hoe ze het optreden van Adventure konden verprutsen. Wat hij alleen op dat moment niet doorhad, was dat er ondertussen ook een paar mensen van de organisatie naar buiten waren gelopen...'

'... en die hoorden dat natuurlijk allemaal!' vulde Doris aan. 'En toen?'

'Toen zei een van die gasten dat er volgend jaar weer zo'n wedstrijd zou worden georganiseerd en dat Dion zich daarvoor niet met een nieuwe band mocht inschrijven. Hij zei er nog bij dat de hele organisatie het vreemd had gevonden dat Adventure onderaan was geëindigd, terwijl ze de grootste kanshebbers waren.'

'Wow, wat goed!' riep Kelly uit. 'Zeker weten dat ze volgend jaar dan wél de eerste prijs winnen!'

'Ja, maar dan niet als Adventure,' zei Melissa. 'Nu ze de wedstrijd hebben verprutst, gaan ze er even een tijdje mee stoppen en dan maken ze na de zomer een nieuwe start onder een andere naam.'

'Wow, kijk eens wat daar aankomt!' riep Florine ineens. 'Een dienblad vol supercoole cocktails!'

'Zijn ze wel voor ons?' vroeg Kelly verbaasd. 'We hadden toch allemaal cola light besteld?'

'Verrassing!' zei Melissa's vader lachend. 'Ik heb ze stiekem besteld, omdat ik graag met jullie wil toosten op nóg een nieuwe start na de zomer…'

'Precies!' zei Melissa. 'Dat is de reden dat we jullie vanavond hebben meegevraagd.' Ze rechtte haar rug en keek haar vriendinnen een voor een aan. 'Na de zomervakantie, als Florine weer terug is naar België, ga ik naar een internaat, waarschijnlijk in Londen,' zei ze toen met een ernstig gezicht.

Met grote ogen staarden Melissa's vriendinnen haar een tijdlang aan, alsof ze niet konden geloven dat het echt waar was wat Melissa zojuist had gezegd. Doris begon als eerste weer te praten. 'Het gaat dus toch door, wat sneu voor je…' zei ze.

'En voor ons ook,' kwam Kelly er met een dun stem-metje achteraan.

'Nu zien we elkaar misschien wel nooit meer,' zei Laura somber.

'Dat laatste zal zeker niet gebeuren, hoor!' zei Melissa. 'Mijn vader gaat namelijk een appartement voor ons tweeën kopen in de stad.'

'Zo is dat,' vulde haar vader aan. 'En daar zitten we zeker een keer per maand en in de vakanties.'

'O, maar dat is nog best vaak!' zei Doris. 'Dan moeten we in de tussentijd maar elke dag op MSN of op Hyves af-spreken. Of heb je daar geen computer?'

'Ja, als ik naar Londen ga wel. Daar heeft elke leerling er eentje voor zichzelf. Gaaf, hè?' antwoordde Melissa.

'Het lijkt wel alsof je het helemaal niet meer erg vindt om naar een internaat te gaan,' merkte Kelly ineens op.

'Klopt, tenminste niet als ik naar dat internaat in Londen ga,' antwoordde Melissa. 'Dat is speciaal opgericht voor kin-deren zoals ik: je moet heel goed zijn in zingen, muziek maken of dansen en daar krijg je dan elke dag les in. De leerlingen komen uit heel Europa. Ik moet nog wel auditie doen, maar ik denk dat ik daar wel doorheen kom. Ik ben namelijk gescout door iemand die voor dat internaat werkt. Hij gaf me gisterenmiddag zijn kaartje, nadat hij me had zien zingen tijdens de generale repetitie met Adventure.'

'Wow, zoals je het vertelt, klinkt het wel heel gaaf allemaal,' zei Doris.

'Ja, maar ik vind het best sneu voor Florine dat zij dan weg moet,' zei Laura.

'Nee hoor!' reageerde Florine glimlachend. 'Als je als au pair werkt, doe je dat meestal maar één jaar. Dat geldt ook voor mij. Na de zomer ga ik terug naar België en dan ga ik daar studeren aan de universiteit. Maar ik zal Melissa best heel erg missen, hoor!' Hierna boog ze zich naar voren, pakte het dienblad met de cocktails en begon ze uit te delen. 'Laten we maar gauw een toost uitbrengen op Melissa, anders ga ik nog huilen,' zei ze. 'Als het haar lukt om op dat internaat in Londen te komen, gaat ze het vast heel ver schoppen!'

'Zeker weten!' vulde Melissa's vader aan. Hij hief het glas en wachtte even tot iedereen hetzelfde deed. 'Op jou, lieve Melissa!' zei hij toen vrolijk. 'Op naar de top!'

Lees nu ook

In de spotlights!

Melissa kan haar geluk niet op als ze begint aan de Music & Dance Academy in Londen. Ze kan nu de hele dag doen wat ze het allerliefste wil: zingen en dansen! Maar wanneer ze tijdens de herfstvakantie naar Nederland vliegt om haar vader en vriendinnen weer te zien, vindt ze in huis spullen van een wildvreemde vrouw. Zou haar vader een vriendin hebben? Terug in Londen is ze in war en kan ze zich niet concentreren op school. Lukt het Melissa haar vaders vriendin te accepteren en kan ze voorkomen dat ze van school wordt gestuurd?